Hans-Otto Thomashoff

Keiner sah den anderen

SERIE PIPER

Zu diesem Buch

Heute abend möchte der Wiener Inspektor Federer nach einer anstrengenden Woche nur noch eines: sich mit seiner Geliebten die Premiere der Oper *Salome* ansehen, danach mit ihr und den schönen Dingen des Lebens all seine Ängste und Sorgen vergessen. Doch Ion Temescu, der Star des Abends, wird kopflos in seiner Garderobe aufgefunden – und ein Kilo Heroin bei ihm. Inspektor Federer wird noch in derselben Nacht mit dem Fall beauftragt. Seine Ermittlungen führen ihn zu einem Drogenring in Rumänien mit einer international operierenden Bank als Tarnunternehmen. Immer tiefer gerät er in ein kaum noch zu durchschauendes Komplott unsichtbarer Mächte, in dem er nicht nur seinen Glauben an die Gerechtigkeit verliert, sondern fast auch sein Leben … Raffiniert und behutsam entwickelt Hans-Otto Thomashoff eine unverwechselbare, beklemmende Atmosphäre und gibt seinem Krimi mit Wien als der Bühne für die allzumenschlichen Verstrickungen eine besondere Note.

Hans-Otto Thomashoff, geboren 1964 in Köln, promovierte in Humanmedizin und Kunstgeschichte. Er ist Facharzt für Psychiatrie, hat als Generalsekretär der Kunstsektion des Weltpsychiaterverbandes mehrere Ausstellungen organisiert und arbeitet als Psychoanalytiker in eigener Praxis in Wien.

Hans-Otto Thomashoff

Keiner sah den anderen

Inspektor Federers erster Fall

Piper München Zürich

der, die mich lehrte, gesehen zu werden

Originalausgabe
Juli 2003

Umschlag/Bildredaktion: Büro Hamburg
Isabel Bünermann, Julia Martinez/
Charlotte Wippermann, Kathrin Hilse
Foto Umschlagvorderseite: Jörg Modrow
Foto Umschlagrückseite: Anna Elizabeth Ebner
Gesamtherstellung: Clausen & Bosse, Leck
Printed in Germany ISBN 3-492-23923-4

www.piper.de

1

Nach der Überwindung, die er brauchte, um in das heiße Wasser zu steigen, saß er endlich geruhsam in der Badewanne. Die *Vespern* Rachmaninows entspannten ihn. Das Telefon läutete, aber er ließ es läuten. Der weitere Verlauf des Abends war vorgegeben und sollte durch nichts gestört werden. Aus dem Anrufbeantworter raunzte Schröger, begleitet von den getragenen Stimmen des russischen Chores. Auch nach Jahren am Kriminalamt hatte er es zu nichts anderem als zu einem besseren Laufburschen gebracht, was Federer durchaus berechtigt schien. In der Donau sei eine Leiche gefunden worden.

Federer tauchte in der Wanne unter. Er war schon weg. Der heutige Abend gehörte *Salome*. Nach vierunddreißig Jahren stand an der Staatsoper die Premiere einer Neuinszenierung auf dem Spielplan, und die Oper war Federer heilig. Er konnte in einer einzigen Opernaufführung alle Gefühlsfacetten durchleben, und es war dennoch nur Spiel. Aber letztlich war das heute Nebensache.

Er tauchte auf, holte Luft. Er würde sie wiedersehen, erster Rang links, Loge drei.

Keine Aufführung der *Salome* hatten sie ausgelassen, seit sie sich kannten. Sie war seine Verbindung zum Leben, sie erfüllte in den Augenblicken ihres Zusammenseins die Sehnsucht, die in ihm schlummerte. Es war schon sonderbar. Er lebte in Wien, in seiner Stadt. Er arbeitete mehr oder weniger widerwillig als Kriminalbeamter am Morddezernat. Zwar war die Arbeit oft spannend, und sie brachte ihn mit den unterschiedlichsten Abgründen des Menschen in Berührung, doch eigentlich hatte er Künstler werden wollen. Er hatte Kunst studiert hier in Wien, an der Akademie. War dort nicht sein wahres Zuhause? Schnell tauchte er wieder unter. Das warme Wasser umspülte ihn und suggerierte ihm Geborgenheit. Er hatte dieses Gefühl immer wieder gesucht und doch nur für kurze Momente gefunden. Sein Kunststudium hatte er abgeschlossen, sich dann aber dem Willen des Vaters gebeugt. Obwohl von mütterlicher Seite her altes Geld vorhanden war, hatte der Staatsanwalt seinen einzigen Sohn ebenfalls in Staatsdiensten sehen wollen. Einen »ordentlichen« Beruf sollte er ergreifen, dem Ruf des Vaters keine Schande bereiten mit einem unsinnigen und brotlosen Zeitvertreib. So war er Kriminalbeamter geworden, um durch seine Ermittlungen wenigstens dem Staatsanwalt zuvorzukommen.

Eine sehnsüchtige Einsamkeit bestimmte sein Dasein und lähmte ihn. Nur für Augenblicke konnte er ausbrechen und eine Ahnung von dem Leben spüren, das er sich eigentlich wünschte.

Wieder tauchte er auf. Vor seinen Augen entstand ihr Bild. Wenn er mit ihr zusammen war, dann spürte er eine unendlich tiefe Liebe zum Leben, die den eigentlichen Kern seines Wesens bildete. Auch jetzt im warmen Bad oder auf der Couch bei seinem Analytiker nahm sie wie eine vage Erinnerung zeitweilig Gestalt an. Doch er war zu sehr verstrickt in seinen Neurosen. Ja, es stimmte. Er, der Kriminalbeamte, der hier in der Wanne badete, lag seit dreieinhalb Jahren dreimal wöchentlich auf einer Couch. Dort versuchte er, sich von dem zu befreien, was ihn von seinem Innersten trennte und ihn in eine Routine gezwungen hatte, die ihm selbstverständlich schien und die doch verhinderte, daß er je wirklich zufrieden war. Er fröstelte und bemerkte, daß es Zeit wurde, sich anzukleiden. Das gepflegte Äußere bot ihm wie vielen Wienern eine willkommene Ablenkung von den tristen Abgründen des Alltags.

Jetzt stand er nackt vor dem Spiegel und rasierte sich. Er blickte auf sein Gegenüber und bemerkte, daß er zwar nicht sportlich war, doch von seiner schlanken Gestalt eine gewisse Eleganz ausging. In Gedanken war er schon in der Opernloge und spürte eine sanfte Regung. Doch Marilyn lenkte ihn ab.

Sie war sein Dackel. Kein gewöhnlicher Hund, sondern eben ein Dackel, ein Rauhaardackel altösterreichischer Herkunft, was man ihr allerdings nicht ansah. Schon gar nicht, wie sie jetzt wedelnd herangekrochen kam und dabei noch länger wirkte als sonst. Mit ihrer rauhen Zunge begann sie die letzten Wassertropfen von seinen Füßen zu lecken. Es kitzelte, aber es gelang ihm nicht, ihr zu entkommen. Sie war immer in seiner Nähe, war fast ein Teil von ihm geworden. Dort, wo er versuchte, Entscheidungen über den Kopf zu fällen, gab es bei ihr nur den Instinkt. Und meist lag sie richtig damit.

Schließlich war er mit seiner Rasur fertig, trocknete sich das Gesicht und streichelte den Hund. Er ging zum Wandschrank, um sich seine Abendgarderobe zusammenzustellen. Zuerst zog er sich ein frisch gestärktes Hemd an, sog dessen Duft ein und schloß die Knöpfe. Dann nahm er seinen Smoking aus dem Schrank, der so alt war, daß sein Schnitt inzwischen wieder modern geworden war. Er hatte ihn von seinem Großvater geerbt und sorgfältig gepflegt, so daß der schwere Stoff nichts von seinem klassischen Wurf eingebüßt hatte. Die Fliege knotete er von Hand. Früher hatte er sich hierbei immer genau konzentrieren müssen, um nicht einen Strangulationsknoten statt einer Schleife um seinen Hals zu tragen, inzwischen gelang es ihm wie von selbst.

Zuletzt legte er den Mantel über und brachte Marilyn noch einmal auf die Straße hinunter. Sie verließ die Wärme des Hauses nur widerwillig, erfüllte nach zwei Schritten entlang der Hauswand mit einem eleganten Schwung – links, rechts, links – ihre Pflicht und huschte sofort wieder zurück in das Haustor. Ihren für Hunde unüblichen Namen verdankte sie eben diesem tänzelnden Wippen ihrer Hüften. Drinnen schüttelte sie die Feuchtigkeit des kalten Nebels aus ihrem Fell und wartete darauf, daß er sie aufhob. Vorbei an der Brunnengießerin, die noch aus der Zeit stammte, als dieser Brunnen die einzige Wasserstelle des Hauses gewesen war, und die aus ihrer Nische seit langem verloren vor sich hin blickte, trug er den Hund zurück in die Wohnung. Dort machte sie es sich in aller Selbstverständlichkeit auf einem der großen Sofakissen bequem, nicht ohne ihn mit einem vorwurfsvollen Blick dafür zu strafen, daß er sie nun verlassen würde.

2

Selbst das trübe Wetter, das die Stadt seit Wochen im Griff hatte, konnte ihm auf dem Weg durch die Kärntner Straße jetzt nichts mehr anhaben. Halb durchgefroren, aber innerlich in Hochstimmung betrat er das Foyer der Oper und drängte sich durch das Gewühl der Touristen, die alle noch in der Hoffnung auf eine Karte den Raum verstellten. Er ging die Stiegen hinauf nach links, vorbei an der Garderobe, wo er seinen Mantel jedoch nicht abgab, da sich im Vorraum der Logen Haken dafür befanden. Seit jüngster Zeit kostete die Garderobe, deren Preis früher in der Opernkarte eingeschlossen gewesen war, extra. Wer sich einen teuren Logenplatz leistete, sparte die Garderobe und kam außerdem in den Genuß vollkommener Beinfreiheit aufgrund der freistehenden Sessel. Er kaufte sich ein Programm und ging hinein.

Sie war schon da, saß ganz vorne. Er nahm wortlos hinter ihr Platz. Wie immer hatte er eine ganze Loge reserviert, fast ein Verbrechen anläßlich der draußen enttäuscht in der Kälte Wartenden, aber es gab einen Grund, der schwerer wog als alles sonst.

Der Vorhang hob sich, und das Schicksal auf der Bühne nahm seinen Lauf. »Wie schön ist die Prinzessin Salome heute nacht.« Wie oft hatten diese Worte lächerlich geklungen, wenn eine nicht mehr ganz junge und nicht mehr ganz schlanke Sopranistin in dieser Partie alles andere verkörpert hatte als jugendliche Verführung. Jochanaan schien sie dann weniger aus seiner Festigkeit im Glauben als schlicht aus ästhetischen Gründen von sich zu weisen.

In der heutigen Inszenierung war jedoch alles anders. Isabella Marea, die gefeierte Neuentdeckung von der Met, verzauberte durch ihre Erscheinung. Ihre zierliche Gestalt war kraftvoll gespannt und doch gleichzeitig weich und betörend. Sie stammte aus Buenos Aires und hatte dort am Teatro Colón ihre ersten Erfolge, bevor sie die großen Bühnen der Welt im Sturm eroberte. Wie ihr Körper, war auch ihre Stimme von überraschender Kraft und dennoch fein und in keiner Weise hart. Ihr Gefühl auf der Bühne war echt. Sie war eine Sängerin, die nicht in liebloser Routine eine Pflicht erfüllte, sondern die ihre Rolle lebte.

Sofort war Federer in den Bann dieser Frau gezogen. Daß sie am Schluß den Kopf des Jochanaan einfordern sollte, behagte ihm allerdings nicht. Er fand es unösterreichisch, schließlich vertrat er die Meinung, daß Österreicher ihre Aggressionen eher gegen sich selbst zu richten pflegten. Oder galt das nur für die Wiener? Strauss war Deutscher, und Oscar Wilde war Engländer. Vielleicht lag darin die Erklärung.

Seine Gedanken wanderten zurück auf die Bühne. Das Bühnenbild überraschte ihn. Wie so oft hatte es bereits vor der Premiere heftigste Diskussionen gegeben, die wieder einmal in der Forderung gegipfelt hatten, dem Opernhaus wegen solcher schamloser Inszenierungen sämtliche

Subventionen zu streichen. Vor einem tiefschwarzen Hintergrund stand strahlend eine große goldene Pyramide. Sie öffnete sich im Zeitlupentempo und gab den Blick frei auf einen verspiegelten, von gleißendem Licht erfüllten Innenraum, in dem sich, wie bereits gezielt durchgesickert war, Salome gegen Ende der Oper zu ihrem Schleiertanz vollständig entkleiden würde. Gleichzeitig ragte von der rechten Bühnenwand aus ein aufrechter, riesengroßer, feuerroter Penis in den Bühnenraum, genau auf die Öffnung der Pyramide gerichtet. Darunter stand hinter Käfiggittern Jochanaan, ebenfalls in leuchtendes Rot gekleidet. Als seine Stimme den Raum erfüllte und jeden Winkel in Besitz nahm, schien das Publikum wie elektrisiert den Atem anzuhalten.

Die Leiche in der Donau, gerade wollte sie sich einschleichen in den Gedankengang Federers. Sein Pflichtbewußtsein bereitete ihm plötzlich ein schlechtes Gewissen. Schließlich stand eine Wahl ins Haus, und weder der Polizeipräsident noch der Bürgermeister würden von dieser Meldung erfreut sein, da die innere Sicherheit zu einem zentralen Thema im Wahlkampf geworden war. Aber die Sorge löste sich auf in dem alles durchdringenden Klang des warmen Baritons. Eine Stimme wie die Ion Temescus fand zur Zeit nicht ihresgleichen.

Und dann geschah, worauf er seit einer Unendlichkeit gewartet hatte. Er spürte das Streicheln ihrer Finger auf seinem rechten Knie, ohne daß sie sich bisher umgewandt hatte, und er wußte, daß der Zeitpunkt gekommen war. In sanfter Berührung wanderte ihre Hand an der Innenseite seines Oberschenkels entlang bis zu dem Punkt, an dem sie, nur vom Schatten der Loge verdeckt, bereits sehnsüchtig erwartet wurde.

Ihr schlanker, gerade geformter Nacken lag vor ihm, und er berührte die weiche Haut, strich vorsichtig am Ansatz der hochgesteckten Haare entlang. Ihr Kleid war rückseitig tief ausgeschnitten, und er ließ seine Hand langsam entlang der Wirbelsäule abwärts gleiten, spürte, wie sie mit einer leichten Gänsehaut darauf reagierte.

Wortlos standen sie auf und begaben sich in den Garderobenraum der Loge. Durch den Vorhang hindurch drang der Gesang zu ihnen. Er hatte sich auf den Boden gelegt, und sie beugte sich zu ihm herab. Sein Körper war angespannt, und wohlige Schauer zogen in Wellen über seine Haut. Ihre samtenen Lippen hatten ihn immer wieder in einen Zustand vollkommenster Ekstase versetzt. Schließlich setzte sie sich – leise und unbemerkt vom Opernpublikum – auf seinen Schoß, umarmte ihn heftig, und er stellte lustvoll fest, daß sie unter ihrer Abendgarderobe unbekleidet war. Sie drangen ineinander, ihr Atem ging heftig, und sie mußten sich beherrschen, um nicht mit den Geräuschen ihrer Lust ungewollt Aufmerksamkeit zu erregen.

Sie hatten noch kein einziges Wort gesprochen an diesem Abend. Alles verlief in der Selbstverständlichkeit, die es nur gab, wenn man sich schon seit langem kannte und wirklich nahe war.

Sie hielten sich noch eine Weile eng umschlungen, bevor sie vorsichtig wieder ihre Sitzplätze einnahmen. Anschließend würden sie zu ihr in das alte Palais Alberi in der Herrengasse gehen, eines der letzten in der Stadt, das noch nicht renoviert worden war. Die Alberis hatten bereits in den zwanziger Jahren ihren Familiensitz wieder nach Italien verlegt. Während des Studiums war Cecilia nach Wien zurückgekehrt. Trotz der Schönheit von Rom, wo sie eigentlich lebte, war sie dem Charme der alten Kaiserstadt verfallen und besuchte sie seitdem mehrmals jährlich. Ihr Mann und ihr zweijähriger Sohn waren vor vielen Jahren bei einem Autounfall tödlich verunglückt, und sie war seitdem keine feste Bindung mehr eingegangen. Einen solchen Verlust wollte sie nie mehr erleiden müssen. Sie und Federer waren einander auf einem Ball vorgestellt worden, und es war etwas zwischen ihnen geschehen. Sie hatten erst versucht, ihren Gefühlen auszuweichen, aber es war zwecklos gewesen. Sie waren nur selten zusammen, lebten nie miteinander und kamen nicht voneinander los. Jeder hatte sein eigenes Leben, sie sahen sich nicht regelmäßig, doch wenn sie sich trafen, geschah das jedesmal mit einer Leidenschaft, die keine Kompromisse kannte. Ihm war klar, daß er die meiste Zeit nur für diese Treffen lebte, daß sie ihm die Kraft gaben, den Alltag zu überstehen, wenn die Einsamkeit ihn zur Verzweiflung trieb.

Nach einem kurzen gemeinsamen Abendessen im blauen Salon würden sie ihr Liebesspiel fortsetzen, und er würde ihre Nähe spüren, die ganze Nacht neben sich. Eine tiefe Zufriedenheit überkam ihn und eine Dankbarkeit dafür, in dieser Stadt zu leben, die er zwar immer wieder verlassen hatte, die aber zu einem selbstverständlichen Teil seines Lebens geworden war wie kein anderer Ort. Er legte seine Hand wieder auf ihren Nacken, und gemeinsam wandten sie sich entspannt der Oper zu, die inzwischen schon weit fortgeschritten war. Herodias bekniete seine Tochter bereits inständig, für ihn zu tanzen. Doch schien das jetzt bedeutungslos. Selbst als die junge Sängerin sich im gleißenden Licht der geöffneten goldenen Pyramide wirklich vollständig entkleidete, waren sie in Gedanken bereits bei den kommenden Stunden. Noch immer hatten sie kein Wort gewechselt. Er ließ seine Berührung sprechen, und die Neigung ihres Nackens antwortete ihm darauf. Auf der Bühne bemühte Herodes sich nun verzweifelt, Salome nach ihrem aufreizenden Tanz davon zu überzeugen, statt des von ihr geforderten Kopfes den schönsten Smaragd, seine weißen Pfauen, »Topase, gelb wie die Augen der Tiger, Topase, hellrot wie die Augen der Waldtaube, und grüne Topase wie Katzenaugen ... Chrysolithe und Berylle, Chrysopase und Rubine« zu nehmen. Es half jedoch nichts, das Unausweichliche war nicht aufzuhalten.

Schließlich griff Salome, immer noch vollkommen nackt, auf der in grelles Rot getauchten Bühne in die silbern erstrahlende Schüssel, nahm den Kopf des Jochanaan in ihre Hände und umschlang ihn, gefangen in ihrer aussichtslosen Liebe, bis sie selbst von den Soldaten ihres Vaters hingerichtet wurde. Das Orchester war zu Höchstform aufgelaufen, hatte das gesamte Klangfarbenspiel der Partitur zum Erglühen gebracht. Der Applaus brandete begeistert auf und ging über in minutenlange stehende Ovationen für die Sänger. Cecilia und er stimmten gelöst ein, standen nebeneinander, berührten sich wie zufällig, als sei dies gerade erst der Beginn der vor ihnen liegenden, gemeinsamen Nacht.

»Wie schön, dich wiederzusehen«, durchbrach er schließlich das Schweigen. Sie antwortete mit einem Lächeln. »Ich mußte kommen, auch wenn ich nur diesen einen Tag habe und morgen früh schon wieder zurückfliegen werde.«

Es war Zeit zu gehen. Er half ihr in das italienische Cape und zog seinen dunklen Mantel fest zu. Auf dem kurzen Fußweg zum Palais Alberi erzählten sie sich die kleinen wichtigen und unwichtigen Details der vergangenen Wochen und waren vor dem Tor des barocken Gebäudes wieder dort angelangt, wo sich ihre Wege das letzte Mal getrennt hatten. Über die weißen Marmorstiegen, vorbei an den Statuen von Venus und Merkur, kamen sie in das Piano nobile. Sie bogen nach rechts und gelangten durch einen Vorraum in den blauen Salon, in dem der Tisch unter dem schweren alten Kristallüster bereits gedeckt war.

»Caro, machst du bitte das Feuer, ich hole inzwischen das Essen.«

Sie verschwand, und er widmete sich dem Kamin. War das alles um ihn herum hier real? Er hatte das Gefühl, als hätten sich durch das Zusammensein mit ihr seine Augen für einen Moment wieder für die Schönheiten des Lebens geöffnet. Jedes Detail der barocken Pracht dieses Raumes sog er beinahe gierig in sich auf. Was für eine Lebensfreude von ihr ausging, und wie weit sein Alltag sonst davon entfernt war. Das Feuer loderte auf, und im Raum breitete sich langsam eine behagliche Wärme aus. Flakkernd spiegelten sich die Flammen auf den Körpern und in den Gesichtern der Putti wider, die die paradiesische

Himmelslandschaft des Deckengemäldes umringten. Der Raum, und damit er selbst, waren jetzt ein Teil dieses Gemäldes. Er ging zum Tisch, füllte den bereitstehenden Wein in die schweren Gläser und wartete.

Sie kam zurück mit Antipasti, die sie aus Rom mitgebracht hatte, aber das Essen interessierte beide kaum. Es genügte ein Blick, mit dem sie sich verständigten, und sie erhoben sich und gingen gemeinsam zu dem vor dem Kamin stehenden, breiten Liegesofa. Sie entkleideten sich langsam gegenseitig, um im Schein der Flammen ihre Anspannung noch einen Moment lang zu steigern. Dann konnte sie nichts mehr halten, und alles um sie herum verschwand.

Irgendwann – sie waren erschöpft eingenickt und hatten es sich unter einer der schweren Decken bequem gemacht – hörte er plötzlich seinen Piepser. Er hatte sich immer geweigert, ein Handy zu tragen. Stankovic, sein in alles Technische vernarrter Vorgesetzter, hatte jedoch darauf bestanden, daß er sich für Notfälle einen Piepser zulegen mußte, wofür Federer ihn jetzt im Halbschlaf zum Teufel wünschte. Benommen stand er auf und bat sie blinzelnd um Entschuldigung, daß er kurz telefonieren müsse. Sie nickte mit einem weichen Lächeln und drehte sich dem Feuer zu, das inzwischen zu einer rötlichen Glut zusammengefallen war, aber immer noch genügend Wärme abgab.

Er ging zu dem Telefon, das auf einem kleinen Glastisch an der dem Kamin gegenüberliegenden Wand stand, und war binnen Sekunden in die rauhe Wirklichkeit zurückgeholt, als ihn Stankovic umgehend in die Staatsoper beorderte. Er verfluchte seinen Chef, er verfluchte seinen Beruf, und er verfluchte die Niedertracht, die Menschen zu Verbrechern werden ließ in den Augenblicken, die ihm das Leben überhaupt erträglich machten. Sie verabschiedeten sich, ohne zu wissen, wann sie sich das nächste Mal wiedersehen würden. Er spürte einen dumpfen Schmerz in seinem Bauch, der die Müdigkeit verdrängte, die ihn gerade noch erfüllt hatte.

3

Überall war Blut. Das Künstlerzimmer Ion Temescus glich einem Schlachtfeld. Seines Kopfes beraubt, saß der körperliche Rest des Sängers auf dem Garderobenstuhl. Der Tisch vor dem Spiegel war eine einzige Blutlache, von der aus Tropfen an den verschlossenen Tischschubladen entlang auf den Boden rannen. Stankovic war sichtlich verstört. Die Donauleiche war an sich schon ein Problem. Wenn aber am gleichen Abend auch noch der berühmte Opernstar Ion Temescu auf furchtbare Weise ermordet wurde und nicht einmal vollständig aufzufinden war, so war das Maß des Erträglichen überschritten.

»Und es war eine so schöne Aufführung.«

»Ja aber da hatte er seinen Kopf noch«, entgegnete Federer, »das heißt nur bis kurz vor Schluß der Oper. Vielleicht hat Salome ihn diesmal wirklich geköpft, vielleicht war es Teil der Inszenierung.«

Stankovic stand das Entsetzen ins Gesicht geschrieben.

»Fragen wir doch die Marea, die hat ihn schließlich zuletzt geküßt und müßte wissen, ob der Kopf in ihren Händen echt war oder nicht.«

Sein Vorgesetzter kämpfte mit einem Würgereiz und brüllte ihn an: »Federer!«

Er wußte nicht warum, aber irgend etwas reizte ihn daran, seinen Vorgesetzten immer wieder aus der Fassung und an den Rand der Verzweiflung zu bringen. Möglicherweise war es das rhythmische Zucken, das sein rechter Mundwinkel unter Belastung regelmäßig zum besten gab.

»Schon gut. Aber was ist denn eigentlich passiert?« Federer beruhigte die Situation, indem er die Aufmerksamkeit wieder auf die vor ihnen liegende gemeinsame Arbeit richtete.

»Es waren schon fast alle gegangen, da hat die Bedienerin ihn hier so vorgefunden. Sie ist inzwischen mit einem Nervenzusammenbruch im Spital. Sie hat nur noch starr vor sich hin geblickt und immer wieder etwas Unverständliches ausgerufen. Sonst ist gar nichts bekannt.«

Es war bereits nach Mitternacht, und Federer fühlte sich müde. Er haßte es, wenn man ihm seine Nachtruhe raubte, und gerade heute hatte er sich doch ganz einem zeitlosen, sanft umschlungenen Miteinander hingeben wollen. Statt dessen lag nun stundenlanges rastloses und aller Wahrscheinlichkeit nach auch fruchtloses Suchen vor ihm.

»Wo wollen wir mit unseren Ermittlungen beginnen?« hörte er sich pflichtbewußt und widerwillig sagen.

Entgegen seiner Hoffnung hatte Stankovic bereits das weitere Vorgehen entschieden. »Zur Premierenfeier ist ein Tisch bestellt im *Korso*. Sie sollten sich vielleicht unauffällig dazumischen.«

Das »Vielleicht« ärgerte Federer, da es sich hierbei fraglos um einen Befehl handelte, und außerdem war ihm nicht klar, wie er sich unauffällig unter eine Gruppe aus Sängern, Dirigent, Regisseur und Operndirektor mischen sollte: »Soll ich so tun, als hätte ich den Sklaven gesungen?«

»Da haben Sie recht. Dann gehen wir eben gemeinsam und schauen uns die Reaktion der ganzen Gesellschaft an, wenn wir ihnen sagen, was passiert ist.«

Ein verspätetes Nachtmahl mit seinem Vorgesetzten, statt einer Nacht mit seiner Geliebten, ihm blieb auch nichts erspart.

Sie verließen das Garderobenzimmer, das inzwischen zentimeterweise von den Mitarbeitern der Spurensicherung durchkämmt wurde, vorbei an dem rundlichen, pausbäckigen Nachtportier. Er hatte ihnen noch mit einer eigenartig hohen Fistelstimme einen Abschiedsgruß hinterhergerufen, aber sie waren bereits eingetaucht gewesen in die feuchte, vorwinterliche Kälte draußen. Glücklicherweise lag das *Bristol* direkt auf der gegenüberliegenden Seite der Straße. Durch das Foyer des Hotels gelangten sie ins *Korso,* das seit langem zu einem der besten Restaurants der Stadt zählte und bei der betuchten Gesellschaft wegen seiner Nähe zur Oper zu einer Institution für den Ausklang eines gelungenen Opernabends geworden war. Fraglos war der Operngeschmack dieser Restaurantbesucher eher konservativ, so daß bei einer *Madame Butterfly* oder einer *Traviata* die Plätze bis zu dreimal überbucht waren, wohingegen etwa nach einer *Lulu* nur wenige Gäste kamen. Bei einer Aufführung der *Salome* sorgte die Kürze der Oper für volle Tische, doch war der Abend bereits so weit fortgeschritten, daß das Restaurant sich schon weitgehend geleert hatte, als sie eintraten. An dem Tisch der Premierenfeier saß lediglich noch der russische

Maestro Bulganov und schien vertieft in eine sehr private Konversation mit dem zweiten Nazarener, einem jungen Talent, das heute in dieser Rolle sein Staatsoperndebüt gefeiert hatte.

Stankovic versuchte trotz später Stunde einen formalen Ton: »Grüß Gott, die Herren, erlauben Sie?« Er bot Federer einen Stuhl an und nahm selbst Platz neben den beiden letzten Festgästen des Abends.

»Bitte entschuldigen Sie, daß wir Sie so spät noch behelligen müssen. Mein Name ist Stankovic, Leiter des Morddezernats der Kriminalpolizei Wien, und dies ist mein Kollege Federer.«

Bulganov blickte ein wenig ungläubig. Ihm schien ein Schreck in die Glieder zu fahren, als versuchte er zu ordnen, was für ein Verbrechen man ihm zur Last legen könne. Die beiden Beamten überraschte diese Furcht nicht sonderlich. Sie kannten sie von Menschen, die einen Großteil ihres Lebens in diktatorischen Systemen gelebt hatten.

Wie üblich trachtete Stankovic danach, Macht auszukosten, wenn sie ihm die Situation verlieh. Bevor er jedoch vielsagend Luft geholt hatte, durchbrach Bulganov die Anspannung. Seine Stimme entsprach der Autorität seiner Erscheinung, wirkte fremdartig durch den schweren russischen Akzent.

»Bitte Herr Inspektor. Wären Sie so freundlich, mir mitzuteilen, was Sie noch um diese Zeit, mitten in der Nacht von mir wünschen?«

Stankovic räusperte sich und schluckte den aufkommenden Ärger hinunter. Der Dirigent hatte sich wahrhaft erdreistet, seinen Auftritt zu durchkreuzen. Auch war er überrascht, daß die zuvor spürbare Angst des russischen Maestro sich so schnell in Luft aufgelöst zu haben schien.

»Kennen Sie Ion Temescu?«

›Was für eine dumme Frage‹, dachte Federer, und Bulganov antwortete prompt entrüstet: »Natürlich kenne ich Ion, wir haben gerade zusammen gearbeitet. Haben Sie die Opernpremiere nicht gesehen, heute abend? Kommen Sie wegen so einer Frage mitten in der Nacht zu mir? Mit Verlaub, aber ich verstehe nicht, was Sie von mir wollen, Herr Inspektor.«

Stankovic stand kurz vor einem seiner Wutanfälle, wie ein Eingeweihter unschwer an seinem seismographischen rechten Mundwinkel ablesen konnte, doch er hielt sich noch wacker zurück.

»Das lassen Sie schon meine Sorge sein. Ich stelle hier die Fragen. Ich muß wissen, wie gut Sie ihn kennen, und ob Ihnen an Temescu heute oder in der letzten Zeit irgend etwas Besonderes aufgefallen ist?«

Noch immer sagte er nicht, worum es ging. Er weigerte sich, von seiner Macht zu lassen.

»Herr Inspektor, wir haben jetzt weit nach Mitternacht. Ich habe eine Premiere geleitet, eine anstrengende Premiere. Sie war ein schöner Erfolg, und jetzt habe ich mir Ruhe verdient, verstehen Sie? Warum sagen Sie mir nicht einfach, was Sie wünschen, und dann möchte ich gerne noch ein wenig feiern? Sie können sich gerne dazugesellen, Sie und Ihr Kollege, aber fragen Sie bitte endlich, was Sie wissen wollen.«

»Ion Temescu ist ermordet in seiner Garderobe aufgefunden worden. Er wurde enthauptet.«

Mehr sagte Stankovic vorerst nicht, da er die Wirkung seiner Worte auf Bulganov studieren wollte. Dieser blieb recht gelassen und ruhig, anders der bisher schweigsame junge Sänger, der seinen Mund aufriß und in einer Mischung aus Entsetzen und Ekel auf die beiden Polizisten starrte.

»Aber Herr Inspektor. Ich glaube, Sie verwechseln die Oper mit dem wirklichen Leben. In der Oper hat Ion am Schluß seinen Kopf verloren, aber doch nicht in der Realität, Sie machen einen Scherz.«

»Leider nein, es ist genau so, wie ich es Ihnen beschrieben habe. Er ist geköpft in seiner Garderobe aufgefunden worden. Können Sie sich vorstellen, wer einen Grund dafür gehabt haben mag, eine solche Tat zu begehen? Oder kennen Sie vielleicht jemanden, der mit Temescu irgendwelche Schwierigkeiten und damit ein mögliches Motiv gehabt hat?«

»Na ja, mit Ion zurechtkommen, das ist unmöglich. Er ist, wie sagt man, er ist besessen von seinem Gesang. Er lebt nur für seine Stimme. Wer weiß heutzutage noch, was wirkliche Perfektion ist? Er schon. Er singt wie ein Teufel, er hat echtes Zigeunerblut in sich von seiner Mutter. Sie verstehen, was das bedeutet? Besessenheit. Keine Freunde, nur die Kunst, verstehen Sie, ein Leben für die Kunst.«

Federers Ahnung, daß diese späte, viel zu späte und ungewollte Vernehmung zu nichts führen würde, wurde zunehmend zur Gewißheit, und er war verstimmt. Sie sollten jetzt aufhören und morgen erst einmal damit beginnen, den Kopf zu suchen. Kopfdiebstahl. War dafür nicht eine andere Abteilung zuständig? Auch Stankovic wirkte plötzlich müde und entschied sich für einen geordneten Rückzug, anstatt sich mit dem angetrunkenen russischen Maestro auf eine philosophische Auseinandersetzung über das Wesen der Kunst einzulassen.

»Ich glaube, Federer, wir kommen hier im Moment nicht weiter. Lassen Sie uns gehen. Die Herrschaften entschuldigen bitte die späte Störung. Wir werden uns morgen wieder bei Ihnen melden.«

Bulganov blickte enttäuscht. Sein gerade erst begonnener Vortrag über die tiefe Seele der wahren Kunst war abrupt abgebrochen worden. Er wandte sich wieder dem jungen Sänger zu, dem er zwar nicht das Gespür für die Tiefe der Kunst vermitteln könnte, mit dem er aber einige Stunden der Zerstreuung auf seinem Zimmer durchleben würde, sollte ihm nicht die Wirkung des Wodkas einen Strich durch die Rechnung machen. Er spürte, wie die Lust auf Sex mit der Lust am Rausch in ihm miteinander rangen.

Federer atmete auf, und doch nagte der Ärger in ihm. Das hatte alles nichts gebracht, und dafür hatte er auf eine Nacht verzichten müssen, für die er sonst alles stehen und liegen ließ. Stankovic und er verabschiedeten sich kurz und trennten sich vor dem Ausgang des *Korso*.

Der Nebel hatte die Stadt weiter fest im Griff. Federer fror aber weniger deshalb, sondern eher weil er sich jetzt furchtbar einsam fühlte. Er würde den Rest der Nacht alleine sein.

Ein Windstoß stach ihm kalt ins Gesicht. Versuchte er nicht, in der Verschmelzung mit ihr dorthin zurückzukehren, wo er sich irgendwann einmal geborgen gefühlt hatte? Er verspürte den Drang, noch zu ihr zu gehen, aber es war bereits zu spät für heute, viel zu spät, da sie morgen in der Früh bereits auf dem Rückweg sein würde. Er fühlte sich elend, und da war es wieder, das Bild des kopflosen Künstlers stand ihm vor Augen.

Sein Hund begrüßte ihn verschlafen, als er die Türe zu seiner Wohnung öffnete. Er trug ihn in den Hof hinunter und wieder hinauf. Er ging sofort zu Bett und bemerkte nur irgendwann im frühen Morgengrauen, wie Marilyn unter seine Decke kroch, sich an seinen Körper schmiegte und einen zufriedenen Seufzer abgab. Er beneidete sie.

4

Erbarmungslos klingelte der Wecker um halb sieben. Schweren Kopfes schleppte er sich ins Bad, ließ dampfend heißes Wasser in die Wanne einlaufen und legte sich hinein. Er fühlte sich verklebt, als müsse er sich das Blut abwaschen, das ihm den gestrigen Abend verdorben hatte. Tief atmete er den heißen Dampf ein, ließ die Wärme in seinen Körper fahren und entspannte sich erstmals wieder, nachdem ihn die ganze Nacht über das Blut verfolgt hatte. Mord hatte ihn immer fasziniert und abgestoßen zugleich, aber was für eine grenzenlose Zerstörungswut war notwendig, um ein so grauenvolles Gemetzel anzurichten? Es quälte ihn, daß er von diesem Bild in seinem Kopf nicht loskam.

Marilyn blieb im Bett liegen und blinzelte ihn müde an, als er sich ankleidete, ein Glas Milch in der Küche trank und dann das Haus verließ, um sich zu Doktor Bergasser zu begeben. Wie üblich empfing ihn der Analytiker freundlich und geleitete ihn durch den vor Grünpflanzen überquellenden Flur in seinen Ordinationsraum, wo Federer sich auf der Couch niederlegte.

Trotz seiner Müdigkeit begann er sofort von dem Ereignis in der Oper zu berichten. Wie es ihn herausgerissen hatte aus dem Zauber, in dem er sich befunden hatte, hinein in eine Horrorvision, die ihn seitdem verfolgte. Ohne daß er sagen konnte warum, fühlte er jedesmal einen tiefen körperlichen Schmerz, wenn er mit Greueltaten konfrontiert wurde, wenn etwa jemand davon erzählte, wie seine Familie von den Nazis abtransportiert worden war, und wie diese dem Betroffenen in ihrem perversen Zynismus den Abtransport säuberlich quittiert in Rechnung gestellt hatten. Er war dann innerlich aufgewühlt, obwohl er ja gar nicht persönlich von der Geschichte betroffen war. Sein Beruf war ein immer wieder scheiternder Versuch, sich der menschlichen Perversion des gegenseitigen Quälens zumindest im Einzelfall entgegenzustellen. Er begann, Bergasser den Traum zu erzählen, der ihn seit seiner Kindheit regelmäßig verfolgte: »Ich bin zum Tode verurteilt worden und muß mich entscheiden zwischen Giftspritze und Guillotine. Ich durchlebe die Szene, wie ich in einem sterilen weißen Raum auf einer medizinischen Liege festgeschnallt werde. Man setzt mir eine Nadel, die über einen Schlauch mit der Außenseite des Raumes verbunden ist, wo hinter einer schalldichten Glasscheibe ein Arzt steht und im Auftrag des Richters ein Schlafmittel durch den Schlauch spritzt, das ich auf mich zufließen sehe. Ich beginne die Wirkung des Mittels zu spüren und weiß, daß ich jetzt auf keinen Fall einschlafen darf, da ich dann das Gift gespritzt bekomme. Panisch kämpfe ich gegen den Schlaf an und verharre in diesem Zustand reglos und ausweglos. Am Ende entscheide ich mich dann immer für die Guillotine.«

»Lassen Sie Ihren Gedanken freien Lauf, und sagen Sie mir, was Ihnen zu diesem Traum einfällt«, vernahm er die ruhige Stimme des Analytikers. Er spürte, wie er immer mehr in die Angst hineinrutschte, die in diesem Traum symbolisch Gestalt angenommen hatte, und wie er sich danach sehnte, einfach nur gehalten zu werden.

Federers Worte folgten den Bildern, die vor seinen Augen lebendig wurden. »Ich … ich bin so ausgeliefert. Es gibt überhaupt kein Entkommen. Es ist, als hörte ich das Schreien meiner Mutter, wenn sie wieder einmal eine ihrer Krisen hatte und mein Vater versuchte, sie mit Gewalt wieder zur Vernunft zu bringen, … wenn sie wieder ihre Stimmen hörte, sich verfolgt fühlte, … und er dann auf sie einschrie, sie solle sich nicht so anstellen. Ich lag dann in meinem Bett und … und ich war so einsam, so furchtbar allein. Wo sollte ich denn hin?«

»Hier bei mir sind Sie nicht mehr allein. Ich bin da, und wenn Sie diese Ereignisse jetzt noch einmal durchleben, werde ich Sie dabei begleiten.« Die Stimme Bergassers war in solchen Augenblicken besonders sanft. Die Verzweiflung seiner Kindheit brach aus Federer hervor. Bilder rasten ihm durch den Kopf, er als kleiner Junge, oben am Geländer, während von unten das Geschrei heraufdrang. Plötzlich sah er wieder das Blut vor sich, das sich ihm gestern abend so unvermittelt eingebrannt hatte.

Die Mutter wurde abgeholt ins Spital, und er blieb zurück, tagelang allein mit einer Kinderschwester am Tag und dem von der Situation überforderten, sich in seine Strenge flüchtenden Vater an den Abenden und Wochenenden. Jede Frage an ihn, jeder falsche Schritt konnten unvermittelt zu einem Wutausbruch führen, und das Kind entwickelte ein gesteigertes Gespür dafür, die Eskalation schon im Vorwege zu erahnen, sie vielleicht doch noch verhindern zu können, was aber in der Regel mißlang.

Die überspannte Sensibilität war ihm geblieben. Immer versuchte er zwischen den Zeilen zu lesen, was sein Gegenüber ihm wirklich sagen wollte. Er wartete nur darauf, daß es sich jederzeit schlagartig wandeln und bösartig würde. So war es ihm auch anfangs mit Doktor Bergasser gegangen, vor dem er sich kaum merklich in den Sitzungen zurückzog. Aber dem Analytiker entging das nicht, und es war ihnen im Laufe der Zeit gelungen, gemeinsam den Hintergründen seiner Ängste auf die Spur zu kommen.

Allerdings war Federers Überempfindlichkeit auch zu einer Quelle gesteigerter Wahrnehmung und intensiveren Erlebens für ihn geworden. Er konnte eine Landschaft am Geruch erkennen ebenso wie die Zu- oder Abneigung einer Frau. Er vermochte die Zusammensetzung einer Sauce am Geschmack bis auf das letzte Gewürzblatt zu identifizieren. Über die Haut nahm er die Eigenschaften eines Raumes wahr und wußte so auch ohne etwas zu sehen immer, wo er sich gerade befand. Oder er lauschte im Konzert, wie die Musiker selbst ihren Atem dem Lauf der Musik unterordneten. Es sei denn das Ticken einer Armbanduhr des neben ihm Sitzenden brachte ihn so sehr aus der Fassung, daß er ihn darum bitten mußte, sie abzunehmen. Tiefen Eindrücken konnte er sich ganz hingeben, erlebte im Extrem sowohl Panik als auch Lust. Nur Ruhe schien er nie finden zu können.

Kam die Mutter zurück aus dem Spital, war sie distanziert, unzugänglich, und er mußte sie pflegen. Er würde nie ihre starren, ausdruckslosen Augen vergessen, aus denen er verzweifelt eine Regung, eine Zuneigung zu entlokken versuchte. Er hatte ihr Leiden geteilt und war immer noch in den alten Bildern verhaftet, sah sich außerstande zu ertragen, wie einem anderen Menschen Schmerz zugefügt wurde. Auch daher sein Beruf, sein Wunsch nach einem friedlichen Leben. Keinem sollte widerfahren, was seine Mutter hatte erleiden müssen. Oder war es doch er selbst?

Tränen rannen über sein Gesicht, und wie aus weiter Ferne drang die Stimme des Analytikers: »Sie haben all das erlebt, und es war mehr, als Sie tragen konnten, als jeder in dem Alter hätte ertragen können. Aber diese Zeit ist vorbei, und wenn Ihre Gefühle hier bei uns jetzt ihren Raum bekommen, dann sind Sie eben nicht alleine mit ihnen. Ich werde die Kraft für uns beide aufbringen, daß wir uns Ihrem Schmerz stellen können, und Sie brauchen nicht zu befürchten, ich könnte zu schwach dazu sein, ich bin es sicher nicht.«

Federers Vergangenheit schien immer noch übermächtig. Lange Zeit war er gut zurechtgekommen. Aber dann, vor etwa vier Jahren, hatten sich akute Angstzustände bei ihm eingestellt. Er war zu Doktor Bergasser gekommen, und durch die Therapie hatte sich sein Zustand gebessert.

Jetzt bestand Federers Hauptproblem in seinem Verhältnis zu Frauen. Er begehrte sie, suchte innige Nähe zu ihnen und mutierte zu einem hilflosen Nervenbündel, sobald ihre Gegenwart real war. Er konnte dann keinen klaren Gedanken mehr fassen. Nur mit Cecilia war es anders. Sie kannte er lange genug, und sie war auch immer in ausreichender Entfernung geblieben.

Eigentlich stand nur Marilyn ihm wirklich nahe. Zwar machte sie als echter Dackel, was sie wollte, doch sie ließ auch ihn so sein, wie er war. Es war schon verrückt, aber genau damit gab sie ihm ein Gefühl von Sicherheit, und so war sie auch immer in seiner Nähe, besonders dann, wenn es einmal brenzlig wurde, sei es bei einem Fall oder bei einer Frau.

Wie sehnte er sich nach einer Welt aus Geborgenheit, und doch lauerte immer wieder eine unbestimmte Bedrohung. Er war wütend auf all die Jahre, die er eingesperrt gewesen war in einem Denkmuster, das es ihm unmöglich gemacht hatte, frei und ohne Angst zu leben. Ein unglaublicher Hunger machte sich breit danach, das zu bekommen, was gar nicht möglich war.

Die Stunde war nun zu Ende. Er verabschiedete sich von Doktor Bergasser, der ihm mitfühlend die Hand reichte.

Draußen bemerkte er, daß ihn trotz des fortdauernden Nebels nicht mehr fror. Er mußte jetzt etwas essen, mußte Marilyn holen und sich dann in sein Büro begeben, wo neben dem kopflosen Sänger ja auch noch die Leiche aus der Donau wartete.

Nach kurzem Fußweg betrat er seine Wohnung, überging den Hund, der sich inzwischen bequemt hatte, das Bett zu verlassen, um ihn zu begrüßen, und stürzte sich auf den Kühlschrank. Er begann bei einer Portion Beinschinken, arbeitete sich dann vor zu dem Rest einer Lasagne vom vergangenen Tag, trank dazu einen ganzen Liter Milch und fand nach einer Essiggurke noch einen Topf mit Schokoladenmousse.

Marilyn nahm lebhaft Anteil an seinem kulinarischen Streifzug und wurde dafür mit einigen Scheiben Schinken belohnt, die Essiggurke verschmähte sie. Vollgestopft, aber keineswegs gesättigt, eilte er dann mit dem Hund ins Büro. Stankovic würde dort um neun Uhr die tägliche Lagebesprechung abhalten, und er mußte sich unbedingt vorher noch einen Kaffee zubereiten.

Er liebte Kaffee, war regelrecht süchtig danach. Ohne den morgendlichen Schluck eines hochkonzentrierten schwarzen Espresso wäre er für den Rest des Tages unausstehlich, wie gelähmt und halbblind, von Migräne geplagt. Er hatte in seinem Arbeitszimmer eine eigene Espressomaschine.

Es dauerte nicht lange, und den Kaffee in der Hand, den Hund zurücklassend, betrat er den von angespannter Strenge erfüllten Sitzungsraum für die morgendlichen Besprechungen. Seine Kollegen waren bereits vollzählig versammelt und erwarteten nervös in halblautem Gemurmel die Ankunft des Dezernatsleiters, den sie wegen seiner unberechenbaren Wutanfälle fürchteten.

Sichtlich gezeichnet von der vorangegangenen langen Nacht betrat Stankovic den Raum und vermittelte bereits durch seine Körpersprache allen, daß er heute keinesfalls zu Scherzen aufgelegt sein werde. Umgehend verlangte er eine detaillierte Aufstellung der bisherigen Ermittlungen im Fall des Opernmordes. Die Morgenpresse berichtete bereits in riesigen Lettern von der Sensation. Zur Bekräftigung klopfte er auf die vor ihm liegenden Zeitungen.

Außerdem hatte sich auch schon der Bürgermeister, sein alter Schulfreund aus besseren Tagen, aus Angst um die anstehenden Wahlen in unchristlicher Frühe bei ihm gemeldet und nur wenig sanfte Worte gefunden.

Der ungeschickte Versuch Schrögers, zuerst »seine« Leiche vom vorangegangenen Abend zum Thema zu machen, wurde von Stankovic mit einem schrägen Seitenblick bereits im Keim erstickt. Die Anspannung war so greifbar, daß der schüchterne Praktikant Weiler einen Schluckauf bekam. Stankovic war irritiert und hätte ihn beinahe des Raumes verwiesen. Er riß sich jedoch zusammen, und lediglich die von andante auf allegro umschlagende Rhythmik der Zuckungen seines rechten Mundwinkels ließen das drohende Unheil erahnen. Die Ruhe war eisig, nur der regelmäßige Schluckauf des verängstigten Weiler war zu hören, als Stankovic schließlich begann, den bisherigen Stand der Dinge selbst zusammenzufassen. Er hoffte, mit Hilfe der bereits von den anderen zusammengetragenen Details einen vorläufigen Überblick über den Fall zu bekommen, den er anschließend in der für zwölf Uhr anberaumten Pressekonferenz präsentieren könnte.

»Bitte sehr, meine Damen und Herren, wir haben es mit einer ernsten Angelegenheit zu tun. Sie sehen, was wir zu erwarten haben«, hierbei tippte er erneut mit den Fingern auf den Papierstapel vor sich, »wenn wir nicht umgehend etwas Konkretes auf den Tisch legen können. Wenn ich zusammenfassen darf«, er blickte unwirsch auf den immer noch im Schluckauf gefangenen Weiler, »gegen dreiviertel zwölf fand die Bedienerin der Staatsoper, Josefa Bosnicic, den berühmten Bariton Ion Temescu in seiner Garderobe tot auf. Der Kopf war ihm vom Rumpf getrennt worden und ist seitdem verschwunden. Von Frau Bosnicic waren in der Nacht keine Angaben mehr zu erhalten, da sie mit einem schweren Schockzustand in die Psychiatrie auf die Baumgartner Höhe eingeliefert wurde. Konnte inzwischen mit ihr Kontakt aufgenommen werden?«

Jetzt waren die einzelnen Kollegen mit den Ergebnissen ihrer ersten Nachforschungen an der Reihe. Wie üblich tat sich die Beamtin Berndorfer hervor, die nach Federers Einschätzung darunter litt, hier die einzige Frau zu sein, und daher etwas Hartes an sich hatte. Immer versuchte sie, egal wie, die Beste zu sein. Federer hingegen hätte ein kollegiales Miteinander bevorzugt. Wenigstens bewahrte ihn seine finanzielle Unabhängigkeit durch das Erbe nach dem Selbstmord seiner Mutter davor, sich in die Konkurrenz mit der Kollegin hineinziehen zu lassen. War sein Arbeitgeber mit seiner Leistung nicht zufrieden, dann sollte er ihn halt gernhaben, und Federer würde sich einen anderen Zeitvertreib suchen.

Berndorfers Arbeit hingegen war immer perfekt. So bewies sie den anderen und sich selbst, daß Frauen viel besser ihren Mann stünden. Auch jetzt hatte sie sich schon frühmorgens, sobald sie von dem neuen Fall gehört hatte, mit allen Informationen versorgt und brannte darauf, in ihrer leicht überheblichen Art eine erste Spur zu präsentieren:

»Der Kopf der Leiche wurde unterhalb des Kehlkopfes abgetrennt, aber das wird Ihnen der Gerichtsmediziner gleich noch genauer erläutern. Außer der Kleidung des

Opfers fand sich in der Garderobe lediglich noch eine schmale schwarze Rindsledermappe, die allerdings leer war. Temescu hat sie wahrscheinlich für den Transport seiner auf dem Tisch liegenden Noten benutzt. Er ist offenbar von dem Täter nach dem Abschminken beim Lesen überrascht worden. Dann trug er noch einige Schmerztabletten und drei Ampullen Insulin bei sich, was darauf hindeuten dürfte, daß er wohl zuckerkrank war. Interessanter waren unsere Funde in seiner Hotelsuite. Heroin, liebe Kollegen ...«, der Stolz in ihrer Stimme war nicht zu überhören, »... ein ganzes Kilogramm feinstes Heroin, verpackt in kleinen Plastikbeuteln, die in Flaschen mit Shampoo und Badeschaum eingelegt waren. Das entspricht tatsächlich einem Marktwert von etwa einhunderttausend Euro und dann noch sein Terminkalender mit sämtlichen Engagements für die nächsten Monate, und ...«, wieder gönnte sie ihrem Stolz eine gewichtige Pause, »... und er hätte heute um fünfzehn Uhr ein Treffen im Café *Schwarzenberg* gehabt, möglicherweise ein Hinweis auf den Adressaten des Heroins. Von uns wird jemand dort sein.«

Federer war klar, daß, wer auch immer an dem Heroin interessiert sein mochte, sicher nicht im *Schwarzenberg* sein würde, da die Geschichte ja bereits in aller Munde war. Und der Mörder würde erst recht nicht darauf warten, die Bekanntschaft der Frau Kollegin zu machen, war diese auch noch so eifrig.

Früher in seiner Zeit als Kunststudent war Federer oft im *Schwarzenberg* gewesen. Seine Studentenwohnung hatte gleich um die Ecke gelegen. Das Café war damals zur Zeit des eisernen Vorhangs ein bekannter Treffpunkt für Spione des Ostblocks gewesen. Dort fanden unauffällig Besprechungen statt, und geheime Unterlagen wurden versteckt in der Toilette ausgetauscht. Als Student hatte er ganze Nachmittage damit verbracht, darauf zu spekulieren, wer der im Café Anwesenden denn für den KGB, die Securitate oder einen der anderen Dienste tätig sein mochte. Wien war vor seinen Augen eine Drehscheibe der inoffiziellen Weltpolitik gewesen. Es hatte sich viel verändert seitdem.

Temescu lebte zwar in New York, aber er stammte aus Rumänien. Vielleicht gab es wirklich einen Zusammenhang zwischen dem Termin um drei Uhr nachmittags und dem Heroin, da mochte die Berndorfer recht haben. Es war kein Geheimnis, daß die östlichen Geheimdienste die letzten waren, die unter dem Zusammenbruch des Sozialismus zu leiden hatten. Ihnen war es problemlos gelungen, die dunklen Geschäfte früherer Zeiten in mehr oder weniger legale Geschäftsfelder umzuwandeln und auszubauen. Aus alten Seilschaften entstanden neue Eliten. Doch wer mochte der Empfänger für den weißen Stoff in Temescus Gepäck gewesen sein, und woher stammte das Heroin? Aus dem Nahen Osten oder aus Zentralasien? Warum hatte man den Sänger umgebracht, ohne das Heroin mitzunehmen? Das ergab keinen Sinn, selbst wenn er gegen die Regeln der ehrenwerten Gesellschaft verstoßen und diese sich an ihm mit einem wirkungsvollen Exempel revanchiert haben sollte.

Während seiner Überlegungen hatte Federer den fleißigen Bericht der Kollegin über sich ergehen lassen: Wer wann am vergangenen Abend in der Oper ein- und ausgegangen sei und wer wen noch gesehen habe. Die bosnische Bedienerin werde aufgrund ihres Schocks weiterhin von den Ärzten vor jeglichem Besuch abgeschirmt. Wahrscheinlich habe der entsetzliche Fund Erinnerungen an den Krieg in ihrer Heimat geweckt. Zunächst müßten daher jetzt die anderen Sänger der gestrigen Vorstellung und der Staatsoperndirektor befragt werden, wobei ein Zusammenhang zwischen diesen Personen und dem Rauschgift wohl kaum wahrscheinlich sei.

Als sie geendet hatte, erntete die Kollegin Berndorfer geradezu gierig, wie Federer fand, das verdiente Lob von Stankovic. Doch übersah sie hierbei, daß dieses Lob eigentlich ein Eigenlob des Dezernatsleiters war, der sich auf diese Weise darin bestärkte, wie hervorragend in seiner Abteilung gearbeitet wurde. Außerdem war er erleichtert, daß er in der mittäglichen Pressekonferenz zusammen mit seinem Freund, dem Bürgermeister, eine gehaltvolle Stellungnahme abgeben können würde.

Der Pathologe bestätigte die Angaben Berndorfers. Er führte im Detail aus, wo genau der Schnitt am Hals verlaufen war. Mit einem scharfen Messer, wahrscheinlich einem Rasiermesser, sei der Sänger offenbar von hinten angegriffen worden. Der Schnitt habe von der linken Halsvorderseite aus zuerst die linke Halsschlagader, dann die Luftröhre, als nächstes die Speiseröhre und zuletzt die rechte Halsschlagader durchtrennt. Mit einem Ruck dürfte der Täter anschließend die Halswirbelsäule gebrochen und den Kopf vollständig abgerissen haben. Am Körper seien keine Hinweise auf einen Abwehrkampf gefunden worden, was darauf schließen lasse, daß das Opfer den Täter entweder gekannt habe, oder daß dieser sich so unauffällig habe heranschleichen können, daß er nicht bemerkt worden sei. Es müsse alles sehr schnell gegangen sein, da das Opfer keine Zeit mehr gehabt habe, Blut einzuatmen, was allerdings verwunderlich sei. Zu den Drogen stünden die laborchemischen Untersuchungen noch aus. Außerdem müsse für einen abschließenden Befund auch der Kopf gefunden werden.

Da keine weiteren Ergebnisse vorlagen, löste Stankovic, noch bevor jemand seine Zufriedenheit hätte gefährden können, die Sitzung auf und bat Federer, ihm in sein Büro zu folgen.

Das Arbeitszimmer seines Vorgesetzten strahlte eine imperiale Erhabenheit aus. Die Einrichtung war aus schwerer dunkler Jahrhundertwendeeiche und wurde dominiert von einem bis zur Decke reichenden, vor Akten überquellenden Schrank und einem viel zu groß geratenen Schreibtisch. Er verlieh Stankovic Autorität, und außerdem bot er genug Platz für seinen überdimensionierten Computer, der zwar inzwischen alt war, aber auf Kosten der Behörde immer wieder auf den neuesten Stand gebracht wurde. Und doch war es Stankovic, auch wenn er sich für die Computertechnik wie ein Kind für die Modelleisenbahn begeisterte, nie gelungen, dieser Technik Herr zu werden.

Federer würde nie vergessen, wie sein Vorgesetzter sich vor Jahren tagelang in seinem Zimmer verbarrikadiert hatte in dem besessenen Versuch, als erster Dezernatsleiter Wiens einen Zugang ins Internet zu bekommen. Er verließ das Büro in jener Zeit nur für die wenigen Stunden

Schlaf, die er sich gönnte, und kämpfte einen leidenschaftlichen, aber aussichtslosen Kampf. In dem Bemühen, das Betriebsprogramm zu installieren, war er so erfolglos, daß nach unzähligen Wutanfällen schließlich ein Computerspezialist gerufen werden mußte, der das gesamte Betriebssystem neu installierte. Die Mitarbeiter der Abteilung schlichen in jenen Tagen nur auf Zehenspitzen durch das Büro, und selbst Fräulein Ziegler, die sonst unbekümmerte Sekretärin des Chefs, wagte sich nicht in seine Nähe.

Zwar liebte Stankovic das Devote an einem Mitarbeiter wie beispielsweise an der Kollegin Berndorfer, aber genauso hatte er Respekt vor der gedanklichen Unabhängigkeit Federers, der immer wieder irgendein Detail fand, das die entscheidende Verbindung zwischen den diversen zusammengetragenen Fakten herstellte und hierdurch die Auflösung eines kriminalistischen Puzzlespiels erst möglich machte. Auf eine väterliche Art mochte er Federer, hatte ihn – auch damals, während dessen psychischer Krise – verläßlich unterstützt.

»Was halten Sie von der Geschichte? Da hat uns doch jemand einen Schlamassel eingebrockt. Ich hoffe nur, daß das Ganze nichts Politisches ist. Das könnten wir im Augenblick wirklich nicht gebrauchen. Sie wissen, daß ich einen engen Kontakt zu dem Herrn Bürgermeister pflege. Eine Kampagne, in der unsere schöne Stadt als verbrecherischer Sumpf hingestellt wird, ist das letzte, so hat er mir versichert, was er im jetzigen Wahlkampf gebrauchen kann. Das würde dem Ruf nach einer starken Hand nur zusätzlich Gehör verschaffen. Gleich muß ich ins Rathaus zur Pressekonferenz mit dem Herrn Polizeipräsidenten und dem Herrn Bürgermeister. Aufgrund der Drogen, die wir gefunden haben, werde ich in Richtung Bandenkriminalität argumentieren und zu verstehen geben, daß wir durch unsere Bemühungen bereits erste Ergebnisse erzielt haben. Sie können sich das Theater dort sparen, aber ich möchte Sie dringend bitten, daß Sie mir etwas Handfestes besorgen. Ihnen gelingt das ja immer, obwohl ich nie ganz verstanden habe, wie Sie das eigentlich fertig bringen.«

»Das mit der Mafia ist schon eine Möglichkeit. Ich werde mich darum kümmern. Allerdings ist die Art des Mordes ungewöhnlich. Ich erinnere mich, daß es vor Jahren einmal einen vergleichbaren Fall gab. Ein geisteskranker Friseurlehrling brachte seine Mutter um, trennte ihr den Kopf ab und stellte ihn dann im Schaufenster des Frisiersalons aus. Ich glaube, er sitzt seitdem in der geschlossenen Psychiatrie. Aber bei Temescu muß etwas anderes im Spiel sein.«

»Das glaube ich auch. Die brutale Methode scheint eher dazu zu dienen, ein Exempel zu statuieren. Sehen Sie zu, was Sie da entdecken können. Ach, und wenn Sie schon einmal dabei sind, vielleicht finden Sie ja auch noch etwas über diese andere Leiche heraus, die aus der Donau. Weiß man schon, um wen es sich dabei handelt?«

Federer wußte nicht mehr als das, was er am vergangenen Abend auf seinem Anrufbeantworter gehört hatte, und antwortete daher ausweichend. »Ich werde mich auch darum kümmern und Ihnen Bericht erstatten. Ich mache mich jetzt auf den Weg.«

»Ja, ja gehen Sie. Ich hoffe, wir wissen bald mehr, sonst wird die Sache arg unbequem.«

5

Wieder zurück in seinem Arbeitszimmer setzte Federer sich nach der obligatorischen Begrüßung durch Marilyn an seinen Schreibtisch und hob den Hund auf seinen Schoß, um ihn hinter den Ohren zu kraulen.

»Was meinst du?«

Verständnislos, aber liebevoll schaute Marilyn ihn an und wedelte kurz mit ihrem Schwanz.

So kam er nicht weiter. Er würde sich einen zweiten Kaffee zubereiten, die letzte Nacht steckte auch ihm noch in den Knochen. Dann würde er Slobo anrufen. Slobodan Dragomir Lukic, wie er mit vollem Namen hieß, war Hausbesorger in der Praterstraße in einem von Federers Mietshäusern. Er stammte aus dem früheren Jugoslawien und war vor dem Krieg aus der Kraina geflohen. Erst nachdem er die Stelle bei ihm angetreten hatte, war Federer klar geworden, daß diese Tätigkeit gar nicht die eigentliche Beschäftigung Slobos war. Über lebhafte Kontakte zur balkanischen Halbwelt in Wien war er an verschiedensten dubiosen Geschäften beteiligt. Diverse Dinge, die auf undurchschaubaren Kanälen in seinen Besitz gelangt waren, fanden am Mexikoplatz einen regen Absatz, dort, wo sich ein Markt ganz besonderer Freiheit etabliert hatte. In seiner Heimat war Slobo Professor für Germanistik gewesen, und es dauerte eine ganze Weile, bis Federer ihn durchschaute. Da er aber ein durch und durch zuverlässiger Hausbesorger war, und da ein solcher heutzutage kaum noch zu finden war, hatten sie sich eines Abends zusammengesetzt. Slobo hatte einen hervorragend zubereiteten Fogosch und Slibowitz serviert, und sie hatten zu fortgeschrittener Stunde, nachdem Federer seiner Entrüstung hatte Ausdruck verleihen können, eine Übereinkunft in beiderseitigem Interesse getroffen. Federer sah und wußte nichts von dem, was sich im Keller seines Mietshauses abspielte – wer würde schon illegale Geschäfte im Haus eines Kriminalbeamten vermuten, und Slobo ließ von nun an seine vielfältigen Beziehungen spielen, wenn sein Arbeitgeber auf Informationen aus Quellen angewiesen war, die sonst keinem Mitarbeiter der Polizei Wiens je zugänglich wären.

Als erstes aber benötigte Federer nähere Informationen zu Temescu. Er müßte von Bulganov erfahren, ob hinter den Andeutungen des Dirigenten von der vorangegangenen Nacht etwas steckte. Hoffentlich hatte der inzwischen seinen Rausch ausgeschlafen, alleine oder zusammen mit dem jungen Sänger, das war ihm egal. Auch mit Isabella Marea wollte er sprechen. Alles weitere würde er zuerst einmal der Kollegin Berndorfer überlassen, die sicher schon in wildem Aktionismus losgezogen war.

Ihre Methode unterschied sich grundsätzlich von seiner. Während er sich bemühte, erst eine Spur zu haben und diese dann zu verfolgen, begann sie in ihrem Eifer, alle Möglichkeiten gleichzeitig zu bearbeiten, und nicht selten hatte sie damit Erfolg. Und dann triumphierte sie. Federer fragte sich, was ihn so daran störte, und gestand sich ein, daß sie in diesen Momenten etwas vermittelte, was ihm fehlte: Sie liebte, was sie tat, sie erfüllte sich auf ihre Weise den Traum ihres Lebens, sie war zufrieden und er nicht. Was nur hinderte ihn daran?

Er wollte diesen Gedanken nicht fortsetzen, brauchte Kaffee und mußte mit seinen Ermittlungen beginnen. Er benötigte Hinweise, um dann gezielt vorgehen zu können. Befragungen und auch Verhöre beschränkte er auf das Notwendige. Er arbeitete lieber versteckt, bis er genügend Indizien gesammelt hatte, die sich zu einer Kette von Beweisen zusammenfügen ließen. Sie wurden zu einer Schlinge für den Täter, aus der es für ihn kein Entrinnen mehr gab. Alles andere war dann nur noch mehr oder weniger eine Formsache, die er gerne seinen Kollegen überließ. Menschen wie Slobo waren sein Internet, nicht ganz legal, aber sehr effektiv. Sicher war seine Strategie auch ein Versuch, sich von den Methoden der anderen abzugrenzen, und genauso verschaffte sie ihm einen entscheidenden Vorsprung gegenüber dem Staatsanwalt, seinem heimlichen Gegenspieler. Der Staatsanwalt saß in seinem engen Zimmer im Gerichtsgebäude, viel zu weit weg von den wirklichen Schauplätzen der kleineren und größeren Verbrechen, als daß er sich wie er in sie hineinversetzen und ihre Spielregeln nutzen konnte. Federer erinnerte sich an den Arbeitsplatz seines Vaters, der ihm früher wie ein Versteck im Labyrinth des Justizpalastes vorgekommen war.

Auch Stankovic wußte nichts von den speziellen Informationskanälen seines Kollegen und war außerdem viel zu sehr mit sich selbst beschäftigt, als daß sie ihn interessiert hätten. Federer lieferte überraschende Resultate, das zählte. Warum das so war, blieb Stankovic immer ein Rätsel, aber es ging ihn auch nichts an, solange nur die Ergebnisse stimmten, die ihn zum erfolgreichsten Dezernatsleiter der Stadt hatten werden lassen. Davon war er überzeugt.

Inzwischen fauchte Federers Espressomaschine zum zweitenmal an diesem Tag, und ein vielversprechendes schwarzes Gebräu floß tropfenweise in die Tasse. Mit dem ersten Schluck, den Federer warm in seiner Kehle spürte, legte sich seine Müdigkeit so weit, daß er den Telefonhörer zur Hand nahm. Slobo, der bereits aus den Nachrichten von den spektakulären Ereignissen rund um die Opernpremiere erfahren hatte, sagte ihm zu, ihn am gleichen Abend im *Schweizerhaus* zu treffen, einem rustikalen Biergarten im Prater. Er würde sich bis dahin über den Sänger umhören. Das Thema Rauschgift deutete Federer am Telefon nur indirekt so an, daß Slobo verstand, was er meinte. Sollte ein Gespräch durch Zufall oder auch beabsichtigt einmal abgehört werden, wollte er weder seinen Informanten noch sich selbst so weit bloßstellen, daß juristische Konsequenzen zu befürchten wären.

Als nächstes rief er im Hotel *Orient* an, um sich dort nach dem Zustand des Dirigenten zu erkundigen. Er wußte, daß Maestro Bulganov immer im *Orient* abstieg, wenn er in Wien gastierte, und nach dem Treffen des gestrigen Abends fand Federer das durchaus angemessen. Das *Orient* war eine echte Wiener Institution. Ursprünglich hatte an der Stelle des Hotels eine Hafenschänke gestanden. Doch so wie der Alserbach durch Trockenlegung zum tiefen Graben geworden war, war auch die Schänke einem Hotel im Stil des glorreichen Fin de Siècle gewichen, dessen Verwendungszweck von Beginn an ein ganz eindeutiger gewesen war.

Bis heute wurden Zimmer sowohl dreistundenweise als auch für ganze Nächte vermietet. Vor allem die im original orientalischen Stil des Serail oder eines indischen Maharaja-Palastes gehaltenen Suiten waren oft bereits Wochen im voraus ausgebucht, wobei die Diskretion des Hauses verhinderte, daß die Gerüchte, hier würden Staatsgäste empfangen, je bestätigt worden wären. Inoffiziell war allenfalls bekannt, daß die meisten Paare, die den Service des Hauses nutzten, regelmäßig kamen und entweder verheiratet waren oder langjährige Geliebte, die offenbar nirgends so treu waren wie in der Untreue gegenüber ihren Gatten.

Maestro Bulganov sei in der Tat zur Zeit Gast des Hotels, er habe wie immer die Kaisersuite belegt. Nein, heute sei er noch nicht zum Frühstück erschienen, und er habe sich jede Störung verbeten. Der Herr Inspektor werde gebeten, zu einem späteren Zeitpunkt erneut anzurufen, der Wunsch eines Gastes werde respektiert, da gebe es keine Ausnahme. Nein, auch den Herrn Bundespräsidenten und selbst den Papst werde man nicht zu einem Gast durchstellen, der seine Ruhe wünsche, schließlich habe man einen Ruf, den man nicht aufs Spiel setzen werde.

Isabella Marea im Hotel *Bristol* war hingegen überraschend leicht zu erreichen, und sie erklärte sich bereit, den Inspektor am Nachmittag um sechzehn Uhr zu einem Tee in der Lobby des Hotels zu treffen.

Daß ihn jeder Inspektor nannte, obwohl der Titel abgeschafft worden war, daran hatte Federer sich längst gewöhnt.

Bevor er nun in die Mittagspause aufbrechen würde, wollte er noch selbst die bisher gefundenen Indizien inspizieren. Er ging von seinem Zimmer aus den langen, vertrauten Korridor entlang, bog an dessen Ende nach links, und gelangte über das Stiegenhaus in den Unterstock mit dem von Neonlicht grell erleuchteten Raum für die Lagerung des Beweismaterials. Die aus dem Garderobenzimmer in der Staatsoper und aus dem Hotelzimmer im *Bristol* zusammengetragenen Beweisstücke lagen in der Mitte eines Stahltisches. Der Fall Temescu hatte zur Zeit absolute Priorität, so daß alles, was mit anderen laufenden Ermittlungen zu tun hatte, in numerierten Kartons verschwunden war, die sich in hohen Wandregalen und auf dem Boden stapelten. Auf dem Tisch vor ihm, in leicht chaotischem Durcheinander, lagen das Heroin in aufgeschnittenen Shampoo- und Badeschaumflaschen, drei fein gestärkte Hemden, zwei modische Anzüge, Badeutensilien und Medikamente, neben dem Insulin noch Schmerztabletten. Ob Temescu selbst süchtig gewesen war? Dann waren da noch die schwarze Rindsledermappe, eine Aktentasche mit Noten voller Notizen, die aber offenbar nur mit der Musik zu tun hatten, separat die Partitur der *Salome*, der Terminkalender mit der Zeitplanung für das ganze Jahr, eine stattliche Summe US-Dollar, Kreditkarten und einige Euro.

Federer zog sich ein Paar Gummihandschuhe über und starrte die Gegenstände an, hoffte, so einen Anhaltspunkt aus ihnen herauszulesen. Er ließ alles auf sich einwirken, nahm dann zuerst den Terminkalender in die Hand. Nach der Premiere der *Salome* hätte Temescu in Mailand an der Scala den Rigoletto singen sollen, eine anspruchsvolle Partie, für die sicher nicht leicht ein adäquater Ersatz zu finden war. Anschließend stand der Gurnemanz an der Met in New York auf seinem Programm. Temescus Kleidung war edel, Seide und Kaschmir, maßgeschneidert. Federers Blick blieb hängen an der Schachtel für die Manschettenknöpfe. Sie stammte von dem Juwelier, der, vor nicht langer Zeit am hellichten Tag, während er gerade bediente, von drei Gestalten im dunklen Anzug in seinem Geschäft am Graben erschossen worden war. Geschickt konnten die Mörder sich frei und unbemerkt in der Stadt bewegen, da zur gleichen Zeit in unmittelbarer Nähe eine Kriminalserie für das Fernsehen gedreht wurde, deren Schauspieler ebenfalls bewaffnet und in Uniform herumspazierten. Die Ermittlungen waren damals von Stankovic schon im Keim erstickt worden, ein Hinweis auf eine politisch begründete Weisung von oben.

Diese Vermutung Federers wurde bestätigt, als der Fall kurze Zeit später ungeklärt als Raubmord zu den Akten gelegt wurde, obwohl ein wesentlicher Aspekt eines Raubmordes fehlte, nämlich der Raub. Selbst die offen auf dem Verkaufstisch liegenden Brillanten waren von den Tätern nicht einmal angerührt worden. Waren vielleicht bei Temescu ähnlich gezielt Mörder am Werk, die sich ihrer Sache sicher sein konnten? Dann würde auch dieser Fall bald in der Versenkung verschwinden.

Als Federers Blick auf die Noten fiel und er an den braun getrockneten Blutspritzern die Seite erkannte, an der das Notenbuch zum Tatzeitpunkt geöffnet gewesen war, dachte er an den vergangenen Abend zurück, und er bereute, daß er morgens nicht noch versucht hatte, Cecilia anzurufen. Es war der Augenblick gewesen, als sie sich eng aneinander geschmiegt hatten, dem gemeinsamen Höhepunkt entgegenzustreben: »... und er kommt ...« Die Worte waren unterstrichen. Die Freude über das Erlebte mischte sich mit einem Hauch bitterer Traurigkeit über das Warten, das nun wieder vor ihm liegen würde. Ihn überfiel eine bleierne Müdigkeit.

Er verließ das Untergeschoß, kehrte zurück in sein Arbeitszimmer, knöpfte sich den warmen Mantel zu und machte sich auf den Weg. Er würde später von zu Hause aus nochmals im Hotel *Orient* anrufen und dann zu dem Termin mit Isabella Marea ins *Bristol* aufbrechen. Im Büro gab es vorerst nichts weiter zu klären, wahrscheinlich würde er erst am Abend von Slobo brauchbare Anhaltspunkte für das weitere Vorgehen bekommen.

Zu müde, um in ein Lokal einzukehren, was er sonst mittags gerne tat, nahm er den direkten Weg zum Franziskanerplatz.

In seiner Wohnung war der Blick in den Kühlschrank nach dem exzessiven zweiten Frühstück enttäuschend, so daß Federer sich auf das Sofa legte und erschöpft einnickte. Er war so müde, daß ihn nicht einmal ein Traum davon abhielt, in tiefen Schlaf zu fallen. Dabei hätte er gerne geträumt, die Stunden mit ihr zumindest im Traum noch lebendig gehalten.

Seine innere Uhr weckte ihn rechtzeitig, doch sein Kopf schmerzte höllisch und reagierte pochend auf jede noch so geringe Bewegung. Er richtete sich auf und starrte auf den immer noch grau verhangenen Himmel. Den ganzen Tag über war es nicht wirklich hell geworden. Nachdem die erste Schmerztablette ihre Wirkung verfehlt hatte, brachte die zweite Linderung, und seine Neugier auf das Zusammentreffen mit der berühmten Sopranistin gewann langsam die Oberhand. Er telefonierte kurz mit dem Hotel *Orient*, wo es ihm gelang, für sechs Uhr ein Zusammentreffen mit Bulganov zu arrangieren. Dann machte er sich kurz frisch und war schon auf dem Weg ins *Bristol*. Marilyn begleitete ihn. Ihre Anwesenheit hatte schon oft geholfen, die starre Atmosphäre einer Befragung aufzulockern und dadurch die Informationen zu erhalten, die wirklich von Bedeutung waren.

6

Sie war atemberaubend. In einem hochgeschlossenen, enganliegenden schwarzen Kleid saß sie an einem der Tische auf der linken Seite der Lobby. Ein in kräftigem Rot gehaltener schwerer Seidenschal lag um ihren Hals, zog den Blick auf sich, der von dort aus unweigerlich zu dem ausdrucksstarken, etwas zu blassen Gesicht schweifen mußte, in dem sich das Rot in den Lippen wiederfand und das Schwarz in Augen und Haar. Noch bevor er sich überhaupt zu erkennen gegeben hatte, mußte Federer eine aufkeimende Verlegenheit bekämpfen. Er war hier als ermittelnder Kriminalbeamter und als nichts sonst. Eine innere Stimme drängte ihn, die Flucht zu ergreifen. Er schluckte. Isabella Marea geizte nicht mit ihren Reizen, und er spürte, wie er sich zum Kaninchen vor der Schlange wandelte.

Nervös ging er auf die Sängerin zu und stellte ihr sich und seinen Hund vor. Er nahm ihr Angebot, am Tisch Platz zu nehmen, höflich dankend an und wußte auf einmal gar nicht, wie er beginnen sollte. Sie schien seine Unsicherheit zu spüren. Ihn drängte es, dieser Frau, die so anziehend vor ihm saß, die er in glühender Leidenschaft hatte singen hören und deren verführerischer Körper ihm nach den zärtlichen Momenten mit Cecilia im gleißenden Licht der Bühne kurz aufgefallen war, von seiner Einsamkeit zu berichten, davon, wie sehr er sich verloren fühlte. Er errötete.

Die Schlichtheit ihrer Kleidung unterstrich ihre elegante Erscheinung. Als der Ober zu ihnen trat, um die Bestellung entgegenzunehmen, schloß er sich ihrem Wunsch nach einem Glas Kirschsaft an, obwohl er eigentlich einen Kaffee bestellen wollte. Er mußte jetzt etwas sagen, mit der Befragung beginnen, doch welche Frage sollte er zuerst stellen? ›Welche Zimmernummer haben Sie?‹ schoß es ihm durch den Kopf, aber er unterdrückte diesen Impuls. ›Du bist Beamter‹, ermahnte er sich. Wie sollte er objektiv ein Verhör durchführen, wenn er, noch bevor das erste Wort überhaupt gewechselt war, schon vollkommen kopflos dasaß und seine Gedanken sich in eine Richtung bewegten, die zwar verlockend, aber der Situation in keiner Weise angemessen war.

Schließlich riß er sich zusammen und begann. »Sie haben sicher schon erfahren, was gestern abend passiert ist?«

»Ich habe es heute morgen gehört und muß Ihnen sagen, daß ihm ganz recht geschehen ist. Ich hoffe, er hat gelitten, hat den Schmerz noch mitbekommen.« Ihr Deutsch war ausgezeichnet, sie hatte lange in Salzburg studiert und schien Wert auf sprachliche Korrektheit zu legen. Nur ein leichter Akzent verriet ihre südamerikanische Herkunft. Jedoch waren nicht ihre guten Sprachkenntnisse für Federer überraschend, sondern der Haß, mit dem sie auf den Ermordeten zu sprechen kam. Die Gefühle der Sängerin vertrugen sich so gar nicht mit den Phantasien, die unfreiwillig in seinem Kopf Gestalt angenommen hatten. Er mußte sehr fassungslos wirken, denn Isabella Marea wartete nicht ab, bis er nach dem Grund ihres Hasses fragte, sondern fing von sich aus an zu erklären:

»Wir waren lange zusammen in unserer Zeit an der Juilliard School in New York. Zwar stammten wir aus ganz unterschiedlichen Kulturen, aber vielleicht war es gerade dieser Gegensatz, der uns zusammenführte. Wir schienen füreinander bestimmt und planten eine gemeinsame Zukunft.« Sie lachte bitter. »Ich hatte meine ersten Erfolge und wurde schließlich von A-Musics, einer der größten Künstleragenturen in New York entdeckt, konnte bald darauf nach meinen Anfängen am Teatro Colón erstmals an der Met auftreten. Das war mein internationaler Durchbruch. Von da an standen mir alle Türen offen.

Ich war damals noch unbekannt, aber ich beschaffte ihm die Verbindungen, durch die auch ihm die Bühnen der Welt zugänglich wurden. Doch er wurde immer ekelhafter, stellte ununterbrochen Forderungen, ohne mir je etwas zurückzugeben. Er begann, auf großem Fuß zu leben, verschuldete sich, brachte sein ganzes Geld mit Prostituierten, Frauen, Männern und mit was weiß ich sonst noch, durch. Ohne Rücksicht demütigte er mich erst mit seinen Eskapaden und ließ mich dann von einem Tag auf den anderen sitzen.

Ich hoffte immer, daß er wieder auf den Boden zurückkommen würde, hatte meine ganze Zukunft gemeinsam mit ihm geplant. Wir wären ein Traumpaar gewesen, wollten unsere Karrieren aufeinander abstimmen, die eine Hälfte des Jahres in den Staaten, die andere in Europa verbringen. Er hat mich einfach fallengelassen. Gefühle bedeuteten ihm gar nichts. Sie waren für ihn immer nur ein Mittel, um andere ausnutzen zu können.

Als ich davon erfuhr, daß ich mit ihm gemeinsam in Wien singen sollte, war ich schon drauf und dran abzusagen. Aber ich wollte ihm den Triumph nicht gönnen, daß ich mein Debüt in Wien nur seinetwegen absagen würde, weil ich immer noch etwas für ihn empfand. Und außerdem hatte ich als *Salome* ja eine ganz passende Rolle ihm gegenüber. Daß der Schluß der Oper ihn nun in der Realität eingeholt hat, ist natürlich absurd. Ich kann es selbst kaum glauben. Aber eines weiß ich, wenn es jemand verdient hat, so zu enden, dann war er es. Ich habe ihn in die Hölle gewünscht, und da ist er jetzt sicher auch. Ich weine ihm keine Träne nach.«

Federer war ratlos. Das versprach heikel zu werden. Isabella Marea war die enttäuschte Geliebte genau wie auf der Bühne. Sie präsentierte ihm hier ein eindeutiges Motiv, aber warum machte sie das? Gerade weil sie so offen zu ihm war, war es undenkbar, daß sie selbst die Tat begangen haben konnte. Oder wollte er das nur so sehen, weil er Mitleid hatte mit dieser im Stich gelassenen und doch so reizvollen Frau?

Er wollte ihr Trost spenden, und nicht nur das. Er war abgelenkt durch seine Gedanken, mußte endlich eine halbwegs vernünftige Vernehmung durchführen. Aber was sollte er sie fragen, nachdem sie bereits so viel berichtet hatte?

Widerwillig nippte er an seinem Kirschsaft, versuchte sich einzureden, daß es Kaffee sei, und verschüttete ungeschickterweise einen Schluck, der auf Marilyn landete, die erschrocken zusammenzuckte. Mit einer Serviette trocknete er das Fell des Hundes und hob ihn dann wie zur Verstärkung auf seinen Schoß.

Schließlich faßte er den Entschluß, in seiner Funktion als Ermittler offen zu ihr zu sprechen.

»Wissen Sie, was Sie mir bisher erzählt haben, läßt den Eindruck entstehen, als hätten Sie selbst vielleicht das Ganze inszeniert, um sich an Temescu zu rächen …« – Sie lachte boshaft auf.

»Vielleicht war ich es wirklich?« Ihre Augen blitzten teuflisch. Federer erkannte in ihnen die Leidenschaft wieder, die er bei der Sängerin schon auf der Bühne kurz bewundert hatte. War das der Grund für seine versteckte Erregung? Er versuchte sich darüber klarzuwerden, jedoch ohne Erfolg.

»Ich bereue fast, es nicht selbst getan zu haben. Ich habe mir oft gewünscht, sein Blut in Strömen fließen zu sehen.«

Sie machte ihm angst. Sie war eine Frau, der er nicht widersprechen konnte, der er zu folgen hätte, was immer sie auch von ihm wollen würde. Er mußte sich vor ihr und vor dem, was sie in ihm auslöste, in acht nehmen. Nochmals ermahnte er sich, an seine Befragung heranzugehen, doch sie brachte ihn mit ihren zweideutigen Blicken, dem Spiel ihrer Fingerspitzen, die sie wie zufällig an ihrem Saftglas auf und abgleiten ließ, und der Bewegung ihrer Lippen aus der Fassung. Was wollte sie nur von ihm? Es war, als kontrolliere sie sein Denken, das sich starr in nur noch eine Richtung bewegte.

Wieder riß er sich zusammen, hielt sich an Marilyn fest

und zwang sich, seine Ermittlung wiederaufzunehmen. Als er gerade ansetzen wollte, etwas zu sagen, stieß er sein Glas um, und der Saft ergoß sich blutrot über die weiße Tischdecke. Der Ober eilte zu Hilfe, und Federer fand Zeit, sein Denken wieder zu ordnen.

Irgendwie mußte seine Verwirrung auf Isabella Marea übergegriffen haben, die ihrerseits verlegen blickte und, anders als vorher, auf einmal nicht mehr zu wissen schien, was sie weiter sagen sollte.

»Kommen wir zurück zu dem Fall.«

»Waren wir denn weg gewesen?«

»Ich meine ... also ..., gäbe es außer Ihnen ...«, er lächelte, »... noch andere, die ein Motiv gehabt haben könnten, Temescu so zu ermorden?«

»Fragen Sie mich lieber, wer von den Menschen, die er gekannt hat, die er gekannt und verletzt hat, ihn nicht zum Teufel gewünscht hätten.«

»Also das hilft mir überhaupt nicht weiter. Es kann sein, daß er die ganze Welt gegen sich hatte, aber umgebracht haben wird ihn wohl nur einer.«

»Das, Herr Inspektor, ist wohl Ihr Problem.«

Bei ihr kam er nicht weiter, dessen war er sich nun sicher. Was sie sagte, war widersprüchlich, und was er fragte, war ziemlicher Blödsinn, sein übliches Dilemma angesichts der unwiderstehlichen Reize einer Frau. Im Augenblick war die Situation verfahren. Er sollte sich auf den Weg machen zu seinem Termin mit Bulganov im Hotel *Orient*. Nur so konnte er ihr entkommen. Selbst wenn er sich liebend gern mit ihr dort treffen würde, wußte er, daß das unmöglich war.

»Ich sehe, daß wir im Moment nicht so recht weiterkommen. Wäre es Ihnen vielleicht möglich, mir an einem der nächsten Tage ihre Zeit für ein Abendessen zur Verfügung zu stellen. Bis dahin weiß ich hoffentlich mehr, und Sie könnten mir dann sicher besser behilflich sein.«

Er tupfte sich eine Schweißperle von der Stirn in der Furcht, daß der tiefere Grund für diese Einladung ihm wie einmal ins Gesicht geschrieben stand. Zu seiner Überraschung stimmte sie mit einem erfreuten Lächeln für den nächsten Abend zu. Am Donnerstag würde sie die Elisabeth im *Tannhäuser* singen, und sonntags stand erneut eine *Salome* auf dem Programm, die allerdings unter den gegebenen Umständen wohl abgesagt werden würde. Oder machte sie sich lustig über ihn? War ihr denn gar nicht klar, was er von ihr wollte und nicht durfte, oder kam sie ihm entgegen? Ihm war heiß.

Er wollte zahlen, was sie nicht zuließ. Nachdem sie sich darauf geeinigt hatten, daß er sie am Mittwoch um achtzehn Uhr im Hotel abholen werde, verabschiedete er sich und hastete schon Sekunden später ziemlich durcheinander mit Marilyn die Kärntner Straße hinauf.

Keine der Fragen, die er hätte stellen sollen, hatte er geklärt. Weder hatte er zur Sprache gebracht, ob sie etwas davon wußte, daß Temescu mit Drogen zu tun hatte oder daß er zuckerkrank war, noch ob ihr am vergangenen Abend irgend etwas Besonderes an ihm aufgefallen war. Nicht einmal nach einem Alibi für den Tatzeitpunkt hatte er sie gefragt – immerhin hatte sie ihm ein eindeutiges Motiv präsentiert. Auf was hatte er sich da eingelassen? Kopfschüttelnd grübelte er vor sich hin. An der Abzweigung zur Weihburggasse, seinem üblichen Weg nach Hause, weigerte Marilyn sich, weiter geradeaus zu gehen. Federer zog sie, obwohl er sich nicht zu beeilen brauchte, um rechtzeitig zum Hotel *Orient* zu gelangen. War dieser kleine Hund das einzige weibliche Wesen, gegenüber dem er sich jemals durchgesetzt hatte?

7

Er betrat das Foyer des Hotels, dessen dunkle Holzvertäfelung ihn unmittelbar an das Arbeitszimmer seines Vorgesetzten erinnerte. Er nannte dem untersetzten Rezeptionisten seinen Namen und wurde nach einem kurzen Telefonat gebeten, einen Augenblick lang an der Bar Platz zu nehmen. Man werde ihn rufen, wenn Maestro Bulganov bereit sei, ihn zu empfangen.

Die kleine schummrige Bar war leer bis auf ein nicht mehr ganz junges Pärchen, das auf ein freies Zimmer zu warten schien. Sie trug ein enganliegendes Leopardenkostüm, das ihre ausladenden Konturen hervorhob, und war auffallend stark geschminkt. Er steckte in einem seidig glänzenden dunklen Designeranzug über weißen Socken, die kurz genug waren, um den Blick auf schwarz gekräuseltes Beinhaar freizugeben. Seine bis zum Hinterkopf reichende braungebrannte Stirn war von einem Kranz in Gel getränkten Haares umgeben. Augenscheinlich waren die beiden in der Mittagsschicht nicht zum Zuge gekommen und warteten nun auf die Abendrunde. Sie würdigten ihn keines Blickes. Der Mann strich mit seiner linken, von einem übergroßen Ring am kleinen Finger geschmückten Hand über ihre rechte Hüfte, während sie, verdeckt durch seinen Arm, die Innenseite seines Oberschenkels abtastete. Die Bedienung der Bar war verschwunden, möglicherweise aus Diskretionsgründen, so daß Federer nichts übrigblieb, als in einer Ecke Platz zu nehmen und zu warten.

Während Marilyn schnaufend einschlief, verstrichen die Minuten, und Federer wurde langsam ungeduldig, ärgerlich. Auch der Herr an der Bar war offensichtlich angespannt, allerdings aus einem anderen Grund. Federer räusperte sich, aber nichts geschah. Er schaute auf seine Taschenuhr – zwanzig nach sechs. Da war er einmal pünktlich, und das hatte er nun davon. Und Bedienung gab es immer noch keine. Wenn nicht bald der Dirigent käme, müßte er miterleben, wie dieses schmierige Paar sich vor seinen Augen ganz ungeniert auf der Bar ... Bevor er ganz die Fassung verlor, wurde er aus seiner Zwangslage erlöst, da der Rezeptionist auf ihn zutrat und ihm zu verstehen gab, daß Maestro Bulganov nunmehr willens sei, den Inspektor in der sogenannten Kaisersuite zu empfangen. Majestät Bulganov sind heute gütig, dachte Federer. Majestät lassen sich herab zu einer Audienz. Er trug den Hund, der immer noch schlief.

Wie eine Diva thronte der Dirigent, in einen wallenden, dunkelgrünen Umhang aus indischer Seide gehüllt, auf einem der beiden in Altrosa gehaltenen Ohrensessel seines Zimmers und bot ohne aufzustehen Federer den anderen Sessel an. Auf dem runden Tischchen zwischen ihnen stand ein Sektkübel mit einer geleerten Champagnerflasche und zwei Gläsern. In dem Aschenbecher lagen die Reste einer Zigarre, es roch nach abgestandenem Rauch und nach schwerem Eau de Toilette. Der hohe Wandspiegel gab direkt den Blick frei auf das von einem weinroten Samtvorhang baldachinartig umhüllte Bett.

»Herr Inspektor, seien Sie willkommen. Nehmen Sie doch Platz. Kann ich Ihnen etwas zu trinken anbieten?«

Das Angebot klang verlockend, aber er war dienstlich hier und lehnte höflich ab. Es fiel ihm jetzt deutlich leichter, seine berufliche Rolle einzunehmen, als zuvor im *Bristol.* Er wandte sich dem vor ihm thronenden Maestro zu.

»Wir haben uns ja bereits in der vergangenen Nacht gesehen, und Sie haben sicher inzwischen mehr von der Ermordung Temescus erfahren. Ist Ihnen gestern oder in der letzten Zeit etwas an ihm aufgefallen, das für unsere Ermittlungen von Bedeutung sein könnte?« Endlich war er wieder in seinem Element, stellte die Fragen erst allgemein und dann konkreter, immer auf der Suche nach möglichen Widersprüchen.

»Ich weiß leider nicht, ob ich Ihnen helfen kann, Herr Inspektor, selbst wenn ich wollte. Mir ist gestern nichts Besonderes aufgefallen. Aber ich bin Dirigent, und ich habe meine eigene Garderobe, so daß ich mit den Sängern außerhalb der Proben kaum etwas zu tun habe.«

Augenzwinkernd und mit Blick auf die beiden vor ihm stehenden leeren Sektgläser fügte er hinzu, daß es natürlich möglich sei, daß ihn dort jemand, auch jemand von den Sängern, aufsuche, aber Temescu sei gestern und auch sonst nicht bei ihm gewesen.

»Wissen Sie, Ion war ein besessener Künstler. Er hat in höchster Konzentration gearbeitet, in jeder Note Perfektion angestrebt. Er kam aus der russischen Schule, der alten russischen Schule, Sie verstehen, und danach hat er in Amerika studiert an der besten Universität der Welt. Für ihn gab es nur Perfektion oder Scheitern. Und er ist nie gescheitert.«

»Hatte er nicht dadurch Neider oder Feinde?«

Bulganov lehnte sich in seinem Sessel zurück. »Feinde, viele Feinde hat er sich gemacht, und Freunde hatte er keine. Wissen Sie, er war gut, er war genial, und in gewissem Sinne war er wahnsinnig in seiner Besessenheit. Viele waren neidisch auf ihn, auch weil er in großem Stil gelebt hat. Er hat jeden vor den Kopf gestoßen. Er hat gewußt, daß er etwas Besonderes war, und hat das jeden spüren lassen. Die Welt hat einen ganz großen Künstler verloren. Aber traurig sein werden nur die, die ihn nicht persönlich gekannt haben. Er war Genie und Teufel in einer Person. Mir war das egal, ich bin Dirigent. Ein perfekter Künstler bereitet mir keine Probleme, wenn wir uns einmal einig geworden sind. Das fiel uns leicht. Wir kamen beide aus der russischen Schule. Nur unsichere Künstler, die immer etwas Neues probieren und sich mit abwegigen Interpretationen ständig wichtig machen müssen, bereiten mir Probleme. Eine Oper ist ein Gesamtkunstwerk. Alles gehört zusammen, alles fließt. Nur gemeinsam entsteht daraus ein Werk aus einem Guß, wahre Kunst.«

»Wußten Sie, daß Temescu krank war, oder daß er mit Drogen zu tun hatte?«

»Nein, daß er krank gewesen sein soll, war mir nicht bekannt. Aber wie ich Ihnen bereits gesagt habe, ich kannte ihn nur professionell und nicht privat. Von Drogen habe ich ebenfalls nie etwas gewußt. Aber wissen Sie, in unserem Beruf ist die Belastung enorm groß, und jeder sucht auf seine Weise nach einem Ausgleich, verstehen Sie ...?« – er zwinkerte wieder –, »... und so kann es auch sein, daß jemand zu Drogen greift.«

»Ich meine weniger den Konsum von Drogen, sondern Handel. War Temescu möglicherweise in Drogengeschäfte verstrickt?«

»Davon weiß ich nichts, Herr Inspektor. Möglich ist es. Er hat mit viel Geld um sich geworfen. Aber er war ein guter Künstler, und das zählt. Was bleibt, ist die Kunst. Nur sie ist ewig.

Gestern war eine wundervolle Premiere. Er hat noch schöner gesungen als sonst. Ich habe schon oft mit ihm zusammengearbeitet, und wir haben auch schon die *Salome* gemeinsam aufgeführt in Madrid und in New York, damals noch mit der Seiler in der Hauptrolle. Er war in den Nuancen gestern noch ein wenig feiner als sonst, wenn das überhaupt möglich war. Aber das war auch schon alles. Er war wie üblich sehr ruhig und professionell. Ich weiß nicht, was ich Ihnen sagen soll, Herr Inspektor. Sicher war es der Umstand, daß er gestern mit Isabella Marea gesungen hat. Er hat sie gekannt, gut gekannt. Das hat der Aufführung eine besondere Intensität gegeben. Haben Sie die Vorstellung gesehen? Dann haben Sie es vielleicht gespürt, der Ausdruck war stärker. Beide haben miteinander gesprochen durch die Musik.«

»Soweit Señora Marea mir mitgeteilt hat, waren die beiden lange zusammen, aber sie scheint seitdem nicht gut auf ihn zu sprechen gewesen zu sein.«

»Herr Inspektor, genau das ist es doch. Deswegen waren sie auch nicht bei der Feier gestern. Die beiden verbindet ein heftiges Gefühl. Sie wissen bestimmt ebensogut wie ich, wie Liebe und Haß zusammengehören. Emotionen sind das Feuer, das wir für unsere Musik brauchen. Ohne dieses Feuer kann keine Kunst entstehen. Nur wenn wir einen solchen Funken in uns spüren und wenn wir es schaffen, ihn auf die anderen Musiker und auf das Publikum überspringen zu lassen, dann erfüllen wir unsere Kunst doch mit Leben.«

Federer mußte einsehen, daß er sich von dem Maestro zwar über Kunst belehren lassen konnte, aber daß er auch von ihm kaum viel Neues über den Sänger in Erfahrung bringen würde. Erzählten Isabella Marea und er wirklich alles, was sie wußten?

»Aber ist der Haß nicht ein Motiv für eine solche Tat?«

»Mir geht es um Kunst. Und genau das haben wir gestern gemacht.«

»Sie weichen mir aus.«

»Da haben Sie leider recht, Herr Inspektor. Es tut mir leid, aber mehr kann ich wohl nicht für Sie tun.«

»Dann möchte ich Sie nicht länger aufhalten. Aber ich werde mich wieder melden, sollten mir noch irgendwelche Fragen kommen.«

»Sie sind herzlich willkommen, Herr Inspektor.« Was meinte er mit diesem Lächeln, mit dem er seinen Abschied begleitete?

Im Foyer traf Federer auf das junge Nachwuchstalent der vergangenen Nacht. Offenbar war er gerade auf dem Weg zu dem Maestro, wohl um mit ihm an die gemeinsam verbrachten Stunden anzuknüpfen.

Federer verließ das *Orient* und nahm die Stiegen hinauf

an der Hohen Brücke. Es war ein eigenartiger, versteckter kleiner Aufgang, der den tiefen Graben mit der Jugendstilbrücke verband. Er hätte den Weg jetzt mit geschlossenen Augen gehen können, denn Marilyn eilte ihm voraus in der Hoffnung, endlich nach Hause zu kommen. Doch sie mußten noch zu dem letzten Treffen des Tages. Kälte und Müdigkeit hingen ihm in den Knochen, und so sehr er diese Stadt auch liebte, drängte sich ihm jetzt der Wunsch auf, ganz woanders zu sein.

8

Er fuhr mit der U-Bahn bis zum Praterstern. Von dort aus war es nur ein kurzer Weg über das Pratergelände zum *Schweizerhaus*, wo er wie verabredet Slobo treffen wollte. An einem so zuverlässig überfüllten Ort war es leicht, anonym zu bleiben, was für sie beide, besonders aber für seinen serbischen Hausbesorger wichtig war. Er mußte sich davor hüten, mit denen in Konflikt zu geraten, die ihm ein großzügiges Auskommen garantierten und jeden Anschein eines Vertrauensbruchs ohne Zögern zum Anlaß nehmen würden, ihn für immer verschwinden zu lassen.

Federer kannte die Skrupellosigkeit dieses Systems, die gleichzeitig auch seine festen Regeln garantierte.

Sie hatten sich im ersten Stock verabredet.

Als er eintraf, saß Slobo bereits an einem Tisch, rechts hinten, wie immer eingehüllt in den Rauch einer schwarzen Zigarette. Sie gehörte zu ihm wie die kantige, vollkommen unmodische Brille, deren dicke Gläser seine Augen so groß erscheinen ließen, daß einem die ausgeprägten Wangenknochen und die rechteckige Stirn seines Gesichts auf den ersten Blick entgingen. Er rauchte immer. Sowohl seine Zähne als auch Zeige- und Mittelfinger seiner rechten Hand waren daher gelbbräunlich verfärbt.

Als er Federer erkannte, entspannte sich sein Gesicht,

und er begrüßte seinen Arbeitgeber freundlich. In seinen Augen stand das geheime Wissen über die besondere Verbindung zwischen ihnen, die Außenstehenden nicht zugänglich war. Sie reichten sich die Hand, und Federer setzte sich zu ihm. Er war froh, nach dem Durcheinander der vergangenen Stunden endlich bei einem Menschen zu sitzen, den er kannte und der eine tiefe innere Ruhe ausstrahlte. Slobo hatte in seinem Leben so viel durchmachen müssen, daß er ganz von dem Gefühl durchdrungen war, immer irgendwie durchzukommen, so wie ein Tropfen Öl im Wasser auch immer an die Oberfläche gelangte.

Federer war eine solche tief verwurzelte Zuversicht fremd. In kritischen Situationen behielt er die Beherrschung über seinen Kopf. Und gerade deshalb faszinierte ihn die selbstverständliche Gelassenheit des Serben jedesmal aufs neue. Wie konnte das Leben so einfach sein?

Slobo begrüßte seinen Arbeitgeber in breitem Wienerisch:

»Grüß Sie, Herr Federer, alles leiwand bei Ihnen?«

»Bestens, mein Lieber, schön, Sie zu sehen.« Zwar ging es ihm im Augenblick keineswegs besonders gut, doch die Wiener Höflichkeit verlangte, dies erst einmal zu sagen. Ein »Aber« ließ sich anschließend immer noch anfügen.

»Das heißt, im Moment ist alles ein wenig hektisch.« Hier war das »Aber«. »Sie können sich vorstellen, was um die ganze Angelegenheit für ein Aufhebens gemacht wird, gerade jetzt, wo die Wahl ansteht. Hat sich bei Ihnen schon irgend etwas ergeben?«

Noch bevor der Hausbesorger antworten konnte, war ein Ober bei ihnen, um die Bestellung entgegenzunehmen.

Zwei Haxen, ein weißer Gespritzter, für den Serben ein Bier und ein Slibowitz.

»Ich habe mich umgehört. Es kann schon sein, daß da etwas mit Drogen läuft. Temescu war Rumäne, nicht wahr? Ein Kamerad hat mir gesagt, daß die rumänische Banca Republicii vor einiger Zeit in das Drogengeschäft eingestiegen ist. Es ist eine alte sozialistische Bank, und heute ist sie fest in der Hand der Securitate. Mit den anderen am Balkan haben die Rumänen wenig zu tun. Sie wissen, da sind mehr meine Freunde aktiv. Aber sie haben über Moldavien Kontakt bis nach Afghanistan, und es bestehen gute Verbindungen nach Italien. Die Ähnlichkeit der Sprachen macht das möglich.«

Federer erinnerte sich dumpf, den Namen der Bank bereits einmal auf seinem Schreibtisch gesehen zu haben. Aber der Fall damals war versandet, sei es aus Mangel an Beweisen oder aus diplomatischer Rücksicht auf die an der Bank beteiligten staatlichen Stellen.

»Wissen Sie, ob Temescu mit der Bank zu tun hatte?«

»Nein, das weiß ich nicht. Gekannt hat man ihn hier nicht in der Szene. Wenn er etwas gemacht hat, dann hat er wohl mit weißer Weste gearbeitet.«

»Hmm, und wo ist diese Bank?«

»Ihr Hauptsitz ist in Bukarest. Hier in Wien hat sie ein Büro am Ring, im Haus neben dem Café *Schwarzenberg* im zweiten Stock.«

»Das klingt nicht schlecht. Temescu sollte sich heute mit jemandem genau in dem Café treffen. Sie sagten, die Bank hat Verbindungen nach Italien? Wissen Sie etwas Genaueres?«

»Wie es ausschaut, liefert sie Drogen nach Italien. Wohin das Geld geht, oder was für Geschäfte da sonst noch im Spiel sind, davon habe ich keine Ahnung. Hier in der Stadt sind die Rumänen wie gesagt eher unauffällig, hier geben andere den Ton an. Sie sollten vielleicht aus Italien Näheres in Erfahrung bringen.«

»Interessant ist auf jeden Fall, daß das nächste Konzert von Temescu in Mailand stattfinden sollte.«

Er würde morgen mit einem Kollegen in Mailand Kontakt aufnehmen. Sollte die Bank auch dort eine Niederlassung haben, und sollte es eine Verbindung zwischen ihr und Temescu geben, könnte das ein erster Anhaltspunkt sein.

Die vor Fett triefenden Haxen trafen ein, und Federer merkte erst jetzt, wie hungrig er war. Er hatte seit der Früh nichts mehr gegessen. Konkretes hatte er nicht von Slobo erfahren, aber es gab eine Spur. Sie stürzten sich auf die knusprige Kruste der Haxen, prosteten einander zu und genossen das fette Essen. Marilyn hockte neben ihrem Herrchen auf der Sitzbank und blickte in höchster Konzentration auf das saftige Fleisch, als wolle sie es in ihren Rachen hineinhypnotisieren. Sie bekam ihren Anteil, und bald waren die Haxen bis auf die Knochen verschwunden. Federer kam noch einmal auf den Fall zu sprechen.

»Wer begeht einen Mord auf eine so spektakuläre Weise? Warum nimmt der Mörder den Kopf mit? Ist er ein Psychopath? Es paßt zu der Oper, aber sonst ergibt es keinen Sinn. Oder wollte jemand seine musikalische Bildung unter Beweis stellen?«

Ein Mitglied der Mafia mochte sich einen perversen

Scherz erlaubt haben, aber das war nicht die Art dieser Kreise. Bei ihnen ging es immer um das Ergebnis und nie um die Tat an sich. Das mochte bei dramatischen Morden zwar so aussehen, aber auch hier diente das Dramatische immer der Abschreckung. Wen könnte man mit der Enthauptung des Sängers beeindrucken wollen, und warum geschah das im Zusammenhang mit der Oper?

»Die Geschichte ist schon ungewöhnlich«, pflichtete Slobo ihm bei. »Was will einer mit dem Kopf, wenn es darum geht, daß er jemanden kaltmachen will, weil er die Regeln nicht verstanden hat? Es sei denn, er nimmt den Kopf und sendet ihn vielleicht als Botschaft an jemand anderen, der etwas begreifen soll und der sich ein wenig schwer damit tut. Ich glaube, Sie sollten den Kopf finden, dann wissen Sie mehr. Vielleicht ...« – er blickte auf Marilyn – »lassen Sie ein paar Suchhunde durch die Pakete bei der Post laufen, und die finden dann das gute Stück. Der Kopf muß ja bald ein strenges Aroma verbreiten.« Hierbei zog er in angedeutetem Ekel unter seiner übergroßen Brille die Nasenflügel hoch.

Das war leicht gesagt. Einen herrenlosen Kopf in einer Millionenstadt zu finden, schien schlicht unmöglich. Federer liebte zwar die Suche nach Zusammenhängen, aber irgendein Indiz ohne sonstigen Anhaltspunkt aufspüren zu müssen, das war nichts für ihn. Das wäre eher etwas für die Kollegin Berndorfer. Er mußte schmunzeln bei der Vorstellung daran, wie sie jedes einzelne Postamt und anschließend Straße für Straße durchkämmen würde, um in der ihr üblichen Verbissenheit den Kopf zu finden, koste es, was es wolle.

Der Raum war jetzt bis auf den letzten Tisch gefüllt, und die Luft wurde immer schwerer vor lauter Haxendunst, Bier und Rauch. Es wurde Zeit zu gehen. Sie sprachen noch über das Haus, und Federer erkundigte sich höflich, aber nicht sehr interessiert nach der Familie des Serben. Dann zahlten sie, verabschiedeten sich noch am Tisch und verließen einzeln das Lokal.

Der Rückweg zur U-Bahn durch den menschenleeren Prater war eisig. Der Gedanke daran, vielleicht zu Fuß über die Praterstraße zurück in die Stadt zu gehen, erübrigte sich.

Nichts an diesem Fall wollte zusammenpassen, aber er war so erschöpft, daß ihm das im Moment egal war. Ihn zog es nur noch ins Bett. Er mußte auf die U-Bahn warten. Der Bahnsteig war leer bis auf eine einzelne merkwürdige Gestalt, was in dieser Gegend nicht unbedingt etwas Besonderes war. Doch er schaute Federer an. Es war ein kräftiger, aber schief gebauter Mann mit einer herabhängenden linken Schulter. Sein derbes Gesicht umgab ein unordentlich wuchernder, dichter, schwarzer Haarschopf, und es war gezeichnet von einer tiefen Narbe über dem rechten Auge. Irgendwie kam er Federer bekannt vor, aber auch das war in Wien, vor allem in seinem Beruf nicht außergewöhnlich. Aber warum sah er ihn so an? Noch bevor Federer auf ihn zugehen und ihn fragen konnte, traf die U-Bahn ein. Drei Stationen später stieg Federer am Stephansplatz aus. Er wähnte sich allein. Im Vorbeigehen warf er einen flüchtigen Blick auf die unterirdische Kapelle mit dem Malteserkreuz, die beim Bau der U-Bahn zufällig entdeckt worden war, und kaufte sich bei dem abendlichen Trafikstand am Graben noch zwei frischgedruckte Zeitungen des morgigen Tages. Der Fall zierte die Titelseiten, vorsichtiger bei der einen: »Wer war der Opernmörder?«, weniger zurückhaltend bei der anderen: »Drogenmafia in der Oper!« In den Kommentaren stand vor allem der Drogenfund ganz im Zentrum. Er diente als Aufmacher dafür, die Oper und – wenn schon eine so ehrwürdige Institution betroffen war – die gesamte Stadtverwaltung mafiöser Verstrickungen zu verdächtigen, die es ans Tageslicht zu zerren gelte. Stankovic würde zweifelsfrei begeistert sein, was die Reputation seines Freundes, des Bürgermeisters, anbetraf.

Die feucht glänzenden Straßen waren vom Herbstwind wie leergefegt.

Auf einmal hatte Federer das Gefühl, als folge ihm jemand. Doch als er sich umdrehte, sah er niemanden. Schon war er zu Hause am Franziskanerplatz, dessen kleiner Brunnen mit der Mosesstatue bereits winterfertig abgedeckt worden war. Er schloß das Haustor auf, nahm den Hund auf den Arm und stieg hinauf bis zu seiner Wohnung. Trotz seiner Müdigkeit wollte er noch die Ereignisse der beiden letzten Tage irgendwie ordnen. Er entzündete den Kerzenleuchter im Wohnzimmer, drehte das Licht ab und setzte sich mit einem Glas Veltliner in seinen Sessel.

Marilyn hüpfte neben ihn und ließ sich den Nacken kraulen. Er blickte in die Flammen der Kerzen und kehrte in Gedanken zurück zu den angenehmen Stunden des Vorabends, aus denen er so abrupt herausgerissen worden war. Sein ganzes Leben verlief nach diesem Muster, gestand er sich resigniert ein. Sein inniges Lebensgefühl wurde immer wieder jäh unterbrochen von der Furcht, alles zu verlieren. Er erwartete das plötzlich hereinbrechende Unglück geradezu so wie früher die Erkrankungen seiner Mutter. Und er erkannte den Teufelskreis, bei dem jede überstandene Katastrophe bedeutete, daß die nachfolgende nur um so größer wäre. Der Fall machte ihm angst, eine unbestimmte Angst, von der er nicht sagen konnte, woher sie kam. War es die Brutalität des Mordes und die völlige Dunkelheit, die bisher über dem Fall lag? Lag es an Isabella Marea, weil sie ihn wie eine Marionette an Gefühlsfäden herumtanzen ließ?

Die Wärme des Hundes, dessen Herzschlag er spürte, beruhigte ihn. Er hob Marilyn hoch, hielt sie vor sich. Sie blinzelte ihn matt aus halbgeöffneten Augen an. Er gab ihr einen flüchtigen Kuß auf die haarige Schnauze, doch sie konnte wenig damit anfangen, schnaufte nur kurz. So entschloß er sich, sein Weinglas zu leeren und schlafen zu gehen. Er würde müde genug sein, um eine Nacht ruhiger Lähmung vor sich zu haben. Er trug den Hund ins Bett, löschte das Licht und legte sich daneben.

Verflucht, er hatte die Leiche in der Donau ganz vergessen.

9

Im Café Prückel, dessen architektonischen Charme der fünfziger Jahre er zwar nicht unbedingt schätzte, dessen Kaffee er allerdings gerne trank, um bei dieser Gelegenheit Zeitungen zu überfliegen oder sich auch in den einen oder anderen Artikel zu vertiefen, saß er in dem kleinen abgetrennten Nebenraum. Vor ihm eine frisch gebrühte Prückel-Creme, ein starker Espresso mit Sahnehäubchen. Nur Marilyn war bei ihm und hatte, was zwar nicht erlaubt, aber üblich war, auf der Sitzbank neben ihm Platz genommen.

Gegenüber auf dem Eckplatz saß eine junge Frau in einem roten Kostüm, ebenfalls in diverse Zeitungen vertieft. Zu ihren Füßen war auf dem Boden ein kleines Kind damit beschäftigt, einen Haufen von Bauklötzen abwechselnd aufeinanderzutürmen und dann wieder umzuschmeißen. Die Frau war attraktiv, und Federer hatte den Eindruck, sie werfe ihm unzweideutige Blicke zu. Doch er war unsicher, ob er darauf eingehen sollte. Sie machte ihn verlegen, und zugleich reizte sie ihn.

Marilyn sprang von der Bank, lief auf das Kind zu und schleckte ihm in freudiger Hektik, ohne daß die Frau etwas davon bemerkte, das Gesicht ab. Das Kind saß wie gebannt stumm da, bis der Hund sich auf sein rechtes Ohr stürzte und es in wilder Begeisterung abbiß. Es schrie, aber niemand reagierte. Ohrlos und gelähmt vor Schreck blieb das Kind allein.

Schweißgebadet starrte Federer auf seinen Wecker. Es war mitten in der Nacht. Marilyn lag langgestreckt neben ihm und atmete ruhig. Er kraulte ihren Hals und drehte sich auf die Seite, wollte versuchen, noch einige Stunden weiterzuschlafen. Wie schaffte so ein Hund es nur, an jedem Ort und zu jedem beliebigen Zeitpunkt einschlafen und sich vollkommener Entspannung hingeben zu können?

Irgendwann mußte er doch noch einmal eingenickt sein, denn der Wecker riß ihn unsanft aus dem Bett. Wie benommen schleppte er sich ins Bad.

Eine knappe halbe Stunde später lag er wieder bei Doktor Bergasser. Am liebsten wäre er auf der Couch eingeschlafen und fragte sich, was er in diesem halb bewußtlosen Zustand überhaupt hier machte. Der Analytiker saß hinter ihm und sagte kein Wort. Sollte er sich trotz seiner lähmenden Müdigkeit mit den quälenden Gedanken des vergangenen Abends auseinandersetzen? Mußte er von dem Traum berichten, der ihn in der Nacht aus dem Schlaf gerissen hatte? Bergasser würde ihn fragen, was ihm dazu einfalle. Na und? Was half das? Er kannte seine Ängste. Er wollte sie endlich loswerden. Was nutzte es da, über Träume zu plaudern? Aber auch in ihnen geschah das Unheil. Er entschloß sich, den Traum zu erzählen.

»Aha, hm, was fällt Ihnen dazu ein?«

»Genau das ist es. Wozu brauche ich Sie, wenn Sie mich das fragen und ich schon vorher weiß, daß Sie mich das fragen werden. Was bringt das?«

Keine Antwort.

Federer spürte eine ungeheure Wut in sich aufsteigen. Die Müdigkeit war verflogen. Er wollte den Arzt anbrüllen. Aber er konnte nicht. Er weigerte sich, seine Gefühle anderen rücksichtslos an den Kopf zu schleudern. Zu ohnmächtig hatte er sich als Kind gefühlt, wenn seine Mutter und sein Vater aneinandergeraten waren. Er war völlig allein damit gewesen.

»Ob ich etwas erzähle oder nicht, ist doch vollkommen egal, Sie sind überhaupt nicht da.«

Es entstand eine Pause.

Dann vernahm er die warmherzige Stimme Bergassers. »Das ist im Moment Ihr Gefühl. Und dabei wissen Sie, daß ich da bin, und zwar jetzt und hier für Sie da bin. Ich höre Ihnen zu, und das bringt mich auf Ihren Traum.«

Federer sah den Traum vor sich. Das Kind verlor sein Ohr. Es schrie auf, aber keiner nahm davon Notiz. Niemand versuchte zu helfen. Die Mutter war unbeteiligt. So wie seine Mutter, wenn die Krankheit über sie herfiel. Er spürte den Schmerz von früher. Immer wieder holte er ihn ein. Es war wie mit den Bauklötzen des Kindes, die aufeinandergetürmt und wieder umgestoßen wurden.

»Sicher ist mir klar, daß ich selbst immer wieder in diese Gefühle hineingerate, und ich habe es so unendlich satt. Aber ich weiß nicht, wie ich da herauskommen soll.«

»Genau deswegen sind Sie ja hier. Ein emotionales Muster, das Sie über Jahrzehnte beherrscht hat, verschwindet nicht von heute auf morgen, und alleine können Sie es nicht ändern. Nur wenn Sie hier in unserer Beziehung ganz real erleben, daß Ihre bedrohlichen Erwartungen nicht eintreten werden, können Sie Ihre Ängste überwinden.«

Federer spürte, wie seine Skepsis sich auflöste in Traurigkeit und in seine tiefe, sehnsüchtige Suche nach Nähe. Bergasser ging darauf ein.

»In dieser Traurigkeit verbindet sich Ihr Bedürfnis nach einer engen Beziehung mit Ihrer Angst davor, im Stich gelassen zu werden. Sie ziehen sich zurück und bestätigen damit Ihre alten Einsamkeit aufs neue.«

Federer wollte ihm an den Kopf werfen, daß er in der Realität alleine sei, furchtbar allein. Cecilia war zurück in Italien, und er mußte seine Zeit diesem schrecklichen Fall des geköpften Sängers widmen. Er war wirklich einsam. Oder war es doch eine Flucht vor Nähe?

»Sie meinen, daß ich selbst vermeide, mich auf andere einzulassen? Aber sehen Sie denn nicht, wie brutal es zugeht in der Welt?«

»Sicher ist das eine Seite des Lebens. Allerdings erwarten Sie das ja auch von mir. Und Ihr eigener Hund, dem Sie eigentlich vertrauen, verursacht in Ihrem Traum die Katastrophe. Es ist dieses selbstverständliche innere Vertrauen in andere und damit auch in sich selbst, das Sie in Ihrer Kindheit nicht ausreichend aufbauen konnten, und wir müssen hier daran arbeiten, daß Sie das nachholen können.«

Federer wußte, daß das stimmte.

Die Stunde war zu Ende, und mit dieser Einsicht kehrte er auf die Straße zurück. Das Grau des Nebels begann sich zum ersten Mal seit Tagen zu lichten, und er genoß die Strahlen der Herbstsonne. Menschliche Beziehungen ließen sich auf eine Handvoll Grundmuster reduzieren. Und gleichzeitig waren diese wenigen Muster dann so komplex, daß sie für die meisten Menschen unverständlich blieben, so daß sie ihnen blind nachliefen, ohne es zu merken. Sie folgten den Strukturen ihres Unbewußten wie Lemminge und wiegten sich in der Illusion, bewußt oder rational zu handeln. Vielleicht war Irrationalität ein Schlüssel zu dem Mord an dem Sänger. Wie konnte eine so grausame Handlung rational bestimmt sein?

Er war am Franziskanerplatz angekommen, um den Hund zu holen. Die unverhoffte Wärme hatte bereits einige Sonnenhungrige herausgelockt. Bei einer Melange studierten sie die Tagespresse, meist ohne an dem grausamen Titelfoto des toten Sängers überhaupt einen Anstoß zu nehmen.

Er verspürte Lust, sich ebenfalls in der strahlenden Sonne durch den Tag treiben zu lassen, aber in einer guten halben Stunde würde Stankovic bei der morgendlichen Besprechung keinesfalls tolerieren, daß jemand fehlte. Also würde Federer sich erst anschließend eine Pause auf irgendeiner Parkbank gönnen.

10

Die Stimmung im Büro war, wie nicht anders zu erwarten, schneidend, als er mit Marilyn eintraf. »Ja, wo bleiben Sie denn?« warf ihm Schröger zur Begrüßung entgegen.

Für die Zubereitung eines Kaffees blieb also heute vor der Morgenbesprechung keine Zeit mehr. Die Kollegen warteten bereits in der gewohnten Ehrfurcht, wobei die Spannung noch greifbarer war als sonst. Kein Wort wurde gewechselt, keiner sah den anderen an. Gab es inzwischen schon Ergebnisse?

Isabella Marea hatte ihm gegenüber offen eingestanden, daß sie Temescu haßte, aber die Art und Weise, in der sie ihr mögliches Motiv präsentiert hatte, machte es unwahrscheinlich, daß sie mit dem Mord zu tun hatte. Oder wollte er das nur so sehen, weil er insgeheim ganz andere Absichten hegte? Ein Schauer lief ihm über den Rücken bei dem Gedanken an den kommenden Abend, und er war sich nicht sicher, ob dieser Schauer wohlig oder erschreckend war.

Von dem Dirigenten hatte er nicht viel erfahren. Allerdings war die Spur, die Slobo ihm aufgetan hatte, möglicherweise recht wertvoll. So ein Ärger, daß er die Wasserleiche aus den Augen verloren hatte. In der zusätzlichen Anspannung verlief die Wartezeit heute noch langsamer als sonst. Stankovic verspätete sich. Dennoch wagte keiner zu sprechen. Jederzeit konnte er kommen, und er würde das Sprechen als Mißachtung seiner Autorität deuten, und einen cholerischen Anfall über dem Ertappten entladen. Federer musterte die Runde. Neben ihm saß Schröger. Sein schmales spitznasiges Gesicht war gelb. Den Scheitel trug er knapp über dem rechten Ohr, so daß die ihm verbliebenen tabakbraunen Strähnen das kahle Schädeldach kaschierten. Dann Berndorfer, ihr Haar streng zurückgekämmt und zu einem kurzen Schweif zusammengebunden, harrte sie ehrfürchtig *seiner* Ankunft, starr den Blick auf die Tür gerichtet, durch die *er* eintreten würde, *er*, der ihr eine Position als anerkannte Kollegin im Reich ihrer ausnahmslos mehr oder weniger männlichen Kollegen verschafft hatte. Eine leicht scheckige Rötung machte sich regelmäßig auf ihrem Hals breit, wenn sie von *ihm* sprach. Immer wirkte sie frisch, selbst wenn sie ganze Nächte hindurch gearbeitet hatte. Sie war der lebende Beweis dafür, daß Müdigkeit auch von der Stimmungslage gesteuert wurde. Ganz anders neben ihr der schmächtige Praktikant Weiler. Ihm stand die Anspannung des Raumes ins Gesicht geschrieben. Mit beiden Armen hielt er sich den Bauch, um auf diese Weise einem erneuten Schluckaufanfall, wie er ihn am Vortage ereilt hatte, vorzubeugen.

In dem Moment rauschte Stankovic herein. Er wirkte übernächtigt. Tiefe Ränder untermalten seine Augen, die wie kleine Nadeln leicht gerötet aus seiner Brille hervorstachen.

»So, was gibt's!«

Die Betonung, in der er diese vermeintliche Frage ohne vorherige Begrüßung präsentierte, verriet eindeutig, daß es sich hierbei nicht um eine Frage, sondern um eine Einleitung zu einer Erläuterung seinerseits handelte. Jede Unterbrechung würde zumindest mit einem vernichtenden Blick geahndet werden.

»Ich habe gerade mit dem Herrn Bürgermeister telefoniert. Die Geschichte erregt inzwischen selbst in internationalen Medien erstes Aufsehen. Es liegt sogar eine Anfrage vor, ob von Reisen nach Wien abgeraten werden soll!«

Seine Erregung steigerte sich von Satz zu Satz. Er nahm diese Übertreibungen persönlich. Ihm war, als würde sein Lebenswerk systematisch zerstört. Man stellte ihn an den Pranger der Weltöffentlichkeit. Schweiß sammelte sich auf seiner Stirn. Nach Hilfe suchend, blickte er um sich, so als erwartete er, daß jemand diesen Schrecken ungeschehen machen würde.

Federer sah die ängstlich besorgte Miene der Kollegin Berndorfer, als wolle sie ihrem Vorgesetzten zu Hilfe eilen und ihn vor der ungerechten Welt beschützen. Sie empfand wirklich so. Es war nicht Teil ihres allgegenwärtigen Ehrgeizes und entlockte Federer einen Hauch von mitleidiger Sympathie. Sie war es dann auch, die die fragende Pause Stankovics dazu nutzte, um die Stimmung des Chefs durch ihre fleißig vorgetragenen Untersuchungsergebnisse wieder zu besänftigen. Mit so pflichtbewußten Mitarbeitern würden die Unterstellungen durch die Papiertiger schon bald restlos in sich zusammenfallen.

»Uns ist endlich gestattet worden, mit der Bedienerin zu sprechen, die die Leiche gefunden hat. Sie war von den Medikamenten zwar noch benommen und erzählte wirres

Zeug, aber sie hat uns zumindest versichern können, daß ihr zu der Zeit, als sie mit dem Aufwischen beschäftigt war, also etwa von dreiundzwanzig Uhr an, niemand Unbefugter im Operngebäude aufgefallen sei. Sie hält den ganzen Vorfall für eine Strafe Allahs. Die Oper sei ein Werk des Teufels – sie meint die neue Inszenierung damit – und alle an ihr Beteiligten werde ebenso der Zorn des Allmächtigen ereilen. Sie werde das Gebäude nie wieder betreten, da sonst auch sie dem Fluch zum Opfer falle.«

Das war in der Tat ein interessanter Ansatz, dachte Federer. Vielleicht sollte Stankovic der Presse gegenüber diese Theorie vertreten, sicher würde er dann auch einen ruhigen Platz auf der Baumgartner Höhe bekommen. Berndorfer fuhr fort: »Der Portier hat uns bestätigt, daß es im Anschluß an den großen Trubel, direkt nach der Aufführung, weitgehend ruhig geblieben sei. Auch er habe nichts Ungewöhnliches bemerkt. Allerdings habe er so gegen dreiundzwanzig Uhr einen Asthmaanfall bekommen, sein Inhaliergerät holen und seine Medikamente einnehmen müssen. Deswegen sei er für einige Minuten nicht an seinem Platz gewesen. Er könne also nicht mit Sicherheit sagen, ob in diesem Zeitraum vielleicht jemand zu Temescu gekommen sei. Und davor, unmittelbar nach der Aufführung, habe er dem Sänger wie üblich einen Kaffee gebracht, etwa gegen zweiundzwanzig Uhr fünfzehn, und alles sei wie immer gewesen.«

Sie hielt kurz inne, vergewisserte sich ausreichender Beachtung.

»Wir haben gestern auch das Café *Schwarzenberg* überwacht, aber es ist uns nichts Besonderes aufgefallen.«

Federer erwartete, daß Stankovic, der in angespannter Ruhe zugehört hatte, nun die Kollegin loben würde, um dann ihm das Wort zu erteilen, so daß er seine Theorie zu der möglichen Verbindung zwischen Temescu und der Banca Republicii vorstellen könnte, als Berndorfer überraschend weitersprach:

»Im Gebäude neben dem Café befindet sich übrigens eine rumänische Bank, deren geschäftliche Aktivitäten wir früher bereits einmal durchleuchtet haben. Ich habe mich daran erinnert und mir gedacht, da Temescu doch aus Rumänien stammte, könnte hier vielleicht ein wichtiger Ansatzpunkt liegen.«

Immer mußte sie sich das Wesentliche bis zum Schluß aufheben, um es dann triumphierend zu präsentieren. Federers wichtigstes Ergebnis der vortägigen Ermittlungen hatte sie vorweggenommen. Er war verärgert. Doch schon hatte Stankovic nun ihm das Wort erteilt, und Federer blieb nur, die Vermutung seiner Kollegin zu bestätigen und die mutmaßlichen Drogengeschäfte der Bank hinzuzufügen. Dann beschrieb er den Charakter Temescus, so wie er sich ihm in seinen Gesprächen mit der Sängerin und dem Dirigenten dargestellt hatte.

»Temescu scheint von seiner Kunst besessen gewesen zu sein und sich dadurch viele Feinde gemacht zu haben. Andere Menschen dürften ihm nichts bedeutet haben. Er hat sie wohl ausgenutzt und anschließend fallengelassen. Isabella Marea scheint es so mit ihm ergangen zu sein. Sie hat mir gegenüber freimütig ihren Haß auf den Sänger eingestanden.

Er hat auf großem Fuß gelebt und sich dadurch möglicherweise finanzielle Schwierigkeiten eingehandelt. Das spräche dafür, daß er sich mit Hilfe von Drogen, vielleicht als Kurier, ein Zusatzeinkommen zu seinen Gagen gesichert haben könnte, auch wenn er sicher nicht schlecht verdient hat. Hierzu müßte der Operndirektor ja Angaben machen können.« Bei diesen Worten nickte er seinem Vorgesetzten zu, der, wie der Presse zu entnehmen war, bereits mit dem Direktor gesprochen hatte. Stankovic fing den Ball auf, und so war Federer vorerst der Verlegenheit entkommen, zuzugeben, daß er zu der Donauleiche immer noch nicht das Geringste wußte.

Selbstverständlich hatte der Operndirektor eine genaue Vorstellung von der Gagenhöhe Temescus. Sein Hang zu genauester Kalkulation war bekannt und ein wesentlicher Faktor dabei, daß er sich so lange auf diesem als Schleudersitz berüchtigten Posten hatte halten können.

Stankovic berichtete auch von der gestrigen Pressekonferenz, die er seiner Einschätzung nach erfolgreich gemeistert hatte. Dann koordinierte er das weitere Vorgehen. Es gelte nun, die Bank auf Herz und Nieren zu prüfen. Er selbst werde versuchen, mit den Behörden in Bukarest Kontakt aufzunehmen, Berndorfer solle sich um alle verfügbaren Informationen hier in Wien kümmern, und er, Federer, solle bitteschön endlich brauchbare Hinweise auf den Täter finden. Sonst falle ihm doch auch immer etwas ein. Wo sei der Kopf hin? Außerdem gebe es immer noch die ungeklärte Leiche in der Donau. Nein, das sei ihm nicht entgangen, daß diese bisher ignoriert worden sei. »So wie sie im Wasser aufgetaucht ist, geht sie bei uns hier wieder unter. Laut Gerichtsmedizin handelt es sich um einen Mann Mitte dreißig, der vom Balkan stammen dürfte. Er wurde durch einen Schuß in den Kopf von hinten getötet und erst anschließend in die Donau geworfen. Seine Lungen hatten kein Wasser eingeatmet. Ich beende damit unsere heutige Sitzung.« Und schon rauschte er hinaus, so wie er hereingekommen war.

›Also muß ich noch einmal Slobo kontaktieren‹, schoß es Federer auf dem Weg in sein Arbeitszimmer durch den Kopf. Er müßte noch einmal ganz von vorne anfangen, denn was hatte er schließlich bisher in der Hand? Zuerst brauchte er einen Kaffee. Während die Espressomaschine dampfte, sog er den Duft des einzigen echten schwarzen Goldes ein. Schließlich gab ihm der kräftige Schluck des heißen Getränks die ersehnte Energie. Der Tag konnte beginnen.

Er rief Slobo an und bat ihn zu einem kurzen Treffen in der Mittagspause ins *Trzesniewski*. Als nächstes ließ er sich vom Amt eine Verbindung zu Commissario Bertoli herstellen, einem Mailänder Kollegen, mit dem er vor längerer Zeit in einer Drogensache zu tun gehabt hatte. Sie hatten sich damals gut verstanden und telefonierten seitdem gelegentlich miteinander, hatten sich auch einmal in Mailand zu einem Essen getroffen, als er bei einem Flug nach Rom für mehrere Stunden dort festsaß. An der Scala hätte Temescu seinen nächsten Auftritt gehabt, vielleicht wußte man in Mailand mehr von seinen dubiosen Geschäften oder von denen der rumänischen Bank.

»Pronto.«

»Commissario Bertoli, hier spricht Federer aus Wien, come sta?«

»Ah, Federer, was verschafft mir die Freude, von Ihnen zu hören?« Er sah seinen Mailänder Kollegen regelrecht vor sich in seiner kauzigen Erscheinung und dem ihn grundsätzlich umgebenden kreativen Chaos. Er hatte die Arbeitsweise des Italieners nie nachvollziehen können, aber sie schien sich zu bewähren.

»Haben Sie von unserem neuen Scandalo schon erfahren?«

»Sie meinen den Sänger? Sì. Er sollte ja nächste Woche bei uns den Rigoletto singen. Un desastro, daß so etwas passieren konnte. Es ist bei Ihnen wohl schon so wie bei uns in Napoli, aber sagen Sie, was kann ich für Sie tun?« Obwohl die Telefonverbindung recht gut war, schrie Bertoli geradezu, und Federer hielt den Hörer ein Stück weit von seinem Ohr entfernt.

»Wir haben bei Temescu Heroin gefunden, ein ganzes Kilogramm, und wir haben den Verdacht, daß eine rumänische Bank, eine Banca Republicii, damit zu tun haben könnte. Ich weiß nicht, ob Sie bereits einmal von ihr gehört haben.«

»Sì, diese Bank hat uns schon beschäftigt«, antwortete der Italiener nach einer kurzen Pause. »Sie hat auch hier in Milano ein Büro. Es ging um Drogengeschäfte und um Kunsthandel in die USA. Aber unsere Ermittlungen waren ohne Ergebnis, wobei uns nahegelegt wurde, daß sie ohne Ergebnis zu sein hätten. Der rumänische Handelsattaché hier in Italien war in unser Blickfeld gerückt, und er beschwerte sich bei unserem Premierminister, und der beschwerte sich bei uns, und wir haben dann eine Akte mehr in den Keller getragen. Wir haben alte Keller, große Keller, noch aus der Römerzeit, müssen Sie wissen. Warum etwas suchen, das man nicht finden darf? Collega, ich befürchte das ist eine heiße Sache, wenn Ihre Vermutung stimmt.«

»Wäre es vielleicht möglich, daß Sie mir einen Ermittlungsbericht von damals zukommen lassen? Es könnte etwas an der Sache dran sein. Temescu sollte nach Mailand an der Met in New York singen. Ich befürchte, wenn, dann müssen wir sehr schnell sein, um den diplomatischen Hürden zuvorzukommen.«

»Certo kann ich Ihnen etwas schicken. Aber seien Sie vorsichtig. Wenn ich mich richtig erinnere, hatte la Securitate ihre Finger im Spiel und Dio, die haben keinen Humor, oder, wie sagt man, die verstehen keinen Spaß. Geben Sie mir Ihre Faxnummer. Ich kümmere mich sofort darum, dann haben Sie etwas mehr Zeit, bevor Sie von oben das Finito bekommen.«

Federer gab ihm die Nummer, dankte und versprach, ihn auf dem laufenden zu halten. Die Aussicht auf ein Veto von oben behagte ihm nicht. Er ließ sich nicht gerne in seinen Möglichkeiten einschränken, und noch mehr haßte er es, wenn seine Arbeit ihrer Ergebnisse beraubt wurde. Am besten war es wohl, sich in die Höhle des Löwen zu begeben und in der rumänischen Bank selbst nach handfesten Beweisen zu suchen. Aber sollte er sich unter irgendeinem Vorwand dort Zugang verschaffen, oder sollte er es auf direktem Weg versuchen? Als Handwerker verkleidet wirkte er nicht überzeugend, das wußte er. Er entschied sich für einen Mittelweg. Gerade wollte er sein Büro verlassen, als er einen Anruf von der Spurensuche erhielt.

»Erlaube mir, Herr Major, Ihnen die Meldung zu machen, daß wir die Leiche aus der Donau identifiziert haben. Es handelt sich um einen gewissen Bela Florescu aus Bukarest. Er war bereits mehrfach wegen kleinerer Diebstähle vorbestraft und hielt sich illegal hier in Wien auf. Trotz wiederholter Abschiebungen ist er immer wieder zurückgekehrt.«

Das war neu, daß die Kollegen von der Spurensuche selbständig ihre Arbeit erledigten und dazu noch mit einem brauchbaren Ergebnis. Federer zeigte sich beeindruckt und dankte. Er ging zu dem Computer im Dienstzimmer, um sich kurz die zugänglichen Fakten zu der Bank zu holen. Wesentlich für ihn war der Direktor Iliescu. Mit ihm mußte er sprechen, wenn er weiterkommen wollte.

Noch vor dem Treffen mit Slobo machte er sich jetzt auf den Weg zum Schwarzenbergplatz. Er hatte sein Kommen in der Bank nicht angekündigt, um den Überraschungseffekt auf seiner Seite zu haben. Er würde sich als ratsuchender Kunde ausgeben. Marilyn nahm er mit, sie betonte die Harmlosigkeit seiner Erscheinung.

11

In großen roten Lettern stand der Name der Bank an der Außenfassade angeschrieben. Er trat ein in das Haustor und durchschritt einen Durchgang, dessen Decke mit farbenfrohen Fresken im Stil der italienischen Renaissance ausgemalt war. In das Stiegenhaus war offenbar in den achtziger Jahren ein durch und durch unpassender Lift eingebaut worden, der das kunstvolle historistische Ambiente empfindlich störte. Federer weigerte sich, einen solchen Lift zu betreten, und nahm statt dessen die Stufen. Er trug den Hund in den zweiten Stock und läutete an der Messingglocke neben dem schweren dunkelbraunen Holztor. Mit einem leisen Surren öffnete es sich und gab den Weg frei in einen in schlichter Eleganz eingerichteten Vorraum. Federer war überrascht, da er sich auf ein spätsozialistisches Interieur mit Linoleum und braungrünen Tapeten eingestellt hatte und statt dessen gepflegtes, altes Parkett mit modernen Büromöbeln vorfand. Eine distinguierte Dame empfing ihn freundlich, aber kühl und fragte nach dem Grund seines Kommens.

»Grüß Gott, mein Name ist Doktor Berger.« Er gab sich einen seriösen Anstrich. »Ich würde mich gerne nach dem Serviceangebot Ihrer Bank erkundigen. Sie sind mir von einem Bekannten empfohlen worden. Er hat mir von Ihrer Spezialisierung auf Vermögensanlagen in Kunst berichtet. Ich sammle ein wenig und möchte mich detaillierter informieren.«

»Einen Augenblick bitte.«

Sie verschwand durch eine weitere, schwere Holztür und kam kurz darauf in Begleitung eines teuer gekleideten, aalglatten Mitarbeiters der Bank zurück.

»Gestatten, Magister Darnberg. Meine Sekretärin hat mir mitgeteilt, daß Sie sich für unser Art-Investment interessieren?«

Federer war enttäuscht, nicht wie gewünscht den Direktor selbst anzutreffen. Offenbar gab es hier mehr Mitarbeiter, als er vermutet hatte.

»In der Tat interessiert mich das. Bislang habe ich mich selbst an einigen jungen österreichischen und britischen Künstlern versucht und war recht zufrieden. Aber ich bin davon überzeugt, daß im Osten eine ganze Menge junger Talente darauf wartet, entdeckt zu werden. Ich wünsche mir hierzu eine fachkundige Beratung. Außerdem wäre ich auch nicht abgeneigt, etwas in alter Kunst zu investieren, da mir deren Marktwert langfristig sicherer erscheint.«

Sein Kunststudium bewährte sich hier.

»Das ist keine leichte Aufgabe, aber ich bin zuversichtlich, daß wir Ihnen einige interessante Verbindungen vermitteln könnten. An welche Größenordnung hatten Sie denn insgesamt gedacht?«

»Ein bis zwei Millionen Euro«, log Federer in der Hoffnung, hierdurch vielleicht die Tür zu Iliescu geöffnet zu bekommen, die ihm bisher verschlossen geblieben war. Und siehe da, es funktionierte.

»Wenn Sie bitte kurz warten würden. Ich werde Sie mit dem Leiter unserer Filiale bekanntmachen, dem es sicher eine Freude sein wird, Ihnen behilflich zu sein.« Zufrieden über den offenbar stattlichen Fisch, der ihm so ganz durch Zufall ins Netz geschwommen war, verließ der Bankangestellte das Vorzimmer, über das Federer bislang noch nicht hinausgekommen war. Wieder ließ man ihn warten, so wie tags zuvor im Hotel *Orient*. Aber hier gehörte es sich so, unterstrich die Seriosität des Bankdirektors.

Schließlich wurde Federer gebeten, einzutreten. Der Empfang durch Direktor Iliescu war freundlich, aber offizieller als die Begrüßung durch seinen Mitarbeiter zuvor. Er bat Federer, ihm gegenüber an seinem Schreibtisch Platz zu nehmen, und blickte ihn höflich, aber gleichzeitig sorgfältig musternd an. Ob er etwas ahnte? Federer war nicht auffallend gekleidet. Wie an den meisten Orten der Welt stellten die wirklich Reichen Wiens ihren Reichtum nicht zur Schau, sondern verbargen ihn unauffällig hinter einer unscheinbaren Fassade. Lediglich Eingeweihte erkannten die besondere Qualität und den hohen Preis, die in einem Paar Schuhe oder in einem lässig getragenen Pullover verborgen waren.

Das stumme Gemustertwerden wurde Federer langsam unbehaglich, und er entschloß sich, das Schweigen zu brechen. »Mein Name ist Doktor Berger. Ihre Bank ist mir empfohlen worden als außergewöhnlich qualifiziert, was eine Wertanlage in Kunst angeht, ein Angebot, das andere Banken kaum zufriedenstellend offerieren.«

Um dem Direktor Zeit zu geben, endlich auch einige

Worte zu sagen, hielt er inne. Es war hier fast wie in der Analyse, und er merkte, wie seine Augen auf der Suche nach einer Couch umherschweiften, auf die er sich legen und weiterreden könnte. Ihm wurde immer unwohler. Wenn sein Gegenüber wirklich in illegale Geschäfte verwickelt war und dann auch noch über einflußreiche Kontakte verfügte, so daß er Ermittlungen verhindern und über Leichen gehen konnte, dann hätte er vielleicht doch nicht einfach so hierherkommen sollen. Zwar hielt sich das organisierte Verbrechen in der Regel an das ungeschriebene Gesetz, sich nicht an Polizisten zu vergreifen, aber wenn sie ihn heimlich beseitigen könnten, galt das nicht. Oder wenn sie wirklich mächtig genug waren. Er blickte neben seinen Sessel, wo Marilyn in vollkommener Ruhe saß und vor sich hinblickte, aber beruhigen konnte ihn das nicht.

»Es ist mir eine ausgesprochene Freude, daß Sie sich für uns interessieren, Herr Doktor Berger. Wer, sagten Sie doch gleich, hat Ihnen unser Haus empfohlen?«

Glücklicherweise war Federer auf diese Frage vorbereitet. Aus dem Computer hatte er sich einige Namen einschlägiger Kunden der Bank gemerkt.

»Doktor Hortasch war so freundlich, wir spielen gelegentlich Golf zusammen.«

Ein kurzer, beinahe zufriedener Schatten zog über das Gesicht Iliescus. Das entging Federer nicht. Irgend etwas war nicht in Ordnung. Oder war es nur seine übertriebene Furcht? Vielleicht sollte er einfach aufstehen und gehen. Doch das würde erst recht auffallen.

»Doktor Hortasch ... so. Und an was hatten Sie gedacht? Mein Mitarbeiter sprach von einer nicht unerheblichen Summe. Wie ist der Betrag denn im Moment veranlagt, und warum wünschen Sie eine Umschichtung?«

Das Gespräch wurde immer mehr zu einer Prüfung, einer Prüfung, in der Iliescu ihn durchfallen lassen wollte, um ihn dann ...? Genau das war die Frage: Um dann was mit ihm zu machen? Hatte er sich selbst eine Falle gestellt?

»Ich habe ein Angebot für eine Immobilie bekommen, das verlockend genug erscheint, um es zu realisieren und das Geld dann anderweitig anzulegen.«

Mit der halben Wahrheit ließ es sich leichter lügen.

»Sie sagten, glaube ich, daß Sie Interesse haben an noch unentdeckten Neulingen aus dem Osten. Weil sie eine besondere Aussicht auf Wertsteigerung haben, nehme ich an. Haben Sie denn bereits einmal in Kunst investiert?«

»Gelegentlich, aber vor allem in lokale Künstler hier aus Österreich und in einige junge Engländer. Nur scheint mir der Markt hier sehr eng zu sein. Die heimischen Maler erzielen zwar bei uns gute, zum Teil auch ausgezeichnete Preise, aber außerhalb sind sie kaum bekannt. Beispielsweise habe ich noch einige frühe Zehntners, falls Ihnen der etwas sagt.«

Florian Zehntner war ein Studienkollege von ihm an der Akademie gewesen und hatte es inzwischen zu beachtlichem lokalem Ruhm gebracht, auch wenn Federer fand, daß er dies eher seinen verkäuferischen als seinen künstlerischen Qualitäten zu verdanken hatte.

Iliescu nickte wissend und schien mit der erhaltenen Information einigermaßen zufrieden zu sein. Das kurze Aufatmen Federers wurde jedoch gleich wieder erstickt.

»Wie Ihnen offenbar bekannt ist, haben wir gute Kontakte zu unseren östlichen Nachbarländern. Ich schlage Ihnen vor, daß ich Ihnen jetzt eine Auswahl von Werken, die wir lagernd haben und die vielleicht für Sie in Frage kommen könnten, in unserem Tresorraum im Untergeschoß zeige.«

Lächelte er nicht hämisch zu diesen Worten? Nein, er hatte ein starres Pokergesicht. Federer spürte, daß etwas nicht stimmte. Das wurde ihm zur Gewißheit, als sein Gegenüber, kaum daß er geendet hatte, auch schon eine Anweisung durch die Sprechanlage gab, woraufhin zwei in Schwarz gekleidete Kraftpakete den Raum betraten, die er als »einige unserer Mitarbeiter vom Sicherheitsdienst« vorstellte. Freundlich, aber bestimmt stellten sie sich Federer zur Seite, der nervös aufstand und sich zwischen den beiden wie ein Pygmäe vorkam. Den einen erkannte er wieder. Es war der schief gebaute Mann, den er gestern nacht am Prater gesehen hatte. War er ihm doch gefolgt, und wußte er, wer er war? Hier kam er nicht weg. Vielleicht lagen sogar schon einige Leichen im Keller. Warum hatte er keine Nachricht im Dezernat hinterlassen, wohin er gegangen war? Sollte ihm etwas zustoßen, würden sie ihn vermissen, schön und gut. Doch sie hatten keine Ahnung, wo sie nach ihm suchen sollten. Aber er konnte bluffen. Oder Marilyn? Ob sie ihm helfen könnte? Ja, das war es. Er würde sie auf den Boden setzen und nach draußen laufen lassen. Sie könnte die Kollegen zu Hilfe holen. Ihm war heiß durch die ungewollte und erdrückende Nähe der beiden Gorillas.

Iliescu ging voraus. Dieses verfluchte Schweigen. Sie

würden ihm höflich den Tresorraum zeigen und dann die Türe schließen, von außen. Sie brauchten nur zu warten, bis die Zeit die schmutzige Arbeit für sie erledigte, ihn vom Erdboden verschwinden zu lassen. Oder machten sie es doch selbst? Hatten sie Spaß daran, so wie bei Temescu? Im Erdgeschoß nahe dem Ausgang kamen sie vorbei an einem älteren Herrn im Rollstuhl. Vielleicht war das seine Rettung? Iliescu begrüßte ihn freundlich: »Grüß Gott, Herr Doktor Hortasch.«

Nein, Iliescu warf ihm jetzt keinen bedeutungsvollen Blick zu. Er war nicht einmal interessiert daran, Federer bloßzustellen, der behauptet hatte, den Herrn im Rollstuhl zu kennen und mit ihm Golf zu spielen. Er war eindeutig entlarvt, hatte sich schon zu Beginn ihres Gesprächs in dem feudalen Büro oben verraten, und der Keller würde sein Verlies.

Er zog seine Dienstmarke und hielt sie Iliescu ins Gesicht.

»Kriminalpolizei. Meine Kollegen werden gleich hiersein. Wir müssen Ihnen einige Fragen stellen.«

Der Direktor lächelte nur höhnisch, und seine Begleiter drängten Federer mit Bestimmtheit zum Weitergehen.

Also hatten sie ihn längst beschattet gehabt und wußten, daß er allein gekommen war. Blieb nur Marilyn. Er setzte sie auf den Boden, aber anstatt loszulaufen, klebte sie an seinen Füßen.

Blöder Hund, ›tu endlich mal was Vernünftiges‹, fluchte er in Gedanken. Er spürte sein Herz rasen, und kalter Schweiß trat auf seine Stirn. Ihn fror. Mit jeder Stufe lief seine Zeit ab. Sie kannte nur eine Richtung, vorwärts, und ihre Begrenztheit war ihm selten so bewußt geworden wie in diesem Augenblick. Waren das die letzten Minuten seines Lebens?

In dem Moment geschah es. Sie waren bereits an dem Treppenabsatz in den Keller, als ein vertrautes Lachen ihm untrüglich signalisierte, daß Schröger nahe sein mußte. Nie hätte er zu träumen gewagt, sich einmal über dessen Anblick zu freuen. Zusammen mit der Kollegin Berndorfer trat er durch das Eingangsportal, und beide erkannten ihn sofort. Die überraschten Gorillas konnten gar nicht anders, als ihn nach einem zustimmenden Nikken Iliescus gehen zu lassen. Bisher war ja nichts geschehen, man konnte ihnen nichts vorwerfen, sie hatten ihm lediglich einige Kunstwerke zeigen wollen.

Natürlich war Federer die Situation peinlich. Bereits zum zweiten Mal war Berndorfer ihm heute voraus. Er verbarg daher seine Freude und Erleichterung und ging auf die Kollegin zu, als sei er derjenige, der ihr zuvorgekommen sei und der sie nun großzügig die von ihm begonnene Arbeit vollenden lasse.

»Gehn's, Frau Kollegin, seien Sie bitte so freundlich, und übernehmen Sie die weiteren Ermittlungen. Sie finden alles im Keller. Küß' die Hand.«

12

Und schon war er auf dem Ring, die Knie weich wie Butter. Der Punkt ging an ihn, aber er glaubte kaum, daß Iliescu und seine Leute die Situation einfach hinnehmen würden. Er hätte sie ab jetzt auf den Fersen, ohne die Hintergründe zu kennen. Vielleicht könnte Slobo ihm helfen. Verflucht, er hatte Angst.

Den Weg die Kärntner Straße entlang spürte er den drängenden Wunsch, sich mit einem Glas Wein zu entspannen und, Dienst hin, Dienst her, gönnte sich an der Stehbar des *Trzesniewski* ein Achterl Veltliner, das er hinunterkippte, nur um sich sofort noch ein Glas zu bestellen.

Slobo war noch nicht eingetroffen. Federer reihte sich in die Schlange der Wartenden für die Brötchenbestellung am Buffet ein, hatte aber kaum Appetit, so daß er nur zwei Pfefferonibrötchen und ein drittes Achterl nahm.

Ein wenig Ruhe kehrte ein, und er begann die komische Seite seines Besuches in der Bank zu sehen, als sei er in eine Szene aus einem Film geraten. Der Alkohol machte ihn übermütig. Fast wollte er zurück, um dort aufzuräumen: »Mein Name ist Federer, James Federer«, als Slobo eintraf. Anders als sonst, wirkte er angespannt und gehetzt. Er sah Federer gleich und ging auf ihn zu, ohne sich vorher etwas zu essen oder zu trinken zu holen.

»Grüß Sie. Tut mir leid, daß Sie haben warten müssen, aber ich mußte einen Umweg machen, da so ein Kerl hinter mir her war. Ich weiß nicht, ob Sie den ›Glöckner‹ kennen? Er heißt Gheorgiu und erledigt die unangenehmen Aufgaben für die Bank, von der Sie gesprochen haben. Er ist oft dabei, wenn es irgendwelche Probleme im Drogengeschäft gibt, und man sollte seine Bekanntschaft meiden. Vielleicht haben Sie ihn schon einmal gesehen, kräftig mit herunterhängender Schulter und einer großen Narbe am rechten Auge. Er ist seit einiger Zeit immer wieder in meiner Nähe, aber ich schwöre Ihnen, Herr Inspektor, ich habe nichts mit Drogen am Hut. Das ist nicht meine Welt. Er beunruhigt mich. Ihre Kollegen haben ihm nie etwas nachweisen können, und keiner sagt gegen ihn aus. Seine Freunde und Auftraggeber sind zu mächtig. Letztes Jahr wollte einer aus der Szene aussteigen, aber er kam nur bis zum Zentralfriedhof.«

»Den Kerl habe ich schon kennengelernt. Besteht da vielleicht ein Zusammenhang mit dem toten Rumänen, den wir aus der Donau gefischt haben?«

»Das ist gut möglich, sogar sehr gut, aber da werden Sie nicht weit kommen, Inspektor. Wenn Sie da weitersuchen, bekommen Sie ernste Probleme. Ich kann Ihnen nur raten, halten Sie sich da raus, die kennen keine Skrupel. Zu Ihrem Sänger habe ich nichts weiter erfahren, außer daß er wohl als Kurier gearbeitet hat. Aber keiner scheint zu wissen, warum man ihn umgebracht hat. Man ist nervös, weil nun Ermittlungen laufen. Das ist nicht gut, Inspektor. Passen Sie auf, daß Sie sich nicht Ihre Finger verbrennen. Und bitte entschuldigen Sie, ich muß jetzt weiter. Wenn die herausbekommen, daß ich Sie hier treffe, dann bin ich der nächste!«

Das war alles. Der Serbe war so schnell wieder verschwunden, wie er gekommen war. Federer überlegte fieberhaft. Die Donauleiche dürfte sich klären lassen, wobei wahrscheinlich niemand daran interessiert sein würde. Temescu schien wirklich für die Bank gearbeitet zu haben, aber irgend etwas stimmte nicht. Die Ermittlungen brachten Dinge ans Tageslicht, die unerwünscht waren, und gleichzeitig gab es immer noch keinen Grund dafür, warum der Sänger umgebracht worden war, und dann noch auf eine so spektakuläre und grausame Weise.

Er ging auf direktem Weg zurück ins Dezernat, hatte Angst, verfolgt zu werden. Er zweifelte kurz, ob der Durchgang durch die alte Böhmische Hofkanzlei nicht zu riskant war. Er war dort ganz allein. Würden sie ihm hier auflauern, gäbe es keine Hilfe. Es geschah jedoch nichts.

Zurück in seinem Zimmer, benötigte er erst einmal eine Verschnaufpause. Er war erschöpft nach den Anstrengungen der vergangenen Stunden. Ein Kaffee würde helfen. Auf seinem Arbeitstisch lag ein Fax, an ihn persönlich gerichtet, auf italienisch. Commissario Bertoli hatte sein Versprechen schnell und zuverlässig gehalten. Federer wußte, daß er entweder etwas prompt erledigte oder gar nicht.

Sein Bericht warf ein neues Licht auf die Angelegenheit. Offenbar kooperierte die Banca Republicii mit einem recht jungen, doch überraschend erfolgreichen Kunstauktionshaus namens Artisano, das seinen Stammsitz in Rom und Dependancen in Mailand und New York hatte. Während das Unternehmen in Italien vor allem den Ruf genoß, ausgezeichnete Restaurierungsarbeiten mittelalterlicher Kunstwerke durchzuführen, war das Büro in New York bekannt dafür, erstaunlich hohe Preise für die dort verkauften Kunstwerke zu erzielen, die überraschenderweise fast ausschließlich anonym bleibenden Bietern zugeschlagen wurden.

Die ungewöhnliche Zusammenarbeit mit einer rumänischen Bank als auch die Tatsache, daß der Besitzer des Auktionshauses aus einschlägigen Kreisen in Neapel stammte, obwohl der Sitz des Hauses in Rom ganz seriös wirkte, hatten Anlaß zu dem Verdacht gegeben, daß hier Geldwäsche in großem Stil betrieben werde. Doch es fehlten bislang Beweise.

Wenn Artisano das Geld aus den Drogengeschäften der Rumänen reinwusch, warum dann der Umweg über Italien in die USA? Natürlich paßte es, daß Temescu nach der Scala an der Met auftreten sollte, eine Gelegenheit für weitere Botendienste. Aber was tat die Bank hier in Wien mit Kunst aus dem Osten? Erzielte sie auch hier mit an sich wertlosen Kunstwerken überhöhte Preise, um Drogengelder zu waschen? Das würde die astronomischen Summen erklären, die seit einiger Zeit in lokalen Galerien für junge, nicht selten zu Recht unbekannte österreichische Künstler gezahlt wurden. Doch mit welchen Galerien arbeitete die Bank zusammen, oder handelte sie selbst mit den Bildern, in die sie investierte? Die anonymen Käufer müßten identifiziert werden.

Auch wäre es interessant herausfinden, wo das Geld, das in den Auktionen erzielt wurde, blieb. Er müßte mit New York Kontakt aufnehmen. Und er sollte Cecilia anrufen, sie arbeitete schließlich im Kunsthandel in Rom und wüßte vielleicht mehr. Oder sollte er zu ihr fahren? Der Gedanke war verlockend, ließ ihn jetzt trotz der chaotischen letzten Stunden nicht mehr los.

Doch zuerst müßte er die Zusammenhänge besser verstehen. Er mußte alles, was er bisher herausgefunden hatte, zusammenstellen, um von Stankovic grünes Licht für einen Flug nach Rom zu bekommen.

Er fühlte sich auf einmal lebendig. Die Aussicht darauf, sie wieder zu spüren, wieder mit ihr dort anzuknüpfen, wo der Fall ihn vor zwei Tagen so unsanft herausgerissen hatte, inspirierte ihn. Aber noch kannte er nicht die genaue Rolle Temescus in dem ganzen Geflecht, und erst recht fehlte ihm das Motiv für diesen sonderbaren Mord. Der Sänger mußte auf irgendeine Weise die ungeschriebenen Regeln der Organisation verletzt haben. Vielleicht war er zu gierig geworden, was nicht selten vorkam, und hatte versucht, seine eigenen Geschäfte zu machen?

Er griff zum Hörer und meldete beim Amt ein beruflich begründetes Telefonat an. Nur so wurde eine Leitung ins Ausland freigeschaltet. Dann ließ er sich mit dem FBI in New York verbinden. Er kannte dort Jeff Cohen, hatte ihn vor einigen Jahren bei einem internationalen Kongreß für Kriminalistik getroffen. Jeff war ein echter New Yorker Cop, durch und durch Pragmatiker, mit einer Liebe zu Pastrami und Baseball.

Es dauerte einige Zeit, bis ihm am anderen Ende der

Leitung eine hektisch gelangweilte Stimme entgegenwarf: »Federal Bureau of Investigation, wie kann ich Ihnen behilflich sein?«

»Mein Name ist Federer vom Morddezernat in Wien, Austria.«

»Australia?«

»Austria, Vienna, Wien ... Ich würde gerne mit Sergeant Jeff Cohen sprechen.«

»Okay, ich verbinde Sie.«

»Federal Bureau of Investigation, Internationale Angelegenheiten, Sekretariat von Jeff Cohen, kann ich Ihnen helfen?«

»Hier spricht Federer aus Wien. Ich möchte gerne mit Sergeant Cohen sprechen.«

»Okay, warten Sie bitte einen Augenblick.«

Zurückgelehnt schweifte Federers Blick nach draußen, und es durchzuckte ihn wie ein Blitz, als er einen der beiden Schläger aus der Bank, an das Deutschmeisterdenkmal gelehnt, erkannte und auf dem Sockel daneben auch den »Glöckner«. Wie sollte er jetzt das Dezernat verlassen, ohne in unliebsame Gesellschaft zu geraten?

»Hier Cohen. Was kann ich für Sie tun?«

»Hi Jeff, hier spricht Georg Federer aus Wien. Wie geht es dir?«

»Hi Georg. Wie geht es dir selbst, schön von dir zu hören, was gibt's?«

»Ich stecke zur Zeit wieder in einem Mordfall. Der Opernsänger Ion Temescu, ich weiß nicht, ob du schon von der Sache weißt.«

»Ja, in der Tat, ich habe von diesem tragischen Fall gehört. Ich liebe die Oper und wollte mir in der nächsten Woche den Parsifal mit Temescu ansehen.«

»Ich wußte gar nicht, daß du an so etwas Interesse hast.«

»Das stimmt, Baseball steht mir besser.« Cohen lachte.

»Also, bei uns schaut es im Moment so aus, als habe Temescu als Kurier für eine Gruppe gearbeitet, an deren Spitze eine rumänische Banca Republicii und ein italienisches Kunstauktionshaus namens Artisano stehen. Artisano hat auch einen Ableger bei euch in New York, der allem Anschein nach zur Geldwäsche von Drogengeldern dient.«

»Meinst du das im Ernst? Temescu war in kriminelle Machenschaften verwickelt? Das kann ich mir gar nicht vorstellen. Seine Stimme war so rein. Ich habe ihn zuletzt als Sarastro in der Zauberflöte von Zengenberg hier an der Met gehört. Wenn er sang, ging einem das durch und durch, gab einem den Glauben an das Gute zurück Und das ist nicht leicht hier in der City.« Wieder lachte er. »Also, das ist wirklich ein Schock.«

»Wir haben ein Kilogramm Heroin bei ihm gefunden. In irgend etwas muß er verwickelt gewesen sein. Wie du weißt, stammte er aus Rumänien. Diese Bank, die auch hier bei uns in Wien ein Büro hat, scheint zur Securitate, der früheren rumänischen Geheimpolizei zu gehören, und ich kann dir aus eigener Erfahrung bestätigen, daß deren Methoden alles andere als zimperlich sind. Es mag dich überraschen, und in New York bist du das sicher gewohnt ...«, jetzt lachte Federer, »... aber ich habe gerade im Augenblick zwei von den Gorillas der Bank, die mir heute schon verdammt an den Kragen wollten, draußen vor meinem Fenster stehen, und ich arbeite nicht mit Blick auf den Zoo. Ich befürchte, die sind nicht zum Taubenfüttern hier.« Das Lachen verging ihm wieder. »Soweit wir wissen, ist die Bank nicht selbst in den Staaten aktiv. Das läuft möglicherweise alles über Artisano. Könntest du für mich klären, ob da etwas dran ist, daß Artisano Geldwäsche betreibt, und ob Temescu bei euch mit Artisano in Verbindung stand?«

»Klar, das finde ich gerne für dich heraus. Gib mir doch deine Durchwahl, dann rufe ich dich zurück, sobald ich etwas weiß.«

»Vielleicht ist es besser, wenn ich dir auch meine Faxnummer gebe, falls du mich nicht erreichen solltest.«

Er gab seinem amerikanischen Kollegen die beiden Nummern, und sie verabschiedeten sich.

Jetzt mußte er Cecilia anrufen. Er zögerte. Die Aussicht darauf, jetzt gleich mit ihr sprechen zu können, machte ihn nervös. Er hatte immer Angst davor, sie könnte abweisend sein. Das war nie wirklich begründet gewesen, außer einmal, als sie eine Liaison mit einem Künstler hatte und das für unvereinbar hielt mit ihrem Verhältnis. Doch ihre Freundschaft hatte den Künstler überdauert.

Ihre Telefonnummer kannte er im Schlaf, aber er sah zur Sicherheit noch einmal in sein Adreßbuch, eine Entschuldigung, um den Moment des Anrufs noch einige Sekunden hinauszuzögern. Schließlich ließ er sich von der Vermittlung verbinden. Er erreichte nur ihren Anrufbeantworter, auf den sie ihre Büronummer gesprochen hatte. Er versuchte es dort. Es dauerte eine ganze Weile.

Dann hörte er eine Stimme, die allerdings nicht die ihre war.

»Pronto, chi parla?«

Er antwortete auf italienisch.

»Guten Tag, hier spricht Georg Federer aus Wien. Ich hätte gerne mit Cecilia Contessa d'Alberi gesprochen, mit wem spreche ich bitte?«

»Hier spricht Carla Celini. Ich bin die Sekretärin der Contessa hier bei Artisano. Warten Sie einen Moment, ich werde die Contessa holen.«

Er war so aufgeregt, daß er erst langsam begriff, was er gerade gehört hatte: »Artisano«. Natürlich, daher kannte er den Namen. Cecilia arbeitete bei Artisano. War das nun gut, oder war das eine Katastrophe?

»Pronto.«

Jetzt war sie am Apparat.

»Ciao Cecilia, ich bin es.«

»Giorgio, was für eine wunderbare Überraschung.« Sie schien nicht verärgert wegen der so abrupt beendeten Nacht vor zwei Tagen. »Wie kommt es, Caro, daß du mich hier anrufst?«

»Ich habe mich danach gesehnt, deine Stimme zu hören. Aber das ist nicht der einzige Grund. Kannst du im Augenblick frei sprechen, oder ist es besser, wenn ich mich heute abend noch einmal bei dir zu Hause melde? Es geht um die Auktionen von Artisano in New York.«

Warum sagte er ihr jetzt nicht, wie sehr er sie vermißte, daß er nach Rom kommen würde, daß er einfach nur zu ihr wollte, nichts lieber täte, als bei der nächsten Gelegenheit zu ihr zu fliegen?

»Das hört sich an, als würdest du mich besser nachher zu Hause anrufen. Ich komme allerdings erst recht spät heim, aber du bist jederzeit willkommen.«

»Gut, ich melde mich dann noch einmal und ... und ich kann es jetzt schon kaum erwarten. Alles Liebe bis dahin, ciao.«

»Bis später, Caro, ciao.«

Er legte den Hörer auf, und ihre Stimme war ihm noch gegenwärtig. Wie vertraut sie ihm war.

Aber am Abend war er ja mit Isabella Marea verabredet. Das hatte er fast vergessen. Und draußen standen zwei Gorillas, auch die hatte er beinahe aus den Augen verloren. Er mußte sich etwas einfallen lassen, und zwar schnell. Es war bereits nach fünf, und seine Verabredung war schon um sechs. Nach Hause konnte er jetzt nicht. Sicher waren sie auch dort hinter ihm her. Aber Marilyn? Er überlegte kurz. Er mußte sie mitnehmen. Dann schnappte er sich das Telefonbuch und suchte die Nummer von Knize heraus. Dieser Herrenausstatter, dessen Geschäft am Graben noch von dem Jugendstilarchitekten Adolf Loos in der klaren Formensprache der Jahrhundertwende eingerichtet worden und seit damals unverändert war, behauptete von sich zwar, nicht so alt, aber mindestens so konservativ wie die katholische Kirche zu sein. Er bot in der Ballsaison einen Bekleidungsservice an, und genau das war jetzt die Lösung. Zwar wollte er nicht zu einem Ball, aber er benötigte eine angemessene Abendgarderobe. Selbstverständlich könne man ihn wie gewünscht einkleiden, erfuhr er am Telefon.

Er bestellte sich ein Taxi, das er vor den Seiteneingang

des Polizeiquartiers in der Maria-Theresien-Straße kommen ließ. So konnte er verschwinden, ohne von den beiden Bewachern vor seinem Fenster bemerkt zu werden. Bevor er ging, orderte er noch einen Polizeischutz für die Nacht zu seiner Wohnung, um sicherzustellen, daß ihn bei seiner Rückkehr keine unliebsame Überraschung erwartete, noch dazu, wo etwas in ihm mit dem Gedanken spielte, dann nicht alleine zu sein. Um Stankovic zu beruhigen, notierte er kurz die Ergebnisse seiner Recherchen auf einen Zettel und legte ihn in das Fach seines Chefs.

Das Taxi wartete bereits direkt vor der Tür. Federer sprang hinein und duckte sich sofort. Sie fuhren auf dem kürzesten Weg in die Bräunerstraße, wo er sich vor Knize absetzen ließ. Er bat den Taxifahrer zu warten und stieg hinauf in den ersten Stock.

Die Holzregale und -schränke quollen über vor feinem Tuch, dessen Qualität, ganz Tradition, weniger sichtbar als fühlbar war. Der Boden war mit alten, abgetretenen Perserteppichen ausgelegt. Es hatte sich seit der Eröffnung des Geschäfts zu Beginn des letzten Jahrhunderts wirklich nichts geändert. Damals wurde Wien als Modestadt in einem Atemzug mit Paris genannt. Durch die Zerschlagung des Kaiserreiches nach dem ersten Weltkrieg verarmte dann ein Großteil der noblen Gesellschaft über Nacht, und mit der modischen Eleganz war es für lange Zeit vorbei. Erst seit dem Fall der Mauer begann sich das Bild zaghaft wieder zu ändern.

Knize aber war zeitlos, trotzte dem Druck internationaler Ketten, es zu übernehmen und in eine gesichtslose Nobelboutique umzuwandeln, wie sie austauschbar in jede

Stadt Einzug hielten. Auf seine verbrauchten Teppiche hatten schon Generationen von Bewohnern und Besuchern der Stadt ihren Fuß gesetzt, und zahllose Hunde dürften sich so wie im Moment Marilyn auf eben diesem Teppich erleichtert haben. Federer reagierte zu spät, aber keiner außer ihm hatte etwas bemerkt. In vornehmer Professionalität war Herr Altenberg zur Stelle, der ihn nach dem Telefonat bereits erwartet hatte, und begrüßte ihn freundlich. Ein schwarzer Rollkragenpullover aus Kaschmir, eine dunkelgraue Flanellhose, ein schlichtes englisches Jackett, und schon saß Federer wieder im Taxi. Wie einfach das Leben doch war, wenn man sich von Komplikationen freikaufen konnte, und wie angenehm sich dieser wunderbar weiche Stoff auf der Haut anfühlte. Er wußte nicht, ob seine plötzliche Gänsehaut von dem feinen Stoff herrührte oder von der Angst davor, daß die Verfolger ihn doch erwischen könnten. Oder war es die Vorfreude darauf, Cecilia wiederzusehen, oder die Erwartung, die dem Treffen mit Isabella Marea vorausging, dem er nun entgegenfuhr?

13

An der Rezeption ließ er ihr sein Eintreffen ausrichten. Als sie dann kam, verschlug es ihm wie beim ersten Mal den Atem. Sie trat direkt auf ihn zu. Ihr schwarzes Haar trug sie offen. Dazu passend einen weiten Nerzmantel über einem ebenfalls schwarzen Kleid, auf dem ein Muster einzelner Hibiskusblüten leuchtend mit dem Rot ihrer Lippen harmonierte. Unweigerlich mußte er an das Blut Temescus denken. Wie konnte diese Farbe gleichzeitig Verlockung und Entsetzen bedeuten? So wie das Blut des Sängers, so wie jedes Verbrechen ihn abstieß und zugleich anzog, fühlte er sich nun zu der Sängerin auf eine merkwürdige Weise hingezogen und im selben Moment auf Distanz bedacht. War die Anziehungskraft dieser bezaubernden Frau nicht nur ein Ersatz für Cecilia, die er vermißte? Unweigerlich erinnerte sie ihn an den letzten Abend mit seiner Geliebten in der Loge. Isabella Marea hatte gesungen, als sie sich liebten, und irgendwie verband ihn das jetzt mit ihr. Sie war nicht nur selbst verführerisch, so wie sie ihm jetzt elegant und ungezwungen entgegenkam, sondern sie war auch, so absurd das klingen mochte, eine Verbindung zu Cecilia.

Marilyn lief voraus und sprang an ihr hoch.

»Einen wunderschönen guten Abend«, begrüßte er sie mit einem angedeuteten Handkuß.

»Es freut mich, Sie zu sehen, Inspektor.«

Klang sie nicht viel verbindlicher als bei ihrem letzten Treffen? Der Abend bekam eine private Note. Nicht Ermittler und Zeugin trafen sich hier, sondern ein Mann und eine Frau.

Wurde nicht seine Fähigkeit, Indizien zu sammeln, durch ihre Nähe regelrecht vernebelt, ja, war das vielleicht sogar die Absicht der Sängerin? Nein, er durfte nicht nachgeben, sonst hätte sie ihn in der Hand. Er sah ihr beim Gruß in die Augen, und seine Bedenken verflüchtigten sich. Er versuchte sich zu wehren, aber etwas in ihm war stärker.

»Entschuldigen Sie bitte meine leichte Verspätung.« Er hatte sich gar nicht verspätet, aber er entschuldigte sich dennoch.

»Aber ich bitte Sie.«

»Wirklich?«

Sie verstand nicht, aber wie sollte sie auch?

»Wollen wir noch einen Aperitif hier einnehmen, oder wollen wir uns lieber schon ...« Er stockte für einen Moment, »... auf den Weg machen?«

In diesem Augenblick merkte er, daß er ihr noch gar nicht gesagt hatte, was er für den Abend vorgesehen hatte – was es wirklich war, wußte er selbst noch nicht –, und ihm wurde außerdem schlagartig klar, daß er vergessen hatte, einen Tisch zu reservieren.

»Oh, nehmen Sie bitte kurz Platz. Könnten Sie mich bitte für einen Moment entschuldigen ...?« Er wartete ihre Antwort gar nicht ab, sondern war sofort verschwunden und auf dem Weg zur Telefonkabine. Sie blieb ein wenig überrascht, aber amüsiert stehen, schüttelte leicht den Kopf und wartete.

Als er zurückkam, fühlte er sich ein wenig entspannter.

»Bitte verzeihen Sie, daß ich noch einmal kurz telefonieren mußte.«

Es war ihm unangenehm, daß sie im Stehen gewartet hatte.

Sie ignorierte seine Entschuldigung und sprach ihn ganz direkt auf den Fall an.

»Sind Sie in Ihren Ermittlungen zu Temescu schon vorangekommen, Herr Inspektor?«

Das Thema schien jetzt unverfänglich, und er war froh darüber.

»Je mehr meine Kollegen und ich finden, um so verworrener wird die ganze Angelegenheit. Sie hatten mir bei unserem letzten Gespräch erzählt, daß Temescu schon in New York damit begonnen hatte, auf sehr großem Fuß zu leben. Ist Ihnen bekannt, wie er an das Geld herangekommen ist, um sich einen solchen Lebensstil leisten zu können?«

Doch sie wurden unterbrochen. Der Türsteher des Hotels kam zu ihnen, um mitzuteilen, daß der Wagen vorgefahren sei. Federer hatte nicht nur einen Platz im Restaurant des *Lusthauses* – des ehemaligen kaiserlichen Jagdpavillons im Prater – reservieren lassen, sondern auch einen Fiaker bestellt, der sie dorthin bringen würde. Wozu ließ er sich nur hinreißen, offenen Auges?

Sie gingen hinaus, und Marilyn wackelte hinter ihnen her, aber er nahm sie kaum wahr. Die Sonne war bereits untergegangen. Es war einer jener Abende im Spätherbst, die erfüllt waren von einer frischen, kühlen, aber nicht kalten Luft. Der Himmel wölbte sich in einem unendlich tiefen Blau über die in festlicher Beleuchtung erstrahlende Stadt. Das Verdeck des Fiakers war geschlossen, und sie hüllten sich in Wolldecken, die sie auf ihren Plätzen vorfanden. Langsam fuhren sie über den Ring, zuerst vorbei an der Staatsoper, dann an den Prachtbauten des späten Kaiserreichs.

Instinktiv hielt Federer sich an Marilyn fest. Er versuchte sich auf die vorbeiziehende Stadt zu konzentrieren, aber er war gefangen in romantischer Sehnsucht zu dieser ihm beinahe noch Unbekannten. Jedes Detail, das er draußen wahrnahm, brachte ihn ihr näher. Ob sie überhaupt eine Ahnung davon hatte, was in ihm vorging? Sie überquerten den Donaukanal, und die Pferde trabten jetzt schneller. Wenig später waren sie im Prater angelangt. Es war inzwischen vollkommen dunkel, nur vereinzelte Sterne blitzten zwischen den Bäumen der Prater-Hauptallee hindurch.

Sie erreichten den oktogonalen Pavillon des *Lusthauses*. Schweigend hatten sie sich der abendlichen Droschkenfahrt hingegeben, aber ihm kam es so vor, als sei ein Tabu zwischen ihnen gebrochen worden. Die Hufschläge der Pferde verhallten in der Ferne, die klare Luft der nächtlichen Kälte wirkte wie eine kurze Erfrischung. Sie betraten das Gebäude und wurden in den ersten Stock hinaufgeführt. Anders als der offengehaltene untere Raum des Restaurants war der obere seit kurzem in Separées unterteilt. Sie nahmen an dem ihnen zugewiesenen Tisch Platz, dessen Mitte, passend zu dem ganz in Weiß und Grün gehaltenen Raum, eine weiße Rose in einer silbernen Vase zierte. Es gab kein elektrisches, nur Kerzenlicht.

»Da haben Sie ja einen herrlichen Platz ausgewählt«, brach sie schließlich das Schweigen. Sie war wirklich angetan, und er wußte in seiner Verlegenheit keine Antwort, bis der Aperitif kam und seine Zunge löste.

»Diese Stadt ist erfüllt von einem Zauber, der oft erst auf den zweiten Blick sichtbar wird, der einen aber nie mehr losläßt, wenn er einen einmal ergriffen hat. Es sind die Geschichten, die sich hinter jeder Fassade, an jedem Platz und in jeder Gasse verbergen, die ihr das Leben einhauchen, in all ihrer Pracht ebenso wie im grauen Dunkel eines Hinterhofs.«

»Was Sie da sagen, erinnert mich sehr an Buenos Aires. Die alten Viertel dort am Hafen sind auch auf Geschichten gebaut. Die Melodie spielen Fluß und Meer, wenn die Sonne sich auf der silbernen Fläche des Rio de la Plata spiegelt, oder wenn die grauen stürmischen Tage wieder die Angst wecken vor den tobenden Fluten der See.

Im Angesicht des Todes ist die Liebe heftiger, bedingungsloser, leidenschaftlicher. Davon lebt der Tango, unsere Musik. Haben Sie je einen echten Tango gehört, ihn mit Ihrem ganzen Körper gefühlt? Ich war als Kind oft in *La Perla*, der alten Hafenbar, und habe gelauscht. Dort hat sich meine Liebe zur Musik entwickelt. Ich verdanke sie dem Meer und seinen Geschichten.«

Sie meinte das ernst, soviel verstand er. Er sog ihre Worte ein, spürte ihre Leidenschaft, sah all das in ihr, was er sich insgeheim erträumt hatte.

In dem Augenblick trat der Ober zu ihnen heran, um die

Bestellung entgegenzunehmen. Federer spürte ein Verlangen danach, Fisch zu essen. Auch sie bestellte den Seeteufel. Als Wein wurde ihnen ein Neuburger empfohlen. »Der letzte, den Sie von diesem Winzer trinken werden, denn er hat sich im vergangenen Jahr das Leben genommen.« Was für eine ungewöhnliche Art, einen Wein anzupreisen.

»War es denn schwer für Sie, Ihre Heimat zu verlassen?«

»Ich habe sie nie verlassen, ich trage sie in mir, egal wo ich mich gerade befinde. Meine wirkliche Heimat ist die Musik. Wenn ich singe, sehe ich das Meer, dann bin ich losgelöst von dieser Welt, in der doch alle nur eine Lüge leben. Schauen Sie sich doch nur um. Wie viele Menschen leben hinter einer Maske, verstecken mühsam ihre wahre Identität? Sie sind wie alte Häuser, die bis auf ihre Fassade abgetragen werden, um dahinter ein Büro- oder Geschäftshaus zu errichten, so daß sie zu einer blankpolierten Fassadenlüge verkommen. Und dann finden Sie einen Menschen, der tief genug ist, sich den Fragen des Lebens zu stellen, und er verleugnet sich selbst, verkauft sich an die Unfreiheit und endet genauso wie alle anderen.«

»Sie sprechen von Temescu?«

»Wie kommen Sie darauf?« fragte sie überrascht, hielt dann einen Moment inne und meinte schließlich: »Vielleicht haben Sie recht. Wer sich dazu entscheidet, Künstler zu werden, gibt ein Versprechen für sein Leben. Jeder Mensch muß sich irgendwann entscheiden, um sich selbst treu zu bleiben. Gerade in der Kunst ist die Verführung heute groß, sich in den Strudel aus Geltungssucht und Kommerz hineinziehen zu lassen. Doch die Kunst stirbt, genauso wie man selbst, wenn man sich dem unterwirft, was andere einem zu diktieren versuchen. So ist es Ion ergangen. Er glaubte, sich mit Geld ein besseres Leben erkaufen zu können, aber er hat sich selbst verraten. Sein Tod war das beste, was ihm passieren konnte.«

»Das heißt aber nicht, daß Sie mit dem Mord zu tun haben?«

Federer mußte diese offene Frage jetzt einfach klären. Dieses Rendezvous, das eigentlich eine Befragung sein sollte, nahm eine merkwürdige Wendung. Ihre Offenheit war entwaffnend. Er hatte den Verlauf des Abends nie in der Hand gehabt. Er sah sie an. Seine Frage war ein letzter, verzweifelter Versuch, sich in die Rolle des Ermittlers zu flüchten.

Sie mußte das intuitiv gespürt haben, denn sie lachte rauh, fast spöttisch, was ihn kurz verunsicherte.

»Ha, vielleicht hätte ich es tun sollen, aber die Bestimmung in meinem Leben ist eine andere. Ich bin nicht die Hüterin der Tugenden eines Ion Temescu. Ich lebe mein eigenes Leben, das ich nicht ihm zu opfern habe, sondern der Kunst, so wie er sich das vor langer Zeit auch einmal versprochen hatte. Es ist schneller vorbei, als Sie denken.«

Was meinte sie damit?

Der Ober kam mit dem Wein. Er goß Federer ein, der probierend nippte. »Zufrieden, der Herr?«

»Zufrieden schon, aber so überragend ist er nicht, der Wein.« Und um aus der Sackgasse ihres Gesprächs herauszukommen, versuchte er die Situation aufzulockern, indem er scherzend hinzufügte: »Wahrscheinlich hat der Winzer sich deshalb das Leben genommen.«

Der Kopf des Obers verfärbte sich glühend rot, und er zischte Federer an: »Der Winzer war mein Vater.« Daraufhin drehte er sich um und verließ den Raum.

Das überraschte selbst die Sängerin. Nach einer kurzen, peinlichen Pause schmunzelte sie pietätvoll zurückhaltend.

»Sehen Sie, was ich meine?«

Auch er sah die Komik, fragte sich allerdings gleichzeitig, wie er den weiteren Abend mit dem Ober zurechtkommen würde. Sie strahlte, wenn sie lächelte. Die Härte, die sich vorhin mit dem Haß in ihre Züge eingeschlichen hatte, verschwand, und seine uneigentlichen Absichten meldeten sich zurück.

Er errötete, und sie schaute ihn verwundert an. Wie sollte sie auch seine Gedanken erahnen?

»Was für ein Mensch sind Sie?«

Diese direkte Frage verwirrte ihn. Er konnte wohl schlecht von dem sprechen, was ihm gerade durch den Kopf ging. Sie hatte seinen Nerv getroffen. Zögerlich setzte er an, ihr zu antworten, da erlöste ihn der Fisch.

Weiß und fest, gegrillt, auf einem Bett aus fein gehackten, nur kurz angedünsteten roten Paprika, Sellerie und Zwiebeln wurde er aufgetragen. Der Ober war verschwunden, und eine junge Kollegin übernahm nun seine Aufgabe.

Aber ja, er kannte sie doch, und auch sie erkannte ihn sofort.

»Das gibt es nicht. Du hier?«

Sie war es wirklich, wie hieß sie doch noch gleich? Christa, Christa Eger. Vor Jahren, vor wie vielen, wußte er gar nicht mehr, und schon gar nicht in diesem Moment, hatte sie ein Auge auf ihn geworfen gehabt. Er hatte ihre Zuneigung nicht erwidert, was sie nie hatte einsehen wollen. Nur Marilyn war hocherfreut, sie wiederzusehen, wie immer, wenn sie ein bekanntes Wesen traf.

»Zufälle gibt es.«

Wien war gelegentlich erschreckend klein.

»Und eine andere hast du?«

»Bitte.« Er erhob sich. »Darf ich vorstellen? Christa Eger, eine Bekannte von mir, und Isabella Marea. Wenn wir jetzt bitte …, wir haben hier einiges zu besprechen.«

»Ach so, und ich habe geglaubt, du machst dir nichts aus Frauen.«

Mußte er sich wirklich rechtfertigen?

»Wenn du uns bitte entschuldigen würdest.«

Sie verstand widerwillig und zog davon. Isabella Marea sah ihn in einer Mischung aus Verwunderung und offener Erheiterung an.

»Wenn Sie so lange in einer Stadt leben wie ich, dann treffen Sie immer wieder ganz unerwartet auf Bekannte, in den ungewöhnlichsten Situationen.«

Schweigen.

»Ich meine, Sie wissen nie, wem Sie an der nächsten Ecke begegnen werden.« Das galt in verschiedener Hinsicht. Er mußte kurz an seine Verfolger denken.

Ein unbestimmtes Lächeln umspielte ihre Lippen und ihre Augen und hielt sich auch, als sie den ersten Bissen des Fisches zu sich nahm. Er genoß die Art, wie sie hierbei ihren Mund öffnete. Leicht beschämt blickte er auf die vor ihm stehende weiße Rose.

»Inspektor, Sie haben meine Frage noch nicht beantwortet.«

»Ach ja, die Frage, ich werde andauernd abgelenkt ...« Verlegen tupfte er sich mit seiner Serviette den Mund und blickte wie suchend um sich. »... ja, was war es doch gleich?«

Er wußte es, aber er wollte Zeit gewinnen.

»Was sind Sie für ein Mensch?«

Sie ließ ihn nicht.

»Wie soll ich beginnen? Ich bin ein Mann in den besten Jahren, versuche mein Leben so zu gestalten, daß ich mir zumindest einreden kann, zu wissen, warum ich lebe. Ich beschäftige mich schon seit Jahren damit auf der Couch. Mein Analytiker verdient sicher nicht schlecht daran, was nicht heißen soll, daß er es sich nicht auch verdient hat, wenn Sie mich verstehen?«

Wie sollte sie?

»Ich glaube, ich beginne Sie ... aber sollen wir nicht das Formale beiseite lassen? Mein Name ist Isabella.«

Er schluckte überrascht. »Ich, ich heiße Georg.«

Sie sah ihn ganz direkt an, durchdringend, voller Wärme.

»Ich glaube, ich beginne wirklich zu verstehen, aber hör nicht auf, erzähl mir mehr.«

Ihm wurde heiß, angenehm heiß, sein Puls ging schneller, seine Stimme wurde sanfter. Zögernd ließ er sich ein Stück des vorzüglichen Fisches auf der Zunge zergehen und fuhr dann fort.

»Also was auch immer Sie ..., entschuldige, du ... hören möchtest, es läßt sich schlecht einfach so daherreden.«

Das »Du« ließ sie sehr nahe kommen, obwohl der Tisch, auf dem sich Teller ebenso wie Weingläser leerten, unverändert zwischen ihnen stand. Aber wollte er ihr wirklich so viel, ja alles erzählen? Er würde sich verlieren in ihr. Sie bereitete ihm Angst. Aber wie sollte er ihr das begreiflich machen, ohne daß sie ihn für verrückt erklären würde?

»Ich komme hier aus Wien, ich bin hier geboren und aufgewachsen, und doch hat es mich immer wieder in die Welt hinausgezogen. Ich liebe die Natur, ich liebe die Kultur, nicht nur in Museen und Konzertsälen, sondern im Alltag, einen freundlichen und zivilisierten Umgang der Menschen miteinander, unabhängig davon, wer man ist oder woher man stammt.

Ich weiß nicht, ob Sie, ach entschuldige wieder, ob du hier in Wien das Leben in den Kaffeehäusern, den Beiseln, den versteckten Heurigen kennst. Dort kannst du finden, was ich meine. Es ist so selbstverständlich. Ein ständiges Miteinander prägt das Leben in dieser Stadt. Das ist es, was ich hier immer wieder finde und was mich immer hier gehalten hat. Es ist eine einfache, tiefe Liebe an das Leben von Mensch zu Mensch.«

Er hielt inne. War er zu weit gegangen? Sie sah ihn immer noch an, aber sie lächelte nicht mehr. In ihren Augen fand er einen leicht verklärten Ausdruck.

»Was erwartest du dir wirklich von einem anderen Menschen?«

Er spürte, daß sie etwas von ihm wollte, so wie er von ihr. Und gerade das machte ihn unruhig. Er zögerte, ihr zu antworten, versuchte dann wieder seine Unsicherheit mit Humor zu umschiffen.

»Letztlich wünsche ich mir eine Mischung aus tiefster, zärtlicher, inniger Verbundenheit und hemmungslosem Sex.«

Das traf daneben. Aus heiterem Himmel glühte sie vor Zorn, schmiß das Besteck auf den Teller. Sie nestelte in ihrer Handtasche nach einer Zigarette und hatte sie bereits angezündet, noch bevor er ihr Feuer reichen konnte.

Dann schrie sie ihn an: »Madonna mi. Ihr Männer seid doch alle Schweine, cerdos, ihr wollt immer nur euren Schwanz überall reinstecken, solange bis ihr eure Eier weichgevögelt habt. Man sollte euch alles abhacken, einfrieren, falls man euch mal braucht.«

Federer war fassungslos. Wen hatte er da plötzlich vor sich?

Marilyn schrak zusammen und verkroch sich zitternd unter seinem Sessel.

»Irgendwie habe ich das Gefühl, daß du mich nicht richtig verstanden hast«, warf er zögerlich ein.

»Versuche ja nicht, mich vollzuquatschen!« drohte sie.

»Es tut mir leid, wenn ich Sie verletzt habe.«

Er wechselte wieder zu der förmlichen Anrede, um ein wenig Abstand zu gewinnen. Aber seine Beschwichtigung goß nur Öl ins Feuer.

»Fuck off!« War das wirklich nur ihr südländisches Temperament, oder hatte sie sie nicht alle? Ein einziges Wort, und sie verwandelte sich in eine Furie. Hatte vielleicht doch sie Temescu ...? Noch bevor er weiterdenken konnte, holte sie erneut aus:

»Euch geht es doch nur um Macht. Ihr benutzt euren Körper, um eine Frau kleinzukriegen, aber nicht mit mir!

Das sag ich dir. Ich lasse mich von niemandem einfach so flachlegen.«

Er fühlte sich in einem Atemzug ertappt und mit vollkommen irrsinnigen Vorwürfen konfrontiert. Es stimmte, daß er an ihr interessiert war, gewesen war, aber er war sicher der letzte, der versuchen würde, eine Frau auf diese Weise zu unterwerfen. Wenn schon, dann hielt er sich für einen unverbesserlichen Romantiker und nicht für ein frauenfressendes Monster. Sie mißverstand ihn völlig. Der Abend war ruiniert. Das enttäuschte ihn, und ja, da stieg ein wenig Ärger in ihm auf. Aber er wußte im Moment nichts Rechtes damit anzufangen und sagte:

»Sollen wir vielleicht langsam in die Stadt zurückkehren?«

Das war sicher keine klare Formulierung seines Ärgers, aber ein Versuch, der mißlichen Lage zu entkommen.

»O nein, ich habe meinen Spaß. Ich amüsiere mich köstlich«, fauchte sie ihn an und saugte hastig an ihrer Zigarette. Also kam er nicht weg. Wieder einmal war es ihm gelungen, sich in eine Situation hineinzusetzen, in der er zum Spielball für irgendwelche Launen anderer wurde. Aber konnte er von anderen verlangen, daß sie Rücksicht auf ihn nahmen, mußte er sich nicht schlicht und einfach durchsetzen? Und hatte er sich nicht blenden lassen, etwas in ihr sehen wollen, das sie gar nicht war, seiner eigenen unerfüllten Sehnsucht wegen?

»Hören Sie …«

»Halt's Maul!«

Mehr blieb nicht von seinem Versuch, sich durchzusetzen. Sie nahm ihre Gabel und rammte sie vor seinen

Augen in den Tisch, und zwar genau an der Stelle, an der den Bruchteil einer Sekunde zuvor noch seine linke Hand gelegen hatte. Er hatte sie gerade noch reflexartig zurückziehen können. Haßerfüllt blickte sie ihn an. Dann griff sie in ihre Handtasche, und er war bereit, sich zu ducken. Statt einer Pistole holte sie aber nur eine weitere Zigarette hervor, nachdem sie die erste zerdrückt hatte.

»Ich darf nicht rauchen, weil ich singen muß.« Sie zündete die Zigarette nicht an, sondern biß auf ihr herum. Ihn schmerzte der Anblick.

Sie nickte dem Ober zu, der zusammen mit Christa neugierig das ungewöhnliche Schauspiel verfolgte. Beide bekamen ihre Genugtuung.

»Herr Ober, wären Sie bitte so überaus freundlich, uns die Dessertkarte zu bringen. Wir wollen doch noch etwas naschen, nicht?«

Sie säuselte wie süßer Honig. Wenn sie so unberechenbar war, hatte sie vielleicht doch Temescu auf dem Gewissen? War er ihr auf den Leim gegangen? Ohne Zweifel hatte er sich wie ein Vollidiot benommen. Sie hatte ihn gelockt, und er war so lange hinter ihr hergelaufen, bis sie ihn in der Hand hatte. Sämtliche Regeln seiner Arbeit hatte er über Bord geworfen und sich von instinktiven Bedürfnissen leiten lassen. Er hatte es kaum anders verdient. Sie bestellte eine Crème brulée mit eingelegten Weichseln. Ihm war der Appetit gründlich vergangen, und er nahm einen doppelten Ristretto.

»Sicher glaubst du jetzt wieder, daß ich Ion umgebracht habe.« Sie schien ihre Fassung wiedergefunden zu haben. »Ich habe es nicht getan, aber es tut mir mehr als leid, und vielleicht würde ich mich jetzt nicht mehr zurückhalten, wenn ich nochmals die Gelegenheit bekäme.«

Sollte er ihr das nun glauben? Verrückt genug war es ja. So etwas ließ sich doch nicht erfinden und vorspielen.

»Im Moment weiß ich ehrlich gesagt überhaupt nicht mehr, was ich glauben soll. Mein Tag war heute ein klein wenig hektisch, nicht daß es gestern anders gewesen wäre oder vorgestern.«

»Du entschuldigst dich gerne. Wohl immer ein schlechtes Gewissen, was?«

Jetzt hatte er wirklich genug. »Eigentlich versuche ich eher höflich zu sein und mich niemandem aufzudrängen.« Anders als sie, dachte er. »Ich denke, wir sollten aufbrechen, mich erwartet auch morgen ein schwerer Tag.«

Wieder eine Entschuldigung. Warum sagte er ihr nicht einfach, daß der Verlauf dieses Abends, der so vielversprechend begonnen hatte, ein Reinfall war, daß er an eine Gestörte geraten war, die ihn rücksichtslos mit ihren Stimmungsschwankungen überschüttete? Was sie brauchte, war ein Psychiater.

Sie amüsierte sich über seine Wut und löffelte in Zeitlupe an ihrer Nachspeise, während er seinen Kaffee in einem Zug leerte. Er fühlte sich wie in einem Käfig, in dem sie ihn anstarrte und sein Unbehagen auskostete. Endlich war der letzte Bissen zwischen ihren immer noch verführerischen Lippen verschwunden, er ließ umgehend die Rechnung kommen und bestellte auch sogleich ein Taxi.

Demonstrativ setzte er sich während der Rückfahrt neben den Taxifahrer, den immer noch zitternden Hund im

Arm, und ließ Isabella Marea vor ihrem Hotel absetzen. Er verabschiedete sich kurz und förmlich und fuhr dann zum Franziskanerplatz. Er zahlte, stieg aus und spürte auf einmal eine ungeheure Erleichterung. Nach diesem vollkommen chaotischen Tag war er jetzt endlich zu Hause.

Auf dem Platz vor dem Haustor, auf der Seite des *Kleinen Cafés*, stand der Wachmann, den er nachmittags angefordert hatte, auf seinem Posten. Er würde jetzt noch Cecilia anrufen, ein entspannendes Bad nehmen und dann zu Bett gehen. Sein Leben konnte noch so verrückt sein, hier zu Hause kam er zur Ruhe, selbst wenn er wie so oft nicht schlafen konnte. Hätte er sich Isabella Marea gegenüber anders verhalten sollen, aber wie?

Marilyn, die er auf den Boden gesetzt hatte, rannte ebenfalls merklich erleichtert, kläffend und gleichzeitig schwanzwedelnd auf den Wachmann zu. Wie so viele Hunde haßte sie Uniformen, wollte es sich aber wohl nicht gleich mit dieser einsam herumstehenden Person verderben.

»Grüß Sie.«

Der Wachmann salutierte als Antwort auf seinen Gruß, und Federer war beeindruckt über eine solche Förmlichkeit zu der späten Stunde.

»Grüß Gott, Herr Major. Ich kann Ihnen hiermit die Meldung machen, daß sich nichts Verdächtiges zugetragen hat.«

Federer nickte wohlwollend und verbarg damit, daß ihn das überkorrekte Auftreten des Wachmanns belustigte. »Ich danke Ihnen. Ich werde nun das Haus nicht mehr verlassen, und von mir aus können Sie gerne heimgehen.« In seiner Wohnung war er sicher. Dort einzudringen wäre zu umständlich, und wenn es doch jemand versuchen sollte, würde er einen Einbruch rechtzeitig bemerken und sofort eine Streife anfordern können.

»Besten Dank, Herr Major. Ich wünsche Ihnen eine gute Nachtruhe.« Er salutierte nochmals zum Abschied und machte sich strengen Schrittes auf den Weg.

Federer genoß die Stille, die sich langsam nach dem Verhallen der Schritte in der Ferne einstellte, und öffnete das Haustor. Bevor er eintrat, sah er nochmals auf den vom Mondlicht beschienenen Platz hinaus. Das Licht spiegelte sich in den goldenen Flügeln der Engel, die den Renaissancegiebel der Franziskanerkirche schmückten. Er ließ das Tor ins Schloß fallen und hörte, daß in der an den Innenhof angrenzenden Weinstube noch Gäste waren. Er brauchte nicht durch den Hof zu gehen, sondern er mußte die gleich links liegende erste Stiege nehmen, vorbei an der immer noch geduldig ausharrenden Brunnengießerin. Seine Hand griff nach dem Lichtschalter, den er auch im Tiefschlaf finden würde. Aber so weit kam er nicht mehr.

Es war wie Blitz und Donner gleichzeitig. Ein Krachen in seinem Kopf, ein Aufleuchten durchzuckte ihn. Ihm wurde schwarz vor Augen, und er sackte kraftlos in sich zusammen.

14

Sein Kopf schien eingezwängt in ein eisernes Gestell, von dessen Seiten aus langsam Schrauben angezogen wurden, die sich millimeterweise in seine Schädeldecke einbohrten und ihm höllische Schmerzen bereiteten. Er war wie gelähmt. Jede noch so geringe Bewegung verstärkte den Schmerz, war eine Qual. Was sollte er sagen, er wußte nichts. Was sollte er machen, er konnte nichts tun. Seine Nase brannte wie Feuer. Versuchte jemand, ihm die Nasenlöcher zu verstopfen? Er bekam kaum noch Luft. Um ihn herum war schwarze Dunkelheit.

Langsam kam er zu sich. Er war allein. Marilyn leckte sein Gesicht ab und drang mit ihrer rauhen Zunge in seine Nasenlöcher vor, um das Blut, das aus ihnen rann, aufzulecken. Sein Kopf war dem Zerbersten nahe, aber er war wenigstens allein, allein in seinem Hausflur, der spärlich vom Licht aus dem Innenhof beschienen wurde. Vorsichtig versuchte er, den Kopf zu heben und den Hund von sich fernzuhalten. Ihm war schwindlig.

Was war passiert? Das letzte, woran er sich erinnern konnte, waren die beiden Gorillas, die an dem Denkmal vor seinem Fenster gewartet hatten. Wie war er denn hierher in den Hausflur gekommen? Was war in den letzten Stunden geschehen, oder waren es Tage? Er hatte nach der Arbeit doch Isabella Marea treffen wollen. Hatten sie ihn davor überrumpelt? Er war vollkommen verstört, ihm fehlte Zeit in der Erinnerung, und er wußte nicht, wieviel. Es mußte jetzt Nacht sein.

Was war das für ein Geräusch? Er schrak panisch zusammen.

Waren die Schläger noch hier? Wieder versuchte der Hund ihn abzuschlecken, und wieder stieß er ihn zurück. Nein, er war allein. Er hatte doch einen Wachmann angefordert, genau. Er begann sich zu erinnern. Und mit New York hatte er telefoniert und mit Cecilia. Wie er sich jetzt nach ihr sehnte. Das Blut rann weiter aus seiner Nase, und es mischte sich mit Tränen, die unkontrolliert über sein Gesicht liefen. Ihm war übel. Er versuchte aufzustehen, aber er fiel zurück und mußte sich übergeben. Ein wenig erleichtert schaffte er es schließlich doch, sich aufzuraffen. Er machte Licht. Beinahe wäre er wieder gestürzt, aber es gelang ihm, sich am Geländer abzustützen. Mühsam, Schritt für Schritt, Stufe für Stufe bezwang er den Weg hinauf. Es war wieder dunkel, noch bevor er im nächsten Stockwerk angekommen war. Er machte erneut Licht und kämpfte sich weiter voran. Seine Schlüssel waren noch bei ihm, so daß er aufschließen konnte. Marilyn war ihm voraus selbständig nach oben gelaufen und erwartete ihn ungeduldig. Sie war sofort in der Wohnung. Er schleppte sich hinterher und verschloß die Türe. Unsicher lauschte er, aber aus seiner Wohnung drang kein Geräusch. Die Wanduhr zeigte zehn nach elf. Er schaute auf seine Taschenuhr und sah, daß das Datum immer noch der 17. war. Also war er längstens einige Stunden lang bewußtlos gewesen.

Er ging ins Wohnzimmer und ließ sich in seinen Sessel

fallen. Den Kopf nach hinten geneigt, versuchte er das Bluten zum Stillstand zu bringen, dessen Spuren tropfenweise seinen Weg markiert hatten.

Er mußte eingenickt sein. Die Glocke des Stephansdoms drang an sein Ohr. Er zählte mit. Viermal und danach zwölfmal, es war also Mitternacht. War das alles nur wieder ein Alptraum? Zögernd öffnete er die Augen, tastete verkrustetes Blut in seinem Gesicht und bemerkte einen furchtbaren Geschmack in seinem Mund. Er ging ins Bad, um sich abzuwaschen und die Zähne zu putzen. Der Geschmack war kaum wegzubekommen. Sein Kopf pochte, und er ertastete eine massive Beule am Hinterkopf. Irgendwo hatte er die Kopfschmerztabletten. Er nahm gleich zwei, als er sie fand. Wenigstens das Schwindelgefühl hatte sich gebessert.

Immer noch wußte er nicht, was geschehen war. Marilyn lag zusammengerollt auf seinem Bett und schien wohlauf. Als er zu ihr ging, begrüßte sie ihn mit einem matten Wedeln und rollte sich dabei auf den Rücken. Auf dem Anrufbeantworter waren Nachrichten. Er setzte sich, nahm einen Bleistift und hörte sie ab.

»Hier spricht Isabella Marea. Ich wollte Ihnen sagen, daß es mir leid tut, daß der Abend so unglücklich verlaufen ist. Ich hoffe, wir werden eine neue Gelegenheit bekommen. Sie hatten sich solche Mühe gegeben, eine angenehme Atmosphäre zu schaffen. Vielleicht sehen wir uns morgen nach dem *Tannhäuser* ...?«

Der Signalton ertönte, und er fragte sich, warum er gerade jetzt an seine Mutter denken mußte.

»Herr Inspektor.« – Die Stimme war bis zur Unkenntlichkeit verstellt, lediglich der östliche Akzent war eindeutig. – »Das war eine Warnung, verstehen Sie? Wenn nicht, dann sind Sie beim nächsten Mal dran. Lassen Sie Ihre Finger aus dem Spiel!«

Reizend, diese Leute. Wieder der Signalton.

»Ciao Caro, hier ist Cecilia. Wir wollten heute abend miteinander sprechen. Ich bin jetzt zu Hause und warte auf deinen Anruf. Du kannst dich ruhig auch spät melden. Ich habe übrigens etwas herausgefunden. Alles Liebe bis dahin, und gib bitte acht auf dich.«

Wußte sie etwas, oder wie meinte sie das? Er mußte sie anrufen. Es war zynisch. Was hieß hier Warnung? Sie spalteten ihm fast den Schädel und nannten das eine Warnung. Sein Kopf dröhnte immer noch. Bald müßten die Tabletten endlich zu wirken beginnen. Und was sprach Isabella Marea von einem verunglückten Abend? Er strengte sich an. Erinnerungsfetzen kamen zurück. Die Gorillas vor seinem Fenster. Von dort war er ... nachdem er mit New York telefoniert hatte und mit Cecilia. Deswegen hatte sie ihn ja zurückgerufen. Sie arbeitete bei Artisano, das wußte er noch.

Dann war er, er war nicht nach Hause gegangen, nein, er war bei Knize gewesen. Er hatte sich dort neu eingekleidet, die Kleidung trug er ja jetzt noch, um dann mit Isabella Marea auszugehen. Im Hotel *Bristol* hatte er sie abgeholt. Sie hatte hinreißend ausgesehen. Sie waren zusammen essen gegangen. Im Zeitraffer liefen die vergangenen Stunden vor ihm ab, fügten sich wie Steine eines Mosaiks zusammen. Vollkommen kopflos hatte die Sängerin sich aufgeführt.

Dann war er im Taxi zurückgekehrt, hatte sie im Hotel abgesetzt und war unten auf dem Platz ausgestiegen. Der Wachmann. Wie konnten sie ihm auflauern, wenn doch der Wachmann aufgepaßt hatte? So ein Trottel! Er war dann ins Haus gegangen. Der Lärm aus dem Innenhof. Natürlich, sie mußten durch die Weinstube von der Weihburggasse aus in den Hof gelangt sein. Daher hatte der Wachmann nichts gemerkt.

Langsam wirkte das Schmerzmittel. Er tastete nochmals nach der Beule. Würden sie auch ihm den Kopf abhacken? Aber das war doch nicht ihre Art. Draufhauen konnten sie, das bestätigte er gerne. Erschlagen und Erschießen ja, aber Kopfabschneiden nein. Wie hätten sie in der Oper auch unbemerkt an dem Portier vorbeikommen sollen? Sicher, der war kurz weg gewesen wegen eines Asthmaanfalls, aber sorgfältiges Enthaupten paßte einfach nicht zum Stil solcher Barbaren.

›Cecilia!‹ schoß es ihm durch den Kopf. War auch sie in Gefahr? Er mußte sie jetzt anrufen. Er brauchte sie. Er fühlte sich schwach und hilflos, wünschte sich, das ganze Chaos bei ihr zu vergessen. Er zögerte. Panik überkam ihn. Wenn ihr etwas zugestoßen wäre, würde er das nicht verkraften. Sicher, der Anruf könnte seine Befürchtung zerstreuen, aber wenn sie nicht ans Telefon kam, wäre das nicht die Bestätigung? Die Angst lähmte ihn. Sie waren ihm auf den Fersen, konnten ihn jederzeit vernichten. Sollte er das Licht löschen, lauerten sie ihm draußen auf? Nein, seine Wohnung war nicht einsehbar von außen. Je mehr der Schmerz jetzt nachließ, um so heftiger wurde die Panik. Seine Hand zitterte, als er den Hörer abnahm.

Er zögerte noch einmal und wählte dann ihre Privatnummer.

»Pronto.« Er vernahm ihre verschlafene Stimme am anderen Ende der Leitung und atmete erleichtert auf.

»Cecilia?«

»Sì.«

»Ich bin es, Georg. Habe ich dich geweckt?«

»Sì Caro, aber das macht nichts. Es ist gut, daß du noch anrufst. Warte einen Moment.«

Er vernahm ein Bettrascheln, hörte den Lichtschalter, sah sie vor sich, wie sie sich im Bett aufsetzte, ihre schlanken Beine, wie sie sich durch das Haar strich …

»Okay. Ich bin jetzt bereit. Ich habe nach deinem Anruf in unseren Computer geschaut. Als ich versucht habe, etwas zu unseren Transaktionen in New York zu finden, war alles blockiert. Ich habe mit New York nur wegen spezieller Restaurierungsaufträge zu tun, die wir von dort bekommen, nicht aber wegen der Auktionen.

Es hat mich überrascht, im Computer nichts zu unserem Office in New York zu finden. Ich bin dann in das Programm von Brunato, unserem Direktor, eingestiegen. Es ist geschützt, alle drei Monate muß ein neues Codewort eingegeben werden, aber es war nicht schwer für mich, das im Moment gültige Codewort zu finden. Er benutzt immer den Namen seiner aktuellen Geliebten, den kann er sich am besten merken. Und dann habe ich etwas Seltsames gefunden …«

Ob auch ihr Name schon einmal Codewort für Brunatos Computer gewesen war?

»… Die Auktionen in New York sind sehr erfolgreich,

was nicht überrascht, da der Markt zur Zeit gut läuft. Aber in der Aufstellung der Bilder, die dort in der letzten Monaten verkauft wurden, habe ich eine ganze Reihe von den Werken wiedergefunden, die ich vorher zur Restaurierung hatte und daher genau kannte. Alle haben ausnahmslos phantastische Ergebnisse weit über ihrem Wert erzielt. Und alle wurden von anonymen Käufern erworben. Aber was überraschender ist, ist die Tatsache, daß in dem Verzeichnis der Käufer und Verkäufer diese oft wechselseitig ersteigern. Das heißt, sie tauschen nur Geld und Bilder aus.«

»Das ist wirklich interessant. Geldwäsche. Das Geld, das für die Bilder gezahlt wird, ist legal in euren Büchern und in denen der Verkäufer. Und wenn sie es wechselseitig machen, bekommt letztlich jeder seinen Einsatz zurück, abzüglich eurer Provision. Weißt du, ob die Bilder in bar bezahlt wurden?«

»Natürlich, sonst bleibt der Käufer ja nicht anonym.«

»Hast du eine Vorstellung davon, in welcher Größenordnung diese Transaktionen laufen?«

»Allein in diesem Jahr dürfte es sich nach Brunatos Aufstellung um etwa hundert Millionen Dollar handeln.«

Das war es also, das erklärte, warum die daran Beteiligten vor nichts zurückschreckten und so empfindlich reagierten. Und es deckte sich genau mit dem, was Bertoli in Mailand ihm gegenüber angedeutet hatte. Aber wie kam er an die Drahtzieher dieser Geschäfte heran? Und hatten sie wirklich Temescu auf dem Gewissen?

»Weißt du vielleicht, ob Ion Temescu, der berühmte Bariton, irgend etwas mit euch zu tun hatte?«

»Ich habe ihn einmal hier gesehen, aber das heißt ja nichts.«

»Hmm. Sagt dir denn eine Banca Republicii aus Bukarest etwas?«

»Na, das ist ein Zufall. Sie ist laut Computer einer unserer besten Kunden in New York, ich nehme an als Treuhänder.«

»Das paßt haargenau. Sag, hat irgend jemand etwas davon gemerkt, daß du dir diese Informationen geholt hast, oder hast du mit jemandem darüber gesprochen?«

»Natürlich nicht. Als ich gemerkt habe, daß da etwas nicht stimmt, habe ich mir nichts anmerken lassen. Wenn sie nicht gerade meine Leitung abhören, weiß keiner etwas davon.«

»Besteht die Gefahr?« Er war nun wirklich besorgt.

»Ich habe nur Spaß gemacht.«

»Tut mir leid. Ich reagiere vielleicht überempfindlich, aber ich hatte heute einen Abend, bei dem mir der Humor so ziemlich vergangen ist, obwohl ich eigentlich immer noch gar nicht so genau weiß, wie der Abend wirklich verlaufen ist.«

»Sag, geht es dir nicht gut?« Kein Wunder, daß sie an seiner geistigen Gesundheit zweifelte.

»Genau. Mir geht es nicht gut, ich bin quasi auf den Kopf gefallen. Aber es geht mir schon viel besser, seit ich deine Stimme wieder höre.«

Wie sollte sie das begreifen?

»Mir hat irgend jemand aufgelauert, wahrscheinlich ein paar Schläger aus der Bank, die mit euch zusammenarbeitet. Sie haben mir den Schädel fast eingeschlagen, so daß ich bewußtlos war und für kurze Zeit das Gedächtnis verloren habe.«

Erst nach einer Schrecksekunde sprach sie wieder, klang sehr besorgt.

»Ach du liebe Güte. Mach keinen Unsinn. Ich habe zwar keine Ahnung, mit wem du es da zu tun hast, aber laß dich da nicht in etwas hineinziehen, das gefährlich werden könnte.«

Dafür war es bereits zu spät, aber das verschwieg er ihr besser.

»Sag, wäre es möglich, von den Aufstellungen in eurem Computer eine Kopie zu bekommen?« Schon während er das fragte, war ihm im gleichen Augenblick klar, daß es einem Todesurteil für Cecilia gleichkäme, sollten sie dahinterkommen. Nein, das war unmöglich. Er mußte selbst nach Rom.

»Versuchen könnte ich das schon ...«

»Nein, das ist keine gute Idee. Du darfst da nicht direkt mit hineingezogen werden.«

Sollte er Bertoli auf die Spur ansetzen? Aber der war in seinen Ermittlungen blockiert. Auf jeden Fall mußte er Cohen in New York mit einbeziehen. Dort wurde das Geld weißgewaschen, und wahrscheinlich wurde es dort auch weiter angelegt. Wieviel von der langjährigen Börsenhausse an der Wall Street war wohl nicht nur von den Spargroschen des amerikanischen Durchschnittsbürgers genährt worden?

»Ist es möglich, daß ich von außen einen Zugang zu eurem Computersystem bekommen kann, damit auf dich kein Verdacht fällt?«

»Ich wüßte nicht, wie. Aber glaubst du nicht, daß die Sache zu gefährlich für dich allein ist nach allem, was dir schon passiert ist? Ich glaube wirklich, du solltest von der Angelegenheit die Finger lassen.«

Jetzt hörte sie sich an wie Commissario Bertoli. Oder war sie vielleicht selbst in das System verstrickt, und versuchte sie ihn behutsam wegzulotsen? Aber warum hätte sie ihm dann die Informationen geben sollen? Nein, das war einfach absurd. Er war fertig mit seinen Nerven, am Ende mit seinen Gedanken.

»Weißt du was? Ich werde versuchen, morgen zu dir zu kommen, ich melde mich noch wegen der Ankunftszeit.«

Das war der einzige Lichtblick an diesem Fall. Er hatte einen Grund gefunden, sie wiederzusehen. »Ich werde mich jetzt hinlegen und dich auch weiter schlafen lassen.«

»Na, das ist eine Überraschung. Ich freue mich natürlich, aber ich meine das ernst, daß du dich besser aus der Geschichte heraushalten solltest.«

»Das kann ich doch, wenn ich bei dir bin, immer noch.«

»Du bist verrückt. Also, dann bis morgen, ciao Caro. Träume süß.«

»Gute Nacht.«

Sein Kopf schmerzte immer noch, aber das war jetzt fast bedeutungslos.

15

Der Wecker schrillte noch unbarmherziger als sonst. Es war bereits hell. Marilyn lag auf seinem Kopfkissen. Auch als Federer das Klingeln abgestellt hatte, hallte es noch in seinem Kopf nach. Ein pochender Schmerz begleitete das Geräusch, und das Licht blendete ihn. Als er sich aufrichtete, drehte sich das Zimmer um ihn herum, und er sank zurück ins Bett. Marilyn streckte sich und schnaufte.

Er versuchte erneut sich aufzurichten, was ihm jetzt mühsam gelang. Sie drehte sich auf die Seite, sah sich kurz nach ihm um und schmiegte sich in sein Kissen, um weiterzuschlafen. Hund müßte man sein.

Im Badezimmer tauchte er seinen Kopf in kaltes Wasser, aber sein Zustand blieb unverändert. Sollte er sich nicht einfach zurück ins Bett legen, den Rat der Mafiosi befolgen und sich aus der ganzen Angelegenheit heraushalten?

Als erstes brauchte er nun einen Kaffee, dringend. Er trocknete sich mit einem Handtuch das Gesicht, zog einen Morgenmantel über und ging in die Küche. Das Kaffeepulver war aufgebraucht.

Die Lage wurde kritisch. Dann eben Tee, dachte er sich, einen Kaffee könnte er später im Büro trinken. Der Tee war schnell zubereitet und stand duftend vor ihm. Die Milch, die er hineingoß, zog in groben Flocken ihre

Kreise, und ihm wurde übel. Milchflocken haßte er. Der Milchbeutel flog in den Abfall.

Er mußte jetzt in ein Kaffeehaus gehen. Ein genüßliches Frühstück in einem der alten Ringstraßen-Kaffeehäuser würde ihn wieder mit der Welt aussöhnen.

Hastig kleidete er sich an und war schon Minuten später draußen.

Das Licht blendete ihn, und er setzte sich seine Sonnenbrille auf. Der Hund sprang voraus in purem Vergnügen. Federer ging es furchtbar, aber der Tag war warm, und das gab ihm das Gefühl zu leben. Er lebte! Das sagte sich so leicht und war doch überwältigend, trug ihn wie von selbst durch die Straßen.

In seinem Stammcafé sah er gerade noch rechtzeitig diese Kellnerin Christa Eger sitzen. Nach einer Fortsetzung der gestrigen Auseinandersetzung stand ihm jetzt sicher nicht der Sinn. Zum Glück besaß jeder Abschnitt der Ringstraße sein eigenes charakteristisches Kaffeehaus, und so zog er weiter zum nächsten.

Er trat ein und ging zuerst zu dem Zeitungsständer gleich neben dem Eingang, Dort nahm er sich ein Wirtschaftsblatt und eine lokale Zeitung. Das Café war voll bis auf einen freien Tisch nahe dem Fenster.

Er nahm Platz und bestellte sich ein Wiener Frühstück: zwei Semmeln, Butter, Konfitüre, ein Ei und eine Melange.

Während er wartete, blätterte er in den beiden Zeitungen. Das Lokalblatt bot nichts Neues, aber in dem Wirtschaftsmagazin stieß er auf einen interessanten Bericht. Das italienische Auktionshaus Artisano habe ausgezeichnete Zahlen für das letzte Geschäftsjahr präsentiert und plane schon in Kürze die Eröffnung einer Niederlassung in Wien. Das vorhandene Netz an internationalen Kooperationen solle erfolgreich weiter ausgebaut werden, um innerhalb weniger Jahre zu den bekannten großen Auktionshäusern aufzuschließen.

Das Frühstück kam, er blickte auf und sah an einem Tisch neben dem Eingang in ein hämisch grinsendes Gesicht, das er kannte. Es war der Angestellte aus der Bank. Darnberg hatte er geheißen. Federer ahnte nichts Gutes, als dieser offenbar seinetwegen telefonierte.

Waren sie gleich wieder hinter ihm her? War er jetzt nie mehr sicher hier, in seiner Stadt? Dann gab es nur noch eine Lösung: sie oder er mußten verschwinden.

Hastig aß er nur zwei Bissen – die Semmeln waren vom Vortag –, trank den dünnen Kaffee und winkte den Ober herbei, um zu zahlen. Er mußte schnellstens weg hier.

»Eine Melange, ein Wiener Frühstück, das macht genau neun Euro.«

Federer griff in seine Hosentasche, um die Geldbörse herauszuholen, aber sie war nicht da. In dem morgendlichen Chaos hatte er die falsche Hose angezogen, also besaß er im Moment weder Geld noch Schlüssel, noch seine Polizeimarke. Der Ober wurde ungeduldig, aber größere Sorge bereitete Federer, daß soeben die beiden vertrauten Schläger aus der Bank bei Darnberg eingetroffen waren. Die Möglichkeit, dem Ober Marilyn als Pfand anzubieten, schien wenig aussichtsreich. Ihm blieb nur die Flucht nach vorne.

»Ich kann nicht glauben, daß Sie die Frechheit besitzen,

mir für dieses erbärmliche Frühstück neun Euro abzuverlangen.«

Der Ober war in keiner Weise überrascht.

»Für dumm verkaufen laß ich mich von Ihnen nicht. Wenn Sie nicht zahlen wollen, müssen Sie das mit dem Chef klären.«

Er winkte zum Tresen, von wo aus der grobschlächtige Kaffeehausbesitzer sofort herbeikam, so als sei er Vorkommnisse dieser Art gewohnt.

»Bitte schön, der Herr, Sie wünschen eine Beschwerde anzubringen?«

»Ich werde für das, was mir hier als Wiener Frühstück vorgesetzt wurde, keinen Cent auf den Tisch legen.«

»Entweder Sie zahlen jetzt, oder ich hole die Polizei und verklage Sie wegen Zechprellerei.«

Das war in der Tat eine einschüchternde Drohung. Genau darauf hatte Federer gehofft.

»Da müssen Sie nur die 31 347 und die Klappe 2119 wählen.«

»Ach, die Nummer kennen Sie schon, Sie Sozialschmarotzer, Sie.«

Die Gorillas blickten drohend und wenig belustigt herüber. Er hatte den Kaffeehausbesitzer auf seine Seite gebracht, ohne daß dieser eine Ahnung davon hatte.

»Sie, ich werde es Ihnen schon zeigen. Sie bleiben jetzt hier sitzen, und Zenkovic, Sie rufen die Polizei.«

»Soll ich die Nummer, die der Herr ...?«

»Geh'n Sie!«

Eigentlich blieb Federer noch Zeit für einen weiteren Kaffee, aber er wollte seinen heimlichen Verbündeten nicht zu sehr reizen und wartete. Es dauerte nicht lange, und zwei ihm leider unbekannte uniformierte Kollegen traten herein, die Uniform äußerst korrekt, sich ihrer Bedeutung mehr als bewußt. Wer einmal eine Wiener Polizeistreife vom Laurenzerberg im Dienst erlebt hatte, kannte deren eindrucksvolle Selbstinszenierung. Schon waren sie bei ihm, und höflich, wie Federer war, stand er auf.

»Grüß Sie, meine Herren, lassen Sie uns aufbrechen.«

Die beiden Polizisten schauten überrascht. Der größere sprach von nun an, der kleinere schwieg.

»Na, so kommen Sie nicht davon. Was erlauben Sie sich eigentlich?«

»Lassen Sie uns bitte gehen. Sie bringen mich am besten auf das Kriminalamt am Deutschmeisterplatz, da bin ich bekannt.«

Langsam begannen Darnberg und seine Begleiter zu begreifen, was Federer vorhatte, aber sie konnten wie tags zuvor in der Bank wieder nur zuschauen.

»Ah, bekannt sind Sie dort. Dann werden Sie jetzt uns kennenlernen. Eingesperrt gehört jemand wie Sie.«

Federer lächelte. Der uniformierte Große sah zu seinem kleinen Begleiter, der stumm nickte. Wortlos führten sie ihn ab.

Wie beiläufig, aber voller Absicht, stieß Federer beim Hinausgehen mit dem Fuß so gegen den Tisch der drei Herren aus der Bank, daß sich deren Kaffee über sie ergoß.

»Pardon«, er grinste.

Sie sprangen auf, setzten sich wieder. Und schon war er auf der Straße.

»Bravo, die Herren Kollegen. Sie haben sehr professionell gearbeitet und sind mir bei meinen Ermittlungen außerordentlich hilfreich gewesen«, lobte Federer.

»Sind Sie jetzt übergeschnappt?«

»Darf ich mich vorstellen? Federer, Kriminalpolizei, Morddezernat.«

Erst blickten sie ungläubig, aber dann saß der Schreck tief.

»Ja, Herr Kollege, wenn Sie bitte entschuldigen würden, wir konnten ja nicht ahnen ...«

»Lassen Sie es gut sein, ich werde wegen der Sache kein Aufhebens machen. Wenn Sie nur bitte die Freundlichkeit hätten, kurz drinnen meine Rechnung zu begleichen und mich dann auf dem schnellsten Weg zu meinem Büro am Deutschmeisterplatz zu bringen. Das Geld bekommen Sie natürlich erstattet, geben Sie mir Ihre Kontonummer, allerbesten Dank.«

»Aber selbstverständlich, Herr Major, Herr Oberst, selbstverständlich.«

Sie taten wie befohlen, und schon fuhren sie mit Sirene und Blaulicht über den überfüllten Ring zum Kriminalamt.

Dort vorgefahren, sprang der Kleinere aus dem Wagen, öffnete ihm die Tür und salutierte kerzengerade, als Federer ausstieg. Ohne ihn anzusehen, grüßte er zurück, murmelte etwas von »schon gut« und »werde Sie lobend erwähnen« und entschwand, Marilyn voran, in das Gebäude.

16

Drinnen stolperte ihm Fräulein Ziegler über den Weg. Ihre roten hochhackigen Lackschuhe waren farblich abgestimmt mit ihrer zu tief ausgeschnittenen Bluse, von der das meiste durch einen Lederrock verdeckt wurde, den sie bis zu dem Ansatz ihrer voluminösen Brüste hochgezogen trug. Sie wirkte wie ein Brusttorso auf überlangen Beinen. Die eigenwillige äußere Erscheinung seiner Sekretärin war Stankovic furchtbar peinlich, und gelegentlich leugnete er Dritten gegenüber, sie überhaupt zu kennen.

»Entschuldigung. Grüß Sie Gott, Fräulein Ziegler.«

»Guten Morgen, Federer, heute so stürmisch?«

Er ignorierte ihre Bemerkung, schleppte sich in sein Büro und kochte sich als erstes einen Kaffee, der diese Bezeichnung auch verdiente. Als er so dasaß und den Duft einsog, schließlich den ersten Schluck nahm, war für den Bruchteil eines Augenblicks die Welt in Ordnung. Per Telefon veranlaßte er eine Überweisung bei seiner Bank und eine Kontrolluntersuchung der Hygienepolizei bei dem Café *Opernring*. Es ging ihm jetzt wesentlich besser. Mit der Tasse in der Hand durchschritt er den Korridor bis zum Konferenzraum.

Da saßen sie wieder in salbungsvoller Erwartung. Niemandem fiel sein desolater Zustand auf, als Federer mit einem undeutlich gemurmelten: »Grüß Gott!« eintrat, da alle Anwesenden zu sehr mit sich selbst beschäftigt waren. Die Kollegin Berndorfer harrte starren Blickes schweigend auf ihrem Platz aus und wirkte fiebrig gespannt. Sicher hatte sie Neues zu berichten.

Doch Fräulein Ziegler, die üppig ihren Charme versprühend plötzlich in der Tür stand, brachte eine herbe Enttäuschung.

»Der Herr Chefinspektor hat sich gerade telefonisch aus dem Café Landtmann ... ich habe das zuerst gar nicht verstanden und habe immer gedacht, er spricht vom Sandmann ...«, sie lachte, aber sie war damit alleine. »Er hat mitgeteilt, daß er dort ein Treffen hat, und daß es ihm daher nicht gelingt, zur Morgenbesprechung zu kommen, was er zu entschuldigen bittet. Die Ermittlungen im Fall Temescu sollen zügig fortgesetzt werden. Alle notwendigen Maßnahmen seien von ihm gedeckt.«

»Wirklich alle?« Federer sah die Reise nach Rom zum Greifen nahe.

»Das hat er gesagt, alle.«

Er würde zugreifen.

Die Kollegin Berndorfer jedoch war alles andere als glücklich.

»Ja, aber ich muß unbedingt mit dem Chef sprechen.« Sie war beinahe verzweifelt. »Wir waren gestern in der Bank, die Sie, Kollege Federer, ja selbst auch inspiziert haben, und wir haben nichts finden können, was auf Temescu oder auf Drogengeschäfte hindeutete. Ich weiß nicht, ob es Ihnen da anders ging?« Dieser Satz war spitz an Federer gerichtet.

»Nein, nein, nicht direkt, aber ...«

Wenn er seine Beule ertastete, war das ein deutlicher Hinweis darauf, daß mit der Bank etwas nicht stimmte. Sie ließ ihn nicht aussprechen.

»Dafür haben wir über unsere Kollegen in Buenos Aires herausgefunden, daß Isabella Marea ein Kind von Temescu hat. Davon hat sie Ihnen doch nichts gesagt gehabt, Federer, oder?«

Das saß doppelt. Isabella Marea hatte ihm so etwas verheimlicht, und gerade die Kollegin Berndorfer mußte es herausfinden.

»Na, nein ...«, stammelte er überrascht.

Die Enttäuschung über das heutige Fernbleiben von Stankovic legte sich bei seiner Kollegin.

»Das Kind wächst dort bei der Großmutter auf, und ich kann mir gut vorstellen, daß es Temescu überhaupt nicht recht war, daß er es nie zu Gesicht zu bekam. Der Streit um das Kind, das ist doch ein eindeutiges Motiv für Isabella Marea, um eine solche Tat zu begehen.«

»Aber wenn sie es wirklich gewesen sein sollte, wie erklären Sie sich dann die Drogen bei Temescu?«

»Vielleicht hat die Marea sie ihm untergeschoben, um den Verdacht von sich abzulenken.«

Das war in der Tat eine ganz neue Perspektive, in sich logisch, nur nicht mit der Beule an seinem Hinterkopf vereinbar. Er war wütend auf Isabella Marea, auf ihr merkwürdiges Spiel und auf den vergangenen Abend, aber daß sie den Mord ...? Nein, das wollte ihm nicht in den Kopf.

»Ich glaube eher, daß die Bank in die Sache verwickelt ist. Temescu hätte nach seinem Auftritt hier in Italien und dann in den USA singen sollen, und die Bank hat Verbindungen zu einem Kunstauktionshaus, das genau dort, in Italien und in den USA sitzt. Außerdem hat die Bank in einschlägigen Kreisen einen Ruf dafür, daß sie mit Drogengeldern arbeitet.«

»Na das erläutern Sie mal dem Herrn Staatsanwalt. Könnte es nicht sein, daß Sie nur nicht wahrhaben wollen, daß die Marea ein Motiv hat? Und wo ist das Motiv der Bank?«

Das traf ins Schwarze. Wie schaffte sie das nur? Und doch schien es der falsche Weg zu sein. Warum überhaupt war sie auf einmal nicht mehr an der Mafia-Theorie interessiert, die sie doch selbst anfangs so vehement verfochten hatte? Etwas stimmte hier nicht.

»Also in Ordnung. Ich werde mich heute nochmals um Isabella Marea kümmern. Aber die Bank steckt da auch mit drinnen, ich bin mir da sicher, und ich werde auch diese Spur weiter verfolgen.«

Er stand auf und ging in sein Büro, während seine Kollegin noch ausführte, daß sie sich nun dem Mord an Florescu widmen werde, als dessen Hintergrund sie eine Auseinandersetzung von Schlepperbanden im Burgenland vermute. Er brauchte jetzt Zeit, um nachzudenken, und mußte den Flug nach Rom organisieren. Wenn er gegen Mittag hier loskäme, könnte er die Nacht über dort bleiben und morgen mit dem ersten Flug zurückkommen.

Isabella Marea müßte er vorher noch anrufen. Nach einem weiteren Treffen mit ihr war ihm im Moment nicht zumute, und außerdem blieb ihm dazu kaum genügend Zeit. Was ging nur in ihr vor? Wenn sie Temescu doch umgebracht hatte? Ein Motiv hatte sie zweifellos. Warum hatte sie ihm gegenüber diese merkwürdige Vorführung geboten, regelrecht versucht, den Verdacht auf sich zu lenken? Oder war das alles kein Schauspiel? War sie wirklich so labil? Aber war sie dann nicht zu allem fähig? Warum gestand sie ihren Haß auf Temescu ein, verschwieg aber das Kind? Er verstand all das nicht.

Cohen mußte er auf das Büro von Artisano in New York ansetzen. Aber dazu war es wegen der Zeitverschiebung noch zu früh. Er würde ihn später von Italien aus erreichen müssen. Den Flug für mittags um halb drei zu reservieren bereitete keine Schwierigkeiten. Dann wählte er die Nummer des Hotel *Bristol*, wo man ihm aber mitteilte, daß Isabella Marea sich gerade in Proben befinde. Auch sie müßte er von Rom aus anrufen, abends nach ihrem Auftritt. Er bestellte noch einen Schlüsseldienst zu seiner Wohnung und war schon auf dem Weg.

Der Wagen des Schlüsseldienstes stand bereits mitten auf dem Franziskanerplatz, als Federer eintraf. Es dauerte eine Viertelstunde, bis der Erwartete um die Ecke kam. Offenbar hatte er sich in der Weinschenke auf die vor ihm liegende schwere Arbeit vorbereiten müssen.

»Grüß Sie. Gut, daß Sie kommen.«

»Ah, guten Tag. Sind Sie der mit dem Schlüssel?«

»Ohne. Es ist oben im dritten Stock.« Das Haustor stand offen, und sie stiegen gemeinsam hinauf bis vor seine Wohnungstüre.

»Ist die Türe verschlossen oder nur zugefallen?«

»Nein, sie ist nur zugefallen.«

»Aha.« Pause. Nickte der Handwerker ein, dachte er nach?

»Na, wenn Sie sich dann bitteschön jetzt umdrehen würden. Sie dürfen nicht dabei zuschauen, wenn ich Ihre Türe öffne.«

Das war skurril. Er als Kriminalbeamter durfte nicht dabei zusehen, wenn die Türe zu seiner eigenen Wohnung vollkommen legal aufgebrochen wurde. Es dauerte Sekunden, und sie stand offen. Marilyn rannte sofort hinein, Federer war erleichtert.

»Allerbesten Dank. Was bin ich Ihnen schuldig?«

»Einhundertzwanzig Euro.«

Das war der Preis für einige Sekunden effektiver Arbeit – auf einen Stundenlohn hochgerechnet ... Federer schluckte.

»Brauchen Sie eine Rechnung?«

»Das hängt davon ab, ob der Preis gleich hoch ist mit und ohne Rechnung.«

»Der ist gleich.«

»Dann hätte ich bitte gerne eine Rechnung.«

»Sagen wir hundert ohne Rechnung.«

Federer holte seine Geldbörse von drinnen, zahlte und schwor sich, den Wucherer der Steuerfahndung zu melden. Er packte eine Reisetasche mit Abendgarderobe und Waschzeug und bestellte sich ein Taxi.

17

Schon war er zusammen mit dem Hund auf dem Weg zum Flughafen. Sie waren auf der Autobahn angekommen und fuhren vorbei an Industrieanlagen der Petrochemie. Die Metalltanks glänzten silbern im Sonnenlicht, doch in der Ferne braute sich das Grau einer Sturmfront zusammen. In Rom würde er heute noch einen Tag lang dem Winter entfliehen. So in Gedanken versunken, entging ihm ganz, daß sich vor ihnen ein Stau gebildet hatte, den er erst bemerkte, als sie bereits standen. In Sichtweite, einige hundert Meter vor ihnen, lag ein Lastwagen umgestürzt quer auf der Fahrbahn. Er hatte Feuer gefangen.

»Sagen Sie, glauben Sie, wird das lange dauern?«

»Ich weiß nicht, ich werde in der Zentrale nachfragen, was der Verkehrsfunk angibt.«

Wie zu erfahren war, hatte sich der Unfall gerade erst ereignet. Die Vollsperrung der Autobahn solle aber bereits in Kürze wieder aufgehoben werden. Federer blickte auf die Uhr. Es war jetzt halb zwei. Das Taxameter lief auf Kosten der Behörde, das störte ihn im Moment weniger. Das Feuer wurde mächtiger.

»Ich muß meinen Flug um zwei Uhr dreißig erreichen.«

»Das sollten Sie schon noch schaffen. Wenn die Straße wieder frei ist, sind wir in fünf Minuten da.«

Widerstrebend vertraute er den Worten des Fahrers. Es tat sich nichts. Er beobachtete das Feuer.

Nichts bewegte sich. Ihm blieben noch fünfundvierzig Minuten. Das Feuer brannte unvermindert weiter, obwohl inzwischen Löscharbeiten im Gange waren. Viel Gepäck hatte er nicht. Etwa drei Kilometer waren es noch bis zum Flughafen. Wenn er noch eine Chance haben wollte, dann müßte er jetzt los. Er zahlte, nahm seine Tasche und ging zu Fuß auf dem Seitenstreifen in Richtung Ausfahrt, den Hund an der Leine. Den Brand umging er über das Feld. Die Zeit wurde knapp. Er lief. Und er schaffte es. Zwanzig Minuten vor dem Abflug stand er in Schweiß gebadet, mit lehmüberzogenen Schuhen und Hund am Schalter für das Check-in. Die freundliche Stewardeß teilte ihm mit, daß aufgrund eines Streiks der italienischen Fluglotsen der Flug leider kurzfristig abgesagt worden sei.

Resigniert gab er auf, nahm ein anderes Taxi zurück in die Stadt. Er fühlte sich ausgelaugt, war wütend. Wieso schaffte er es nicht, zu ihr zu kommen? Dieser Fall hatte sich zwischen sie gedrängt wie eine Wand, die nicht zu durchdringen war. Er lebte mit einem Hund zusammen statt mit ihr. War es das, was er wollte? Er sah zu Marilyn hinab, die starr vor Schmutz auf dem Boden saß und vor Kälte zitterte. Sie konnte nichts dafür. Er mußte sich ändern. Er hob sie auf, blickte ihr in die Augen und drückte sie an sich. Hier saß er nun, unfähig, zu seiner Geliebten zu gelangen, in einem Taxi auf einer grauen Autobahn und umarmte einen Hund, der dazu noch einem Lehmklumpen glich.

Vor seiner Wohnung ließ er den Wagen warten, brachte das Gepäck hinauf, bürstete den getrockneten Lehm aus Kleidung und Fell und fuhr dann auf das Dezernat.

Er saß wieder in seinem Arbeitszimmer, war keinen Schritt vorangekommen weder in dem Fall noch in seinem Leben. Er war müde und frustriert. Selbst ein Kaffee änderte nichts an seiner trüben Stimmung.

Draußen war es schon beinahe dunkel. Cecilia erreichte er nicht, konnte lediglich bei ihrer Mitarbeiterin die Nachricht hinterlassen, daß alle Flüge nach Italien aufgrund des Streiks gestrichen seien. Mehr sagte er nicht, um zu verhindern, daß bei Artisano irgendein Verdacht auf sie fallen könnte. Auch Isabella Marea im Hotel *Bristol* war nicht da. Also entschloß er sich, in die heutige Aufführung des *Tannhäuser* zu gehen und sie nach der Vorstellung in ihrer Garderobe aufzusuchen.

Im Büro gab es nichts mehr zu tun, und er wollte sich gerade auf den Weg nach Hause machen, um sich für die Oper umzukleiden, da bemerkte er, wie sich lautlos die Tür zu seinem Arbeitszimmer öffnete. Er erschrak. Erst dann klopfte es, und durch den Türspalt lugte ein rundliches Gesicht. Marilyn rannte kläffend auf die Tür zu, die sich wieder schloß. Federer hielt den Hund fest und öffnete dann selbst die Tür. Vor ihm stand klein und rundlich der Nachtportier der Staatsoper.

»Entschuldigen Sie bitte, Herr Inspektor.«

Diese eigenartige hohe Stimme. Federer erinnerte sie an die Nacht, als Temescus Leiche gefunden worden war. Die Schweinsäuglein des Portiers blickten ihn an, nahmen seine Überraschung wahr. Aber er deutete sie falsch.

»Ich bin es, Herr Inspektor, der Nachtportier aus der Staatsoper.«

»Ja, ja, ich erinnere mich. Was kann ich für Sie tun?«

Ungefragt setzte der Portier sich auf den Sessel vor Federers Schreibtisch, so daß auch dieser sich genötigt sah, seinen Arbeitsplatz wieder einzunehmen.

Ein wenig verstohlen blickte der Portier um sich. »Wir sind doch hier ganz unter uns?« Was immer er damit meinte, Federer bestätigte es.

Der Portier lehnte sich zurück, sein Atem ging schwer. Er ließ Federer zappeln, schien die erzwungene Aufmerksamkeit zu genießen. Federer schluckte eine aufkeimende Ungeduld hinunter. Mit einem asthmatischen Röcheln begann der Portier schließlich:

»Ich komme wegen Ion Temescu zu Ihnen. In der Oper, in der Nacht, als es passiert ist, habe ich Sie gesehen. Sie sahen sehr betroffen aus, und daher glaube ich, daß Sie mich verstehen werden ...«

Federer nickte zustimmend. Es war richtig, daß er in der Nacht, als die Leiche entdeckt worden war, keineswegs guter Dinge gewesen war. Allerdings hatte er seine eigenen Gründe dafür gehabt.

»Ich liebe die Oper. Sie ist mein ganzes Leben, verstehen Sie? Die Lösung für alle Rätsel dieses Lebens liegt in der Kunst. Ich habe früher als Krankenpfleger gearbeitet im Geriatriezentrum am Wienerwald. Schon damals bin ich, wann immer ich konnte, in die Oper gegangen, auf den Stehplatz. Ich habe sie alle miterlebt, die großen Stimmen ...«

Federer blickte in Gedanken auf seine Uhr.

»... Bei uns im Heim war damals auch die berühmte Eva Gruber, die Lehrerin der Seiler, die in den fünfziger Jahren alle großen Wagnerpartien gesungen hat ...«

Der Bericht des Portiers nahm kein Ende, aber irgend etwas hinderte Federer daran, ihn zu unterbrechen. War es seine Neugier, oder war es sein Gespür, das ihm riet, sich zurückzuhalten und zuzuhören?

»... Dann war diese Anzeige in der Zeitung: ›Nachtportier gesucht an der Wiener Staatsoper‹. Ich habe mich vorgestellt und die Anstellung bekommen. Damit hat sich für mich ein Lebenstraum erfüllt. Mich verbindet mit fast allen unseren Sängern ein persönliches Verhältnis, aber mit einigen verstehe ich mich ganz besonders gut. Temescu war für mich die Verkörperung des absoluten Mannes ...«

Der Blick, den er Federer bei dieser Bemerkung zuwarf, signalisierte, daß er offenbar Frauen nicht im gleichen Ausmaß zugetan war.

»... Er hat mir immer erlaubt, ihm nach der Vorstellung einen Kaffee zu bringen. Er war so stark, hatte etwas so Majestätisches an sich. Und dann der Jochanaan, der heilige Verzicht. Nie habe ich diese Rolle überzeugender gehört als von ihm. *Salome* ist für mich der Höhepunkt aller Opern ...«

Worauf wollte der Portier hinaus?

»Es gibt keine zweite Salome wie Isabella Marea, da werden Sie mir zustimmen ...«

An dieser Stelle machte er eine gewichtige Pause. Dann flüsterte er beinahe:

»Ich muß Ihnen etwas sagen, im Vertrauen, etwas, das

Sie nicht vor Gericht verwenden dürfen, das ich dort nicht wiederholen werde …«

Endlich!

»… Isabella Marea war nach der Vorstellung noch bei Temescu.«

Das saß. Federer war wie vor den Kopf gestoßen. Auch das hatte sie ihm verheimlicht. Sie hatte ihren Haß auf Temescu eingestanden, aber … Nein, das machte alles keinen Sinn. Die Bank, Temescu, Marea, das paßte alles nicht zusammen. Und warum diese Heimlichtuerei?

»Warum sind Sie nicht bereit, das auch vor Gericht zu wiederholen? Wenn Sie ein Verbrechen decken, machen Sie sich doch selbst strafbar.«

»Ich?«

Der Portier erschrak und wurde blaß. Federer wußte, daß das nur eine leere Drohung war. Aber er wollte endlich klären, was hier vor sich ging, und nicht andauernd auf neue Ungereimtheiten stoßen.

»Aber ich …, nein, Sie verstehen nicht. Ich kann doch nicht … Sie verstehen überhaupt nichts. Es ist doch nicht … Eine Marea darf man doch nicht vors Gericht zerren oder ins Gefängnis. Sie, ihre Stimme, nein … Ich, ich werde jetzt besser gehen.«

Er stand auf. Federer wollte ihn aufhalten, aber es gab keinen wirklichen Grund dafür. Er mußte mit Isabella Marea sprechen. Er mußte in die Oper, zurück dorthin, wo dieser Fall begonnen hatte. Er ließ den Portier laufen, der wortlos verschwand. Dann verließ auch er das Dezernat.

18

Beim Öffnen seiner Wohnungstüre atmete er auf. Zwar hatte er überhaupt nichts erreicht, aber wenigstens war er wieder zu Hause.

Die Oper hatte zwar schon begonnen, doch er würde erst zum zweiten Akt gehen. Er wollte wegen Isabella Marea dorthin, nicht wegen der Aufführung. Ging er immer in die Oper wegen irgendeiner Frau? Merkwürdig war das schon.

Die aktuelle *Tannhäuser*-Inszenierung kannte er bereits, hatte sie schon drei- oder viermal gesehen. Er fand sie altbacken, mit viel Plüsch und Pastellfarben vollgestopft. Das Ballett im ersten Akt suggerierte ein bißchen Moulin Rouge in einer Wagneroper, Walküren im Varieté hinter einem Fliegendrahtvorhang, der alles noch zusätzlich weichzeichnete, wie zu einem Brei verrührte. Er würde sich das ersparen.

Nach einem dampfenden Bad machte er sich zurecht und hörte dann die beiden Nachrichten ab, die sein Anrufbeantworter gespeichert hatte.

»Ciao Caro, ich frage mich, wo du bleibst, ich hoffe, dir ist nichts passiert, bitte melde dich.«

Sie hatte seine Nachricht offenbar nicht bekommen.

»Hallo Federer, hier spricht Slobodan. Ich muß Sie unbedingt sprechen, so schnell es geht.«

Obschon sich der Anruf von Slobo dringlicher anhörte, wählte er zuerst Cecilias Nummer. Sie nahm sofort ab, hatte offenbar am Telefon gewartet.

»Pronto.«

»Hier spricht Georg ...«

»Oh, Caro, wo bist du, was ist passiert?«

»Der Flug ist gestrichen worden, weil bei euch die Fluglotsen streiken. Es hat eine Ewigkeit gedauert. Heute war ein vollkommenes Chaos. Ich hatte bei dir im Büro angerufen.«

»Ich hatte Auswärtstermine und bin dann direkt nach Hause gegangen, um auf dich zu warten. Aber geht es dir gut? Ich habe mir Sorgen gemacht.«

»Ja, ich bin in Ordnung, aber ich vermisse dich. Ich hatte mich so auf heute abend gefreut.«

»Es ist wirklich schade, aber ich habe eine gute Neuigkeit. Ich werde am Samstag selbst nach Wien kommen. Die rumänische Bank dort hat bei unserer letzten Auktion einiges erworben. Und ich bin beauftragt worden, am Samstag persönlich das Eintreffen des Transports in Wien zu überwachen.«

Federer war sofort hellwach.

»Aber wird das nicht gefährlich sein, der Transport?«

»Wieso? Das ist alles ganz legale Ware.«

»Wahrscheinlich hast du recht. Es ist nur, du kannst dir gar nicht vorstellen, was für einen Alptraum ich seit gestern abend durchlebt habe. Irgendwann wird dieser Fall vorbei sein, und dann müssen wir mehr Zeit füreinander haben.« Das hatte er ihr noch nie gesagt, und es kam jetzt wie eine Selbstverständlichkeit über seine Lippen.

Sie zögerte einen Moment mit ihrer Antwort, schien aber nicht überrascht.

»Caro, wir sehen uns. Samstag mittag bin ich da.«

»Bitte, sei vorsichtig. Niemand bei Artisano darf dahinterkommen, daß wir uns kennen.«

»Ich passe schon auf mich auf, sei unbesorgt, Caro.«

»Dann komme ich Samstag abend zu dir in die Herrengasse?«

»Fein, ich werde dich erwarten.«

Sie verabschiedeten sich und legten auf.

Natürlich würde er zu ihr gehen, das tat er immer. Außerdem wurde seine Wohnung sicher überwacht, so daß sie erst recht nicht zu ihm kommen konnte. Bei ihr wäre er sicher. Die Nachricht, daß sie kommen würde, entschädigte ihn für alles.

Er wählte die Nummer von Slobo, aber niemand hob ab. Er müßte es später noch einmal versuchen.

Ihm blieb noch kurz Zeit, um Sergeant Cohen in New York anzurufen, von dem er bisher noch keine Nachricht erhalten hatte. Dann mußte er sich auf den Weg machen, wollte er nicht auch noch den zweiten Akt versäumen. Es gelang ihm, seinen amerikanischen Kollegen direkt an den Apparat zu bekommen.

»Jeff? Hier spricht Georg Federer aus Wien.«

»Oh. Hi. Wie geht es dir? Der Temescu-Fall.«

»Danke, es geht. Sag, hast du etwas zu Temescu und Artisano herausgefunden?«

»Sorry, daß ich dich noch nicht zurückgerufen habe, aber wir hatten hier einiges um die Ohren. Der gute Temescu war regelmäßig bei Artisano. Er hat dort gelegentlich etwas gekauft, und er kannte einen der New Yorker Teilhaber recht gut, Salomon Minovici. Das ist einer der Großen an der Wall Street, ein bekannter und angesehener Fondsmanager, der gut und gerne den Markt bewegen kann mit seinen Prognosen. Die Frau eines anderen Teilhabers von Artisano arbeitet im Office des Bürgermeisters, so daß die Firma aus unserer Sicht absolut clean wirkt. Daß sie viel Geld macht, gehört bei uns dazu. Das zeigt höchstens, daß sie über gute Verbindungen verfügt, was bei den Teilhabern nicht verwundert. Business läuft über Connection. Das wird aber bei euch nicht anders sein, denke ich.«

Das hatte Federer nicht erwartet und auch nicht hören wollen. Daß Temescu mit Artisano zu tun hatte, kam nicht mehr überraschend, aber daß die Firma dort offenbar seriös war, schon. Gut, es war viel Geld im Spiel, und wo viel Geld war, lag die Verführung nahe, Regeln außer Kraft zu setzen. Aber das reichte nicht.

»Und du hast keine Hinweise darauf, daß über Artisano Geld gewaschen wird? Ich habe eine sichere Quelle, die in diese Richtung weist.«

Cecilias Entdeckung war eindeutig, nur verwenden ließ sie sich nicht ohne weiteres.

»Sorry, Kollege, damit kann ich leider nichts anfangen. Das sind Big Guys, wenn du verstehst, was ich meine. Wenn ich da aktiv werden soll, muß ich etwas Definitives haben, sonst finde ich mich im besten Fall an einer Straßenecke in der Bronx wieder und schreibe Parktickets.«

Es klang einleuchtend, daß er darauf keine Lust hatte.

»Okay, ich werde sehen, was ich tun kann, und melde

mich dann wieder bei dir, wenn ich etwas Hieb- und Stichfestes in der Hand habe.«

»Sicher, mach das. Ich wünsche dir viel Erfolg bei deiner Temescu-Geschichte.«

Jetzt war es höchste Zeit, in die Oper aufzubrechen. Er traf gerade noch pünktlich zu Beginn des zweiten Aktes ein und bekam von einem Platzanweiser, den er gut kannte, einen Platz zugewiesen.

Das Licht ging aus, der Dirigent trat unter Applaus an das Pult. Der Vorhang öffnete sich zu der in schwungvollem Tempo einsetzenden Musik und gab den Blick frei auf die naturalistisch gehaltene Sängerhalle auf der Wartburg. In ein mittelalterliches Gewand gezwängt, schwebte Isabella Marea herein. So lächerlich ihre Aufmachung auch wirkte, war ihre Ausstrahlung doch vollendete Eleganz. Freudig begrüßte sie als Elisabeth ihre Hallen, und er war hingerissen. Ihre Stimme war Festigkeit und Leichtigkeit, durchflog den Raum, verschmolz mit dem Orchester.

Wie konnte sie so überzeugend in der Rolle der Elisabeth sein, nachdem sie zuvor die Salome ebenso glaubhaft verkörpert hatte? Wo spielte sie eine Rolle, und wo war sie wirklich sie selbst, als Heilige oder als Mörderin? Hier lag die Kernfrage des Falles verborgen. Hatte sie Temescu umgebracht, oder war sein Tod die Folge seiner mafiösen Verstrickungen? Wenn sie es gewesen war, würde er ihre Stimme heute zum letzten Mal hören? Diese Stimme konnte nicht in einem Kerker enden, da mußte er dem Portier zustimmen.

Vielleicht war es falsch gewesen, jemanden wie ihn mit

der Lösung dieses Falles zu beauftragen. Wie konnte er, ausgerechnet er, objektiv an einen solchen Fall herangehen? Andererseits, wenn er sich seine fehlende Objektivität eingestand, war er dann nicht ehrlicher als diejenigen, die von sich behaupteten, über den Dingen zu stehen, und dabei gar nicht sahen, wie sie unweigerlich sich selbst und ihrer Umgebung etwas vormachten?

Der Sängerstreit tobte auf der Bühne für und wider die körperliche Lust. Federer hatte die vermeintliche Überlegenheit asketischer Liebe immer als verlogen abgelehnt. Für ihn gab es nur Liebe mit Haut und Haaren.

Isabella Marea haßte Temescu, weil sie ihn liebte. Aber warum hatte sie das Federer bei ihrem ersten Treffen sofort eingestanden? Und wieso hatte sie ihm dann verschwiegen, daß sie ein Kind von Temescu hatte und daß sie zum Tatzeitpunkt oder kurz davor noch bei ihm gewesen war? Aber auch das bewies nichts. Isabella Marea war instabil und impulsiv, aber war sie wirklich eine Mörderin? Waren nicht die kaltblütigen Schergen aus der Bank viel eher zu allem fähig, so wie sie auch ihn einfach niedergeschlagen hatten? Aber auch hier war nichts zu beweisen. Und wo war auf seiten der Bank das Motiv für einen Mord an Temescu? Er hatte wohl als Kurier gearbeitet, Drogen transportiert. In seiner Position fiel ihm das leicht. Wer kontrollierte schon einen berühmten Opernsänger mit der gleichen Sorgfalt wie irgendeinen Durchschnittsreisenden? Aber selbst wenn Temescu die Bank und Artisano hintergangen haben sollte, warum dann ein Mord hier in der Oper und auf diese Weise?

Federer starrte auf die Bühne, so als könne er sich von

dort eine Lösung seiner Fragen erhoffen. »Nach Rom!« Die Schlußworte des zweiten Aktes. Rom. Er hätte jetzt dort sein sollen, sein wollen. Hätte ihn das einer Lösung nähergebracht? Der Applaus brandete auf, das Publikum rief Isabella Marea vor den Vorhang, und dann begab sich alles in die Pausenfoyers.

Federer schloß sich dem Zug der anderen Operngäste an. Wie immer war das Wagnerpublikum an der Wiener Staatsoper ein besonderes Publikum, eine Mischung aus einer kleinen besessenen Clique, die keine Aufführung einer Wagneroper versäumte, und dem in der Masse der Touristen aufgehenden Schwarm derjenigen, die es seit einigen Jahren schick fanden, zu Wagner zu gehen.

Er liebte es, in den Pausen auf einer der Bänke im Raucherfoyer Platz zu nehmen und das gemächliche Treiben der heimlichen Hauptbühne des Abends zu beobachten.

Dann war die Pause zu Ende, und der dritte Akt begann.

Elisabeth betete um Vergebung für Tannhäuser. Sie verzieh ihm seine Eskapaden mit der Venus, und wieder war Isabella Marea vollkommen glaubhaft. Sie war nicht nur Sängerin, sondern auch Schauspielerin, daran bestand kein Zweifel. Im wirklichen Leben war Verzeihen nicht ihre Stärke. Wie ein Chamäleon verwandelte sie sich, so daß ihre wahre Persönlichkeit unsichtbar und zu einem Rätsel wurde. Lag hier die Erklärung? War alles nur ein Schauspiel gewesen, und hatte sie doch Temescu aus Rache ermordet?

Je mehr er diesen Gedanken Gestalt annehmen ließ, um so klarer erschien er ihm als Lösung. Er hatte sich blenden lassen, blenden von ihrer unbestreitbaren Schönheit und der Aura, die sie als gefeierte Diva umgab. Sie hatte ihn verwirrt, ihm gezielt den Kopf verdreht. Sie gab sich unkontrolliert und impulsiv und war doch eine streng disziplinierte Frau. Waren selbst ihre emotionalen Ausbrüche nur berechnet? Wenn er sie so auf der Bühne sah in den vollkommen gegensätzlichen Rollen, dann gab es nur diese Schlußfolgerung. Ja. So war es. Sie war die Mörderin, sie hatte Temescu umgebracht.

Aber er konnte es nicht beweisen. Sie hatte ihm das Motiv gleich bei ihrer ersten Begegnung präsentiert und damit auf geschickte Weise entkräftet. Daß sie Temescu noch gesehen hatte, hatte sie verschwiegen, aber das reichte nicht, um sie zu überführen. Er brauchte ein Geständnis, mußte ihr nach der Vorstellung gegenübertreten und die Wahrheit aus ihr herausholen.

Das Finale schwoll heran. Isabella Marea erlöste den Bühnenhelden – in der *Salome* hatte sie ihn umbringen lassen –, und Chor und Orchester schwangen sich in voller Wucht und Größe zu einem Höhepunkt auf, der Federer für einen kurzen Augenblick, zum ersten Mal an diesem Abend, vollkommen in den Bann der Musik zog. Begeisterung brandete auf, und er machte sich auf den Weg zu ihrer Garderobe.

19

»Señora Marea, ich muß Sie sprechen.«

Er hatte etwa zwanzig Minuten gewartet, bis er nach dem Ende der Ovationen am Portier vorbei zu ihrer Garderobe gegangen war. Der hatte erschrocken gewirkt. Seine Befürchtung, daß Federer die Sängerin festnehmen würde, schien sich zu bewahrheiten. Federer hatte dann an die Garderobentüre der Sängerin geklopft, und sie hatte ihn hereingerufen.

Er ging jetzt auf sie zu und begrüßte sie distanziert, um sie dann zur Rede zu stellen. Noch bevor er dazu kam, erhob sie sich und kam ihm entgegen. Sie schien ihn erwartet zu haben.

»Sie glauben gar nicht, wie ich mich freue, daß Sie gekommen sind.«

Das überraschte ihn zwar, aber er würde sich jetzt nicht verwirren lassen.

»Ich nehme an, Sie haben meinen Anruf erhalten. Ich muß mich bei Ihnen nochmals wegen gestern abend entschuldigen.« Ihre Stimme klang weich, nicht zerbrechlich, aber zart, fast zärtlich. Er wehrte sich dagegen.

»Ich hatte gestern einen sehr schweren Tag. Du warst – ich darf doch zu dem Du zurückkehren? – so aufmerksam und zuvorkommend, aber ich war mit meinen Nerven am Ende.«

Sollte er Verständnis zeigen? Er hörte weiter zu und sagte nichts.

»Die Sache mit Ion hat mich viel stärker mitgenommen, als ich wahrhaben wollte. Ich hatte ihn an dem Abend noch gesehen, was ich dir noch nicht erzählt habe. Ich war bei ihm, wollte, daß wir vielleicht doch noch einen Weg finden. Weißt du, ich habe ihn wirklich geliebt, und wir haben ein Kind gemeinsam.«

Kam nun das Geständnis? Er schwieg weiter.

»Ich war bei ihm, aber er war arrogant und überheblich und ließ mich eiskalt stehen. Da habe ich zum ersten Mal echten Haß gespürt. Ich bin sehr emotional, und so behandelt man keine Isabella Marea. Ich habe dann gar nichts mehr gesagt, bin einfach gegangen. Ich konnte nicht mehr.«

Nachdem sie ihn umgebracht hatte?

»Und dann gestern mit dir kam meine ganze Verzweiflung hoch, gerade weil du so entgegenkommend warst.«

»Ich verstehe noch nicht ganz. Haben Sie, hast du mit Temescu an dem Abend eine Auseinandersetzung gehabt, und kam es dabei zu Handgreiflichkeiten?«

»Wie meinst du das? Ja, wir haben uns gestritten, aber nicht laut, sondern leise, verletzend.« Sie sah ihn an. »Meinst du, ich hätte ihn auf dem Gewissen?« Sie lachte auf. »Ich habe dir schon gesagt, daß ich eine Zeitlang bestimmt nichts lieber getan hätte, als ihm den Kopf abzureißen. Das Temperament dazu habe ich sicher ...« Zwinkerte sie? »... Aber ich mache so etwas dann doch nicht.« Ja, sie zwinkerte ihm zu und lachte wieder.

Ihm wurde das zu bunt. Sie hielt ihn zum Narren. Er errötete und wußte nicht, ob aus Wut oder aus Verlegenheit.

»Schau, ich habe von diesem Fall langsam die Nase voll. Ich lege mich mit der Mafia an, mache mich zum Idioten und zum Prügelknaben und komme keinen einzigen Schritt voran. Du spielst mir etwas vor, verheimlichst mir das Wesentliche, und dann heißt es plötzlich, es war alles nicht so gemeint ...«

Die Worte sprudelten aus ihm heraus. Ihm war klar, daß ihm die Kontrolle über den weiteren Verlauf dieser Vernehmung entglitten war.

»Ich habe dir schon gesagt, daß es mir leid tut, und ich würde vorschlagen, daß wir unser Gespräch nicht hier, sondern bei mir im Hotel fortsetzen.«

»Äh, ja.«

Wie konnte er das ablehnen? Und schon standen sie in ihrer Suite im *Bristol*, waren durch das vornehm dunkle Foyer gegangen, in dem sie vor zwei Tagen erstmals miteinander gesprochen und in dem sie sich zu Beginn des gestrigen Abends getroffen hatten. Hatte ihn jemand angestarrt von den dort Sitzenden? Wurde er beschattet, war das eine Falle, oder waren es anzügliche Blicke gewesen? Der Lift, ihre Suite, Blick auf die Stadt, er brauchte sich nicht entscheiden, ob er beruflich oder privat hier war. Ohne ihn zu fragen, rief sie den Zimmerservice. Ein Kellner kam, öffnete eine Flasche Champagner, füllte zwei Gläser, entzündete die Kerzen, löschte das Licht und verschwand wieder, vornehm, unauffällig, in vollkommener Routine.

Mit dem ersten Schluck fühlte er eine, wenn auch trügerische Entspannung. Er saß inzwischen auf dem Sofa und schaute ihr dabei zu, wie sie im Zimmer auf und ab ging oder besser halb schritt, halb schwebte.

»Ich habe dir ja schon gesagt, ich habe Ion wirklich geliebt. Es gab für mich keine Zukunft ohne ihn, und immer noch, trotz all seiner Eskapaden, habe ich irgendwie gehofft, daß er sich wieder beruhigen und zu mir zurückkommen würde. Ich habe meinen Vater früh verloren, mich immer schutzlos gefühlt. Auf der Bühne bin ich stark, bin ich in einer anderen Welt, die ich beherrsche, aber draußen fühle ich mich immer wieder schwach.«

Federer sträubte sich gegen den Sog, den die Worte auf ihn ausübten, und er gab sich unbeeindruckt. Er wollte ein Geständnis, sie hingegen wollte Mitleid. Sie füllte ihr Glas, das sie bereits geleert hatte, erneut.

»An diesem Abend in seiner Garderobe ... unser Auftritt war sehr gelungen ... also ich bin zu ihm gegangen. Er war sehr herablassend und abweisend. Es tat weh. Ich kam nicht an ihn heran. Eine undurchdringliche Mauer stand zwischen uns. Ich versuchte immer wieder, mit ihm zu sprechen, aber es war sinnlos. Erst da begann ich zu begreifen, wie aussichtslos meine Hoffnungen die ganzen Jahre über eigentlich gewesen waren. Ich würde ihm nie wieder nah sein können, in welcher Form auch immer, emotional war er kalt wie eine Leiche. Ich habe ihn dann an mich herangelassen, in der Garderobe, aber er war gefühllos und roh, nicht bei mir, sondern abwesend, wie tot. Unsere Beziehung, unsere Zukunft, all das war plötzlich vorbei, endgültig gestorben ...«

Sie stand jetzt am Fenster, blickte auf die Lichter der Stadt, aber durch sie hindurch in eine ungreifbare Ferne.

»Ich, ich bin dann gegangen, war benommen, alles ging wie automatisch. Es war diese alte Einsamkeit, die mich einholte. Als ich später erfuhr, was geschehen war, war ich mir im ersten Moment wirklich nicht sicher. Vielleicht hatte ich ihn umgebracht, einfach vom Gefühl her. Aber ich war es nicht. Ich bin einfach nur still gegangen. Doch wie sollte ich das beweisen?«

Sie trat von hinten an ihn heran und legte wie selbstverständlich ihre Hand auf seine Schulter. Reflexartig spannte er sich an. Ganz sanft begann sie an der Seite seines Halses entlangzustreichen, und er spürte, wie ihm alle guten Vorsätze entglitten.

Das Sofa war breit und bequem, und alles geschah wie von selbst. Sie nahmen sich kaum wirklich wahr, sondern lebten die Anspannung aus, die sich durch die Ereignisse der letzten Tage in ihnen aufgestaut hatte.

Dann lagen sie regungslos zusammen. Nur ein dünner Film vom Schweiß ihrer Lust trennte ihre Körper. Keiner von beiden wollte an irgend etwas denken. Es zählte nur, daß der andere da war. Das Verlangen steigerte sich wieder, und sie liebten sich erneut. Noch ehe er sich fragte, was hier eigentlich geschah, sagte sie plötzlich:

»Versteh mich bitte nicht falsch, und sei mir nicht böse, aber ich möchte dich jetzt bitten, mich zu verlassen. Ich möchte nicht weiter darüber reden, ich möchte nur alleine sein.«

»Aber ich begreife nicht ...«

»Es hat nichts mit dir zu tun, vielleicht hat das alles hier nichts mit dir zu tun.«

Er stand auf und kleidete sich wortlos an. Sie blieb liegen, schaute ihm zu. Er ging noch einmal zu ihr hin, und sie küßten sich, lustvoll und doch zum Abschied distanziert.

»Geh jetzt bitte.«

Er fügte sich ihrem Willen.

Draußen hatte der erste Schnee die Stadt überzogen, und alles glänzte sauber und friedlich. Die kalte Luft war durchzogen von tanzenden weißen Flocken und erfrischte ihn auf dem Heimweg.

Als er durch das Haustor trat, überfiel ihn kurz die Angst vor seinen Verfolgern von gestern, aber nichts geschah. Er stieg hinauf zu seiner Wohnung und öffnete die Tür. Hier, in seinem Zuhause, war ihm jeder Gegenstand vertraut, er kannte jeden Riß in der Wand, jedes Detail seiner Bilder, und doch erschien ihm das Vertraute jetzt fremd, ohne daß er hätte sagen können, warum. Er war so müde. Er hängte seinen Mantel in die Garderobe. Mußte er überhaupt verstehen, was sich in seinem Leben zutrug? Im Moment wollte er nur schlafen. Auf dem Weg zum Schlafzimmer, von dem aus ihm das freudige Winseln Marilyns entgegendrang, hörte er noch kurz seinen Anrufbeantworter ab.

»Inspektor. Wir warnen Sie zum letzten Mal! Schauen Sie sich das Paket an, das in Ihrem Hof ist. Lassen Sie Ihre Finger von Sachen, die Sie nichts angehen, sonst werden Sie der nächste sein.«

Es war wieder diese Stimme. Er spürte seinen Pulsschlag bis zum Hals. Was meinten sie? Die Müdigkeit wich einer Panik, die ihn drängte, einfach nur wegzulaufen. Aber er mußte nachsehen.

Er zog den Mantel wieder über, nahm vorsichtshalber seine Dienstpistole mit und auch Marilyn, so als könnte sie ihm Schutz bieten. Am Fuße des Stiegenhauses öffnete er die Tür in den Innenhof, aber es war nichts zu sehen. Ein weißer Teppich bedeckte friedlich auch den kleinen Hof, der nur spärlich von einem Fenster im zweiten Stock aus beleuchtet wurde. Hier war nichts Auffälliges. Er trat hinaus in den Schnee, ließ den Hund umhertollen. Dort standen die Müllcontainer. Er zögerte, ging langsam auf sie zu. Sein Herz raste. Widerwillig und vorsichtig öffnete er den ersten Container. Müll, sonst nichts. Wollten sie ihn nur einschüchtern? Er öffnete den zweiten Container.

Blutüberströmt und reglos blickte ihn aus leeren Augen ein Gesicht an, das er kannte. Es gehörte Slobo.

20

Er war einen Moment lang starr, wie gelähmt, zitterte kaum merklich, ihm war kalt. Wie mechanisch ging er wieder hinauf, zurück in seine Wohnung. Er wählte die ihm bekannte Nummer der Spurensicherung. Kurze Zeit später trafen die Kollegen ein und führten trotz der späten Stunde gewissenhaft ihre Arbeit durch, fanden aber wie zu erwarten keine Hinweise auf die Täter. Der Neuschnee hatte auch die letzten Spuren unter sich begraben.

Sie verschwanden wieder so plötzlich, wie sie gekommen waren, und er war allein, unendlich allein. Er hatte nicht die Kraft, die Frau von Slobo selbst zu verständigen, die Kollegen würden sich bei ihr melden. Er hatte sie nie kennengelernt. Entkräftet und innerlich leer kroch er in sein Bett in der Hoffnung, sich in einen betäubenden Schlaf flüchten zu können. Aber er war zu müde und gleichzeitig zu aufgewühlt, wälzte sich unruhig hin und her und stand schließlich wieder auf, ging ins Wohnzimmer. Vom Fenster aus blickte er nach unten auf den Platz, der in vollkommener Ruhe dalag.

Wie diese Friedlichkeit täuschte. Der Sturm hatte sich ganz verzogen, und das fahle Straßenlicht fiel auf das jungfräuliche Weiß des unberührten Schnees. Was für ein Kontrast zu dem Blut, das sich unter dieser Decke verbarg. Ihn schauderte wieder. Es fiel ihm schwerer als sonst, Abstand zu den Ereignissen zu gewinnen. Zu sehr hatte er sich in ihnen verfangen, und wäre er jetzt nicht der nächste? Hatte er nicht versagt? Er nahm sich Wein, mochte sich nicht setzen und ging wieder zum Fenster. Er kam nicht weiter, so nicht. Er mußte etwas ändern, aber was? Der Wein tat gut, leerte sich zügig. Er fürchtete sich. Aber so leicht gab er nicht auf. Schließlich gab der Wein ihm Kraft genug, um seine Angst zu überwinden und für den Augenblick die Ruhe zu finden, die er brauchte, um sich zurück in sein Bett zu begeben, in dem er zwar einsam war, aber jetzt in einen tiefen, narkotischen Schlaf fiel.

21

Die Sonne schien in sein Zimmer. Er drehte sich um und hörte ein leises, schnelles, rhythmisches Klopfen, das er sofort als Ausdruck von Marilyns Zuneigung erkannte. Zwar hatte er vergessen, den Wecker zu stellen, aber es war noch früh genug. Er nahm ein Bad, rasierte sich, zog sich an und fand sich auch schon auf dem Platz vor seinem Haus wieder, auf dem der Schnee der vergangenen Nacht inzwischen geschmolzen war. War doch alles nur ein böser Traum gewesen?

Auf dem Weg ins Büro sah er im Vorbeigehen, daß die Zeitungen noch nichts von dem Mord der vergangenen Nacht berichteten.

Als er eintraf, war die Stimmung dort aber, ganz entgegen seiner Erwartung, keineswegs hochgespannt, sondern eigenartig gelockert. Lediglich die Kollegin Berndorfer rauschte wortlos an ihm vorbei.

»Grüß Sie, Federer.«

Schröger begrüßte ihn, während er glänzenden Auges mit dem Praktikanten Weiler tuschelte. Am Ende des Korridors verschwand die Sekretärin mit leicht gerötetem Kopf im Zimmer Stankovics. Dann stürzte Schröger auf Federer zu und trat wie üblich zu nah an ihn heran. Er raunte ihm ins Ohr:

»Haben Sie schon gehört? Der Chef hat ein Gspusi

mit der Ziegler. Ja wirklich, das glauben Sie mir nicht, was?«

Es entbehrte zweifelsfrei nicht einer gewissen Komik und erklärte die Gereiztheit der Kollegin Berndorfer. Aber gar nicht zum Lachen fand Federer den Umstand, daß an einem Tag, an dem alles drunter und drüber ging, diese lebendig gewordene Karikatur Schröger nichts Besseres im Kopf hatte als so etwas, und erst recht sein Chef!

Er ließ Schröger stehen, sein Kaffee war ihm wichtiger.

Die Versammlung zur Morgenrunde begann, und wie es sich gehörte, harrten alle des Dezernatsleiters, die Kollegin Berndorfer allerdings heute mit gemischten Gefühlen, wie es schien. Und wirklich wirkte Stankovic gelöster, als es der Situation anläßlich eines weiteren Mordes angemessen war.

»Meine lieben Kollegen ...« – welch Wort aus seinem Mund! – »... ich habe Ihnen eine sensationelle Mitteilung zu machen.«

Wieder diese Pause, die er immer brauchte. Würde er jetzt sein Verhältnis mit Fräulein Ziegler offenlegen? Das wäre wirklich eine Sensation. Er räusperte sich, um die Pause noch hinauszögern und auskosten zu können.

»Ich habe gestern abend noch den Abschlußbericht aus der Pathologie erhalten. Temescu ist nicht an dem Halsschnitt gestorben, sondern an einer Überdosis Insulin. Er war schon tot, als ihm der Kopf abgetrennt wurde ...« Wieder eine Pause. »... Die Laboruntersuchung belegt eindeutig eine massiv erhöhte Insulinkonzentration im Blut. Wenn Sie das vielleicht auch den Kollegen noch genauer erläutern wollen, Herr Doktor Fleischhacker.«

In seiner mürrischen Art übernahm der Gerichtsarzt das Wort.

»Das natürliche Insulin wird im Körper aus einer Vorstufe, dem sogenannten Proinsulin, gebildet, das sich im Blut aufspaltet in das eigentliche Insulin und in ein Resteiweiß, das sogenannte C-Peptid. Das bedeutet, daß die Konzentration an natürlichem freiem Insulin immer gleich hoch ist wie die Konzentration an C-Peptid. Bei der Verabreichung von künstlich hergestelltem Insulin, das von dem natürlichen chemisch nicht unterschieden werden kann, ist demgegenüber kein C-Peptid in gleicher Menge vorhanden. Im Serum von Temescu konnten wir ein massiv erhöhtes Insulin nachweisen. Wir haben daraufhin auch das C-Peptid bestimmt, und dessen Konzentration war deutlich geringer. Noch dazu sind an der kleinen Spritze, die die Kollegen von der Spurensuche im Garderobenzimmer sichergestellt hatten, eindeutig Insulinreste nachweisbar ...«

An dieser Stelle schnitt Stankovic ihm das Wort ab.

»Und das beweist, daß eine Überdosis Insulin die Todesursache sein muß, und es erklärt außerdem, warum das Opfer beim Abtrennen des Kopfes kein Blut mehr einatmen konnte. Es war nämlich schon tot.« Stankovic strahlte, er hatte die Lösung gefunden, er hatte wieder einmal den Beweis erbracht, daß es gute Gründe dafür gab, daß er und kein anderer den Chefposten innehatte. Oder hatte doch Fräulein Ziegler das Strahlen in sein Gesicht befördert?

So überraschend diese neue Erkenntnis auch war, um so weniger brachte sie eine Lösung des Falles. Wenn Temescu an einer Überdosis Insulin gestorben war, wer hatte ihm dann den Kopf abgeschnitten und warum? Und wer hatte Temescu das Insulin gespritzt? Und was war mit seinen Verbindungen zur Banca Republicii und zu Artisano? Immerhin herrschte eine Aufregung in der Bank, die nach Klärung verlangte. Und der Mord an Slobo? Er spielte für Stankovic überhaupt keine Rolle.

»Ich habe daraufhin gestern nacht noch mit New York Kontakt aufgenommen – die Verbindung dorthin hatten Sie mir ja freundlicherweise zukommen lassen – ...«, wohlwollend nickte Stankovic Federer zu. Für Berndorfer war dies endgültig ein schwarzer Tag. »... und der Kollege dort hat den Hausarzt des Sängers ausfindig gemacht. Temescu litt seit einigen Jahren schon an Diabetes, aber was noch viel entscheidender ist, bei ihm wurde vor vier Monaten ein Kehlkopfkrebs festgestellt. Temescu hat die notwendige Operation abgelehnt, um seine Stimme nicht zu verlieren. Der Krebs war laut Auskunft des Arztes inzwischen so weit fortgeschritten, daß Temescu in Kürze nicht mehr hätte singen können und voraussichtlich auch bald seiner Krankheit erlegen wäre ...« Stankovic triumphierte, als wolle er damit sagen: ›Dieser Mord ist unerheblich, da der Ermordete sowieso bald gestorben wäre.‹ »... Zwar fehlt natürlich ein sicherer Beweis dafür, aber ich halte es für wahrscheinlich, daß er sich selbst das Leben genommen hat.«

Das kam wirklich unerwartet. Federer konnte, wollte das nach allem, was geschehen war, nicht glauben. Und doch gab es ein kleines Detail, das die Theorie seines Vorgesetzten zu bestätigen schien: Die Stelle, an der die Noten auf Temescus Garderobentisch aufgeschlagen gewesen waren. Hatte Temescu den Tod gemeint? Und hatte er, Federer, sich aus einem Mißverständnis heraus mit einem verbrecherischen Finanzkonglomerat angelegt, das mit dem eigentlichen Fall gar nichts zu tun hatte. Hatte nur wegen seiner Fehleinschätzung Slobo sein Leben lassen müssen? Nein das konnte, das durfte nicht sein. Er mußte widersprechen.

»Aber das erklärt doch noch nicht, daß der Kopf ...«

Stankovic blickte ihn unwirsch an. Niemand, wirklich niemand hatte ein Recht darauf, ihn in seinem Selbstlob zu unterbrechen. Er war richtig in Fahrt gekommen, wie früher in den Zeiten, als er seine ersten Erfolge als junger Ermittler sammelte, bei seinem Ziehvater, dem berühmten Deuring, nach dem inzwischen sogar eine kleine Gasse in einer Neubausiedlung im zweiundzwanzigsten Bezirk benannt worden war. Hier also lag die Wurzel für den überschäumenden, jugendlichen Elan, den Stankovic heute an den Tag legte, und nicht etwa in Freizügigkeiten Fräulein Zieglers, soviel war Federer nun klar. Noch ein Mißverständnis. Selbst wenn sie nicht abgeneigt war, Stankovic interessierte sich sicher nicht für sie.

»Was weiß ich, was mit dem Kopf ist. Und Sie, Kollege Federer, sollten vielleicht erst einmal schauen, was sich in Ihrem eigenen Umfeld zuträgt, bevor Sie etwas an den Tatsachen auszusetzen haben, die hier vor uns auf dem Tisch liegen.«

Er zeigte auf die Tischplatte. Ihm entging, daß sie leer war. Er blickte Berndorfer an, deren Miene sich schlagartig aufhellte.

»Ich nehme an, daß Sie alle außerdem schon erfahren haben, daß es in der vergangenen Nacht zu einem Mordfall im Hause unseres Kollegen Federer gekommen ist. Ich bitte Sie, Kollegin Berndorfer, sich des Falles anzunehmen, da Sie, Federer, in dieser Sache offensichtlich nicht ausreichend objektiv sein können. Soweit ich weiß, hat der Ermordete für Sie gearbeitet.«

»Ja, das stimmt. Aber …«

»Wenn ich Sie anschließend noch in mein Büro bitten dürfte.«

»Aber …«

»Wir können dann dort das Weitere klären. Ansonsten haben wir, glaube ich, für heute alles Notwendige besprochen. Ich werde am Nachmittag eine Pressekonferenz geben und hoffe, daß sich nach diesem Fall nun auch die anderen beiden schleunigst aufklären werden. Sie, Federer, kommen bitte gleich mit.«

Wortlos ging er voraus in sein Zimmer und deutete mit einem kurzen Blick an, Federer möge die Türe schließen und ihm gegenüber Platz nehmen. Stankovic ließ sich auf seinem Sessel wie auf einem Thron nieder. Vielleicht folgte er auch lediglich seinen gewohnten Verhaltensweisen. Einem Räuspern folgte wie üblich eine Pause.

»Lieber Kollege, ich habe den Eindruck, daß Sie diesmal auf der falschen Fährte waren, was den Fall Temescu angeht. Aber Sie haben in ein Wespennest gestochen. Sie glauben gar nicht, was ich mir gestern in der Besprechung habe anhören müssen, inoffiziell versteht sich. Dem Herrn Bürgermeister ist sogar von dem Herrn Außenminister unmißverständlich deutlich gemacht worden, daß er ernsthafte Unannehmlichkeiten zu erwarten habe, sollte die Banca Republicii, an der die Regierungspartei in Rumänien nicht unerheblich beteiligt ist, hier bei uns in die Schlagzeilen geraten. Ein wichtiges Wirtschaftsabkommen steht gerade vor dem Abschluß. Wenn es nun plötzlich so aussähe, als sei unser Verhandlungspartner kriminell, dann können Sie sich vorstellen, was das in der Wahlkampfzeit für ein Echo hätte.«

»Ja, aber auch wenn Temescu sich selbst das Leben genommen haben sollte, er hatte die Drogen bei sich, war allem Anschein nach als Kurier tätig. Und der Mord in der letzten Nacht geht sicher auf das Konto der Bank. Wir haben es hier mit einer international operierenden Mafia zu tun.«

»Ich weiß nicht, ob ich mich noch deutlicher ausdrükken muß. Die haben Sie doch in der Hand. Wenn es öffentlich wird, daß der Ermordete für Sie gearbeitet hat, sind Sie die längste Zeit hier gewesen. Und was können Sie vorweisen? Vermutungen, Spekulationen. Die mögen zutreffend sein. Aber erklären Sie das einmal dem Staatsanwalt, während er gleichzeitig eine Ermittlungsakte anlegt, auf der Ihr wohlklingender Name steht.«

So war das also. Mit dem Mord an Slobo hatten sie nicht nur dafür gesorgt, daß seine Informationsquelle versiegt war, sondern sie hatten sich gleichzeitig ein Instrument beschafft, mit dem sie ihn jederzeit beruflich ruinieren konnten.

»Wenn Sie keine wasserdichten, eindeutigen Beweise haben, und zwar besser gestern als heute, dann lassen Sie Ihre Finger von der Angelegenheit. Haben Sie mich verstanden?! Unsere Kollegin Berndorfer wird die Ermittlungen schnell zu einem Abschluß bringen. Der Mord in Ihrem Hof ist genauso wie die Leiche aus der Donau Folge einer Auseinandersetzung zwischen kriminellen Banden. Der Herr Bürgermeister wird hierauf in einer Pressekonferenz mit einer allgemein gehaltenen Forderung nach einer Ausweitung der Polizeibefugnisse reagieren, und das war es dann. Ich gehe davon aus, daß Sie jetzt keine weiteren Fragen mehr haben.«

Federer wußte, daß es in dieser Situation vollkommen sinnlos war zu widersprechen. Ausgelaugt und gleichzeitig kochend vor Wut zog er sich in sein Arbeitszimmer zurück.

Nun hatten sie ihn und seine Helfer in ihrer Gewalt. Machte er eine unliebsame Bewegung, zögen sie die Schlinge zu. Sie hatten Slobo umgebracht. Und war nicht er letztlich schuld daran? Er hatte Slobo auf den Fall angesetzt.

Die so selbstverständliche Grundüberzeugung des Serben, daß ihm nichts passieren konnte, hatte Federer nie in Frage gestellt. Sie war das, was ihm selbst fehlte. Doch mit dem Tod Slobos erwies sie sich als Trugschluß.

Was sollte er jetzt machen? Sollte er flüchten, aber wohin? Sollte er Stankovics Anweisung befolgen und einfach gar nichts tun, sich abfinden mit den Gesetzen dieser Welt? Nein, das durfte nicht sein, er fühlte sich Slobo gegenüber verpflichtet. Was sollte dieses ganze Theater, in das er da hineingeraten war? Und stimmte das mit dem Insulin? Oder machte Stankovic ihm etwas vor, um seinen eigenen Kopf ungeschoren zu lassen?

Temescu sollte Selbstmord begangen haben. Das Motiv schien zwar durchaus plausibel, und er konnte sich später bei Cohen vergewissern. Aber alles andere war nicht stimmig. Wo war schließlich der Kopf des Sängers? Hatte Stankovic recht, dann mußte irgend jemand dem toten Sänger den Kopf abgeschnitten und ihn mitgenommen haben, eine bizarre Vorstellung. Isabella Marea besaß sicher ihre Eigenheiten, aber das war nicht ihre Art. War also doch die Bank in die Geschichte verwickelt? Aber was für einen Sinn machte es, bei einem Selbstmord einen Mord vorzutäuschen und dann so Aufsehen zu erregen?

Er schaute auf die Uhr und merkte, daß er sich gleich auf den Weg zu Bergasser machen mußte. Er rief noch kurz im Hotel *Bristol* an, um einen Termin mit Isabella Marea zu vereinbaren. Vielleicht konnte sie Licht in diese jüngsten Entwicklungen bringen. Man teilte ihm zwar freundlich, aber knapp mit, daß Isabella Marea bereits am frühen Morgen abgereist sei. Nein, eine Nachricht für ihn habe sie nicht hinterlassen. Die sonntägliche *Salome*-Vorstellung an der Staatsoper sei abgesagt worden.

22

Er stand vor der Ordination Doktor Bergassers. Die Tür war ihm vertraut. In den Augenblicken, in denen er vor ihr ausharrte, nachdem seine Finger den von einer runden Messingscheibe eingefaßten Klingelknopf betätigt hatten, musterte er regelmäßig die Spuren der Zeit auf ihr, und immer fielen ihm neue Details auf. Die bereits Risse aufweisende jüngste Farbschicht in Cremeweiß gab dort, wo sie abgeblättert war, den Blick frei auf das Lindgrün des vorangegangenen Anstrichs und an einigen Stellen auch auf das noch ältere dunkle Braun. Die Tür war mehrfach übermalt worden, so daß die Konturen der Holzleisten unter der Dicke der Farbe nur unscharf zu erkennen waren. Lediglich der Knauf war frei von Farbe und aus Messing, so wie die Klingel. Regelmäßig, wenn er so wartete, dauerte es nur einen kurzen Moment, bis er hören konnte, wie drinnen eine Tür geschlossen und eine weitere geöffnet wurde. Es folgten Schritte, und er konnte kurz darauf eintreten, so als durchschreite er das Tor zu seiner Innenwelt.

Doktor Bergasser begrüßte ihn freundlich. Mechanisch ging Federer an ihm vorbei ins Ordinationszimmer, legte sich auf die Couch. Heute wußte er gar nicht, wovon er zuerst berichten sollte. Die Zeit verstrich, er setzte an, brach wieder ab. Wie konnte der Analytiker ihm in einer so ausweglosen Situation behilflich sein?

»Ich … Die letzten beiden Tage, … Sie können sich nicht vorstellen … Ich hatte Ihnen doch von dem Mord erzählt. Es soll nun Selbstmord gewesen sein, weil das Opfer Krebs hatte. Und jetzt habe ich mit meinen Ermittlungen eine Lawine losgetreten und eine undurchschaubare Mörderbande gegen mich aufgebracht. Sie haben Slobo, meinen Hausbesorger aus der Praterstraße, umgebracht, seine Leiche bei mir in den Hof gelegt und mir gedroht. Sie haben mich in der Hand. Wenn durchsickert, daß Slobo für mich gearbeitet hat und gleichzeitig seine zweifelhaften Geschäfte tätigte, dann bin ich geliefert. Stankovic deckt mich nicht. Er wurde zurückgepfiffen von oben …«

»Hm.«

»Ich stehe einer Übermacht gegenüber, und mir bleibt nichts anderes übrig, als mich damit abzufinden. Es trifft genau in die alte Kerbe. Entweder mache ich, was die anderen wollen, oder es kommt zur Katastrophe.«

»Das ist sicher ein Muster, das wir bei Ihnen schon gut kennengelernt haben. Im Moment kann ich allerdings noch nicht beurteilen, wie die reale Gefahr ist und wo Ihre alte Angst Ihnen den Blick dafür verstellt, was für Möglichkeiten Sie haben könnten.«

Federer hatte jetzt genug: »Sie verstehen überhaupt nicht, was ich Ihnen sage. Mein Leben ist in Gefahr. Im besten Fall kann ich meine berufliche Existenz an den Nagel hängen. Und Sie meinen, daß ich mir etwas einrede? Sie sind wie Stankovic, Sie wollen nicht wahrhaben, was hier wirklich vor sich geht!«

Eine Pause verstrich.

»Sie nehmen mich überhaupt nicht ernst. Ich sollte aufstehen und gehen. Oder muß ich lauter sprechen, Sie anbrüllen, bis Sie endlich begreifen, was los ist?«

Es war jetzt wieder diese vertraute, von ruhiger Bestimmtheit geprägte Stimme, die bei ihm war und ihn ein Stück weit aufzufangen schien.

»Wir arbeiten doch hier gemeinsam daran, zu verstehen, was bei Ihnen äußere Bedrohung ist und was Ihre inneren Ängste sind. In dem Zusammenhang scheint mir etwas wichtig zu sein. Sie sagen mir zwar, daß Sie aufstehen oder mich anbrüllen wollen, aber Sie tun es nicht. Ich frage mich, wie das vorhin bei Ihrem Vorgesetzten war?«

Da hatte er recht. Er hatte seine ganze Wut herunterschlucken, sich dem Diktat von Stankovic unterwerfen müssen.

»Natürlich können Sie Ihren Chef nicht einfach anschreien. Aber wir sollten uns anschauen, ob der Ärger nicht Ihren Blick für Ihre realen Möglichkeiten verstellt, so wie Sie auch mich jetzt anders erleben als sonst.«

Wollte Bergasser ihn denn überhaupt nicht verstehen? Er saß hier in seinem Sessel, in seinen vier Wänden und sah gar nicht, was draußen in der Welt vor sich ging. Er, Federer, hatte Slobo mit in den Fall hineingezogen, und er war kaltblütig ermordet worden. War das so schwer zu begreifen?

»Ich kann doch nicht so tun, als sei nichts gewesen. Zu viel ist geschehen, aber Sie bekommen hier in Ihrer isolierten Kammer gar nicht mit, was draußen alles passiert.«

Wieder entstand eine lange Pause.

»Sie glauben sicher kein Wort von dem, was ich Ihnen erzähle. Sie sitzen da und sehen auf mich herab als den

Verrückten, von Hirngespinsten verfolgten. Wahrscheinlich haben Sie mir nie geglaubt.«

Er bebte.

»Sagen Sie doch endlich etwas!«

Das Ruhige in der Stimme Bergassers erschien Federer jetzt verwirrend.

»Hier, gemeinsam mit Ihnen, erlebe und fühle ich doch, was Sie mir schildern und hereinbringen. Wie sollte ich Ihnen da nicht glauben? Was immer es auch ist, ich werde es mittragen.«

»Wie wollen Sie mittragen, daß ich Slobo auf dem Gewissen habe?«

»Ich verstehe, daß der Mord an Slobo Ihnen besonders nahegeht, gerade weil es für Sie unvorstellbar war, daß ihm je etwas passieren könnte. Aber heißt das, daß Sie dafür verantwortlich sind? Slobo war ein erwachsener Mann, der mehr als genug mit dubiosen Kreisen zu tun hatte, um zu wissen, worauf er sich einließ. Waren Sie da wirklich für ihn verantwortlich?

So wie Sie in Ihrer Wut jetzt nur Ihre vermeintliche Aussichtslosigkeit sehen, nehmen Sie auch mich im Moment gar nicht so wahr, wie ich in Wirklichkeit bin, vollkommen und ganz auf Ihrer Seite.«

War Federer doch nicht einsam und hilflos? Dieses Gefühl war schwer zu greifen, und doch nahm es Gestalt an.

»Und Sie meinen ...?« Er wußte nicht mehr, was er sagen sollte. Dann sprach er wie von selbst.

»Vielleicht sollte ich alles hinschmeißen und eine neue Existenz beginnen, ... eine Weltreise machen, eigentlich wollte ich das immer schon ...«

Bergasser schwieg.

»Oder ich ... vielleicht kann ich auch ..., wenn, wenn ich einen Weg fände, doch Beweise gegen die Bank zu sammeln, ... so eindeutig, daß sie nicht unter den Teppich gekehrt werden könnten, aber ...«

Etwa eine Minute verging ohne ein Wort. Im Raum war nichts zu hören außer das Atmen der beiden. Dann war sie wieder da, diese Stimme. Dort, wo es keinen Ausweg zu geben schien, kam sie wie aus dem Nichts, um ihn zu unterstützen.

»Sie merken, wie Sie in Wirklichkeit verschiedene Alternativen haben, zwischen denen Sie sich entscheiden können. Und egal, welche Wahl Sie auch treffen, bleibt unsere Beziehung stabil. Sie sind frei, und ich werde für Sie dasein, wenn Sie mich brauchen. Genau diese emotionale Erfahrung macht es Ihnen möglich, Ihren eigenen Weg erkennen und auch leben zu können.«

»Und wenn ich mich nun dazu entschließe, einfach zu verschwinden, neue Perspektiven für mein Leben zu gewinnen ...«

»Wenn das Ihre Entscheidung sein sollte, würde das zwar unsere gemeinsame Arbeit unterbrechen, und wir müßten dann eine Vereinbarung treffen, wie wir damit umgehen, aber unsere Beziehung, die Tatsache, daß ich für Sie da bin, würde dadurch nicht beeinträchtigt.«

Wieder entstand eine Pause. Er hatte also jetzt zwei Möglichkeiten gefunden. Entweder fand er einen Weg, um die Bank zu Fall zu bringen. Oder er ließ diesen ganzen Filz einfach hinter sich.

»Im Moment weiß ich noch nicht, wie ich vorgehen

könnte, aber Sie haben vielleicht recht, daß ich es zumindest versuchen sollte. Doch was ist mit Cecilia? Ich darf sie nicht auch noch in Gefahr bringen oder so mir nichts dir nichts verschwinden. Ich brauche sie. Ich müßte mit ihr sprechen, sie kommt morgen, aber es fällt mir schwer. Wir sind uns näher gekommen in der letzten Zeit ...«

»Hm.«

»... ich, ich will sie nicht verlieren ...«

»Ist das nicht wieder Ihre Angst? Sie beide verbindet doch schon so viel über so lange Zeit.«

»Ich weiß nicht. Sie könnte es mir übelnehmen, wenn ich einfach monatelang weg wäre ...«

»Aber bedeutet das gleich, daß die Beziehung zu Ihnen dann nicht mehr existiert? Besteht Ihre Katastrophe nicht darin, daß Sie gar nicht klären, was alles möglich ist und was Sie eigentlich wollen, bevor Sie sich entscheiden?«

Es stimmte.

Die Stunde war vorbei. Gestärkt und gleichzeitig ratlos verabschiedete er sich, wie so oft leicht irritiert über den wohlwollenden Blick und den sicheren Händedruck des Analytikers, und trat auf die Straße. Ein kühler Wind blies ihm entgegen, aber die Sonne strahlte ihm ins Gesicht. Sie war stärker.

23

Er kehrte zurück ins Kriminalamt, um Marilyn von dort zu holen. Was sollte er heute noch arbeiten? Stankovic hatte ihn zwangsbeurlaubt. So entschloß er sich, mit einigen Sandwiches und einem Piccolo das letzte Picknick des Jahres im großzügig angelegten Burggarten zu genießen. Später würde er mit Cohen telefonieren und bei Cecilia nachfragen, wann genau sie morgen käme.

Marilyn liebte den Burggarten, in dem sie früher oft umhergelaufen war, als noch kein Hundeverbot bestanden hatte. Er nahm Platz auf einer Bank, und der Hund verschwand trotz des Verbots im Gebüsch, schließlich konnte er nicht lesen. Vom Schnee der vergangenen Nacht war keine Spur mehr zu sehen, doch die Bäume warfen eifrig ihre letzten Blätter ab, ein bunter Tanz im lauen Wind. Marilyn rannte leichtfüßig zwischen ihnen umher, versuchte sie zu fangen. Das Leben war schön. Wahrscheinlich war es so einfach. Hier mußte er ansetzen, jeden Tag ein Stück weit. Er mußte beginnen, dafür zu kämpfen, sich befreien von den Zwängen, die andere ihm aufbürdeten, die er sich geradezu willig aufbürden ließ. Er füllte sich ein Glas Sekt, ließ dessen im Sonnenlicht aufsteigenden Perlen auf sich wirken. Er würde es ihnen zeigen. Er leerte das Glas in einem Zug. Noch wußte er nicht, wie, aber er würde eine Lösung finden.

Es wurde kühler, und er ging zurück in sein Büro. Er ließ sich eine Verbindung zu Artisano in Rom geben und vernahm schon kurz darauf Cecilias Stimme. Sie konnte nicht frei sprechen und teilte ihm nur knapp mit, daß sie bereits am nächsten Morgen in Wien ankommen und sich dann von der Herrengasse aus bei ihm melden werde. Mehr könne sie jetzt nicht sagen. Doch er, er wollte ihr so vieles sagen. Morgen würde er mit ihr sprechen. Er blickte hinaus. Die Straßenbeleuchtung wurde gerade eingeschaltet.

Er würde bald gehen. Heute war die lange Nacht der Museen, bei der alle Museen Wiens bis um Mitternacht geöffnet blieben. Er würde sich seinen Lieblingsbildern widmen, eintauchen in die Farben im Kunsthistorischen Museum und Kraft sammeln für die nächsten Tage. In den Bildern war das Leben gebannt, das liebte er an ihnen.

Vorher ließ er sich noch mit Cohen in New York verbinden.

»Hier spricht Cohen.«

»Hallo, hier ist Georg Federer aus Wien.«

»Oh, hi, wie geht es dir? Bist du schon weitergekommen mit Temescu? Ich habe gestern mit deinem Chef gesprochen und ihm erzählt, was wir hier von seinem Arzt erfahren haben.«

»Ja, wer hätte das gedacht, Selbstmord, das Insulin ...«

»Aber wieso Selbstmord? Was ist mit dem Kopf, und wer hat ihm die Spritze gegeben?«

»Wie meinst du das?«

»Er hatte doch eine Spritzenphobie, hat sich nie selbst eine Injektion geben können.«

Davon hatte Stankovic nichts erzählt. Das war ungeheuerlich. Aber es konnte der entscheidende Hinweis sein, der ihm weiterhalf.

»Du wirst es kaum glauben, aber davon haben wir hier nichts erfahren. Ich möchte dich bitten, daß du niemandem von unserem Gespräch jetzt erzählst ...«

»Okay?«

»Du hattest mir gesagt, daß Artisano bei euch seriös wirkt und in den Händen einflußreicher Leute ist. In Italien scheint das Haus ebenfalls gedeckt zu werden. Ganz zu schweigen von der Banca Republicii, von der ich dir erzählt habe. Hinter der stehen hohe Stellen in Rumänien, die sogar von staatlicher Seite aus Druck auf unsere Ermittlungen hier in Wien ausüben. Der ganze Fall soll schnell und unauffällig zu den Akten gelegt werden. Wenn ich da weitermache, kann ich meinen Job an den Nagel hängen, wenn ich nicht vorher zerstückelt in irgendeiner Mülltonne gelandet bin.«

»Siehst du, ich habe dir ja gesagt, daß du dich warm anziehen mußt, wenn du versuchen willst, da etwas zu erreichen ...« Er lachte.

»Ja, ja du hast recht, aber ich kann das Ganze nicht auf sich beruhen lassen. Sie haben einen Freund von mir umgebracht. Kannst du dir vorstellen, wie ich mich fühle?«

Das würde er verstehen, Männerfreundschaften bedeuteten viel in den Staaten.

»Das tut mir leid. Aber was kann ich für dich tun?«

»Im Moment noch nichts. Ich muß selbst erst einen Anhaltspunkt haben. Aber sollte ich etwas Brauchbares finden, wärst du dann bereit, mit mir am gleichen Strang zu ziehen?«

»Also wenn dir das wirklich gelingt, kannst du auf mich zählen.«

»Ich danke dir. Gib mir vielleicht besser noch deine Privatnummer, damit ich dich, falls nötig, anrufen kann.«

»Ich gebe dir meine Handynummer, dann erreichst du mich jederzeit.«

Federer notierte sich die Nummer auf einen kleinen Zettel, den er in seine Geldbörse steckte. Wer hatte Temescu das Insulin gespritzt? Hatte er es sich freiwillig geben lassen? Wußte er, und wußte derjenige, der die Spritze gab, von der tödlichen Dosis? War es doch Mord? Warum war Isabella Marea so Hals über Kopf abgereist? Steckte sie vielleicht auch mit der Bank zusammen, und war sie regelrecht erst auf Temescu und dann auf ihn angesetzt worden, um ihm den Kopf zu verdrehen?

Er schaute in das Protokoll der Spurensicherung. An der Spritze waren keine Fingerabdrücke festgestellt worden.

Er verabschiedete sich nicht von den anderen, sondern ging einfach ins Wochenende.

24

Er ließ sich Zeit, gönnte sich einen Umweg. Es zog ihn in die Herrengasse zum Palais Alberi. War es seine vorfreudige Erwartung auf den morgigen Tag, oder war es die Furcht, auch ihr Zuhause könne bereits beschattet werden? Er wußte es nicht. Und was konnte er ausrichten, sollten sie ihr wirklich auflauern? Ihn schauderte bei dem Gedanken.

Er ging weiter. Aus der Augustinerkirche drang Musik. Er versteckte Marilyn unter seinem Mantel und trat ein. Im Vorraum stand ein Plakat, das ein Konzert für den Abend ankündigte. »Zbigniew Preisner: Requiem für meinen Freund«. Gerade lief die Generalprobe. Er nahm in einer der hinteren Reihen der Kirche Platz. Der Raum war leer, so daß er von der Musik besonders klar und mächtig eingenommen wurde. Rechts neben Federers Sitzplatz stand das Grabmal der Lieblingstochter Maria Theresias, ein Werk Canovas, glänzende Marmorfiguren, gefangen in Trauer.

Unweigerlich mußte er an Slobo denken. Es war sein Requiem. Sie waren nicht wirklich befreundet gewesen, aber es hatte eine besondere Verbindung bestanden zwischen ihnen. Und er hatte ihn hineingezogen in die ganze Angelegenheit, war zumindest mitverantwortlich für seinen Tod, da mochte Bergasser sagen, was er wollte. Und jetzt Cecilia? Wieder spürte er die Angst um sie. Sie mischte sich mit seiner Trauer und mit den Vorwürfen, die er sich machte, mit denen er sich alleingelassen fühlte.

Nach einer kurzen Pause, in der der Raum in völliger Ruhe erstarrt war, setzte das Lacrimosa des Requiems ein, steigerte sich zu einer sehnsüchtigen, verzweifelten Melodie, die ihn mit sich riß. Trauer und Verzweiflung brachen aus ihm heraus, seine Einsamkeit holte ihn ein, und er krümmte sich in einem lautlosen Schmerz. Er versuchte, sich zu halten, aber es gab kein Halten.

Da spürte er eine Hand auf seiner Schulter. Er schrak panisch zusammen. Hatten sie ihn jetzt gefunden? Die Hand rührte sich nicht. Er wagte nicht aufzusehen, und die Hand blieb liegen. Es schnürte ihm die Kehle zu. Sollte er ihnen nicht dankbar sein, wenn sie ihn jetzt ins Jenseits beförderten, ihn von seinen quälenden Gedanken befreiten?

Schließlich überwand er sich und blickte auf. Neben ihm stand ein alter Augustinerpater, grau mit Bart, der ihm wortlos in die Augen sah. Tiefbraun waren seine Augen, warm. Er ließ die Hand ruhen auf Federers Schulter, der ihn nicht kannte, aber jetzt spürte, wie dieser andere Mensch einfach da war, selbstlos in dem Moment, in dem er den Boden unter den Füßen verlor, einfach nur an seiner Seite stand, die Trauer und das Menschsein mit ihm teilte. Es verwirrte ihn und tat doch gut. Er war nicht allein in der Welt. Schließlich stand er auf, rannte beinahe hinaus und blickte sich nicht mehr um. Der Pater sah ihm nach und lächelte weise.

Die Stadt um Federer herum existierte für ihn kaum. Er

lief eher, als daß er ging. Ihm wurde alles zuviel. Er wollte nicht mehr denken müssen, war froh, sich gleich in die Kunst zu flüchten.

Kurz vor dem Franziskanerplatz kaufte er sich noch Kaffee. Dann ließ er Marilyn zu Hause und war schon auf dem Weg ins Museum.

Im Dunkeln erreichte er den Park zwischen dem Natur- und dem Kunsthistorischen Museum, in dessen Mitte Maria Theresia machtvoll thronte und Wind und Wetter trotzte. Federer beneidete sie um ihre unerschütterliche Kraft allen äußeren Einflüssen gegenüber, aber sie war aus Bronze.

Das Museum war bereits recht voll. Man kannte und grüßte sich. Dort war ein Galerist aus der Domgasse. Auch eine Künstlerin, an die er sich vom Studium her erinnerte, erkannte er wieder. An der Garderobe sah er kurz den Staatsopernportier, wie er mit einer Tasche in der Hand in der Toilette verschwand. Strahlend kam Florian Zehntner auf ihn zu:

»Grüß dich, Georg. Was machst du, altes Haus? Immer noch bei deinen kriminalistischen Spielereien? Du mußt mal wieder bei mir hereinschauen. Ich habe einige prachtvolle neue Bilder. Aber es tut mir leid. Du mußt mich jetzt entschuldigen, ich muß gehen. Dort kommt meine erste Exfrau mit ihrem zweiten Exmann ...« Und schon war er verschwunden.

Federer schritt unter der opulenten Kuppel hindurch auf die prunkvolle Hauptstiege zu, die nach oben zur Gemäldegalerie führte. Jetzt, in der Welt der Kunst, würde er für einige Stunden alles hinter sich lassen. Er ging hinauf.

Wie Balsam legte sich die prächtige Architektur auf seine Wunden. Oben empfing ihn ein Buffet. Er nahm sich ein Glas Wein und stellte sich an einen der Bistrotische.

Der Wein entspannte ihn, brachte ihn in die richtige Stimmung für die riesigen barocken Niederländer. Die Opulenz der Szenen und Gestalten und das endlose Spiel an versteckter Symbolik faszinierten ihn jedesmal aufs neue. Bei den deutschen Meistern bewunderte er die Perfektion, hier beim Barock war es die überschwengliche Lebenslust.

Perfektionsstreben kannte er aus seinem eigenen Leben, aber lustvolle Freiheit hatte er sich immer nur ersehnt, sie nie gelebt. Er mußte an die Stunde bei Doktor Bergasser denken. Nur er selbst konnte etwas ändern. Er mußte sich befreien und zu leben beginnen. Wie schnell war es vorbei. Das starr verzerrte, blutverschmierte Gesicht Slobos stand ihm wieder vor Augen. Er ging in das Kabinett der alten deutschen Meister. Die Strenge der malerischen Detailgenauigkeit, die dennoch Schönheit hervorzubringen vermochte, fesselte ihn an diesen Werken. Von ihr erhoffte er sich jetzt so etwas wie einen Halt.

Er setzte sich auf einen Stuhl vor die *Junge Venezianerin* von Dürer. Wie weich ihre Züge in den fein abgestimmten Farbschattierungen zur Geltung kamen, lebendig schimmerten in der gedämpften Beleuchtung des Raumes.

Eine ungewöhnlich kräftig gebaute Dame betrat den Raum. Sie trug ein leuchtend rotes, bodenlanges Kleid mit einem auffallenden roten Hut, dem ein Kranz grüner Federn aufgesetzt war. Sie atmete sehr gepreßt, wahrscheinlich litt sie an Asthma.

Sein Gedankenfluß war gestört, er war verärgert. Gleichzeitig drängte sich ihm ein unbestimmtes Gefühl auf. Er sah sie nur von hinten. Ihr langes blondes Haar, das unter dem Hut hervorragte, wirkte künstlich. Etwas an ihr stimmte nicht. Sie stand einen Augenblick lang vor der *Judith* von Cranach, der biblischen Salome. Sie schien ihr zu gefallen. Es war merkwürdig, aber sie hatte sich in der Tat genauso gekleidet wie die Judith auf dem Bild. Nur das Schwert fehlte, ebenso wie der abgetrennte Kopf des Holofernes, den Judith auf dem Bild mit einem merkwürdigen Lächeln präsentierte. Was für eine Idee, sich zu kleiden wie die Figur eines jahrhundertealten Bildes? Und dann geschah es.

Das Asthma, die *Judith*, *Salome*! Es traf ihn wie ein Schlag. In einer Mischung aus Neugier und Angst stand Federer auf und näherte sich der Dame. Sie schaute sich um, und er hatte recht. Es war der Staatsopernportier, verkleidet als *Salome*. Auch er erkannte Federer und begann Richtung Ausgang zu laufen. In den hochhackigen Schuhen wirkten seine Bewegungen lächerlich, doch er war überraschend schnell in die innere Galerie der Ausstellungssäle entschwunden. Also würde er von der Besuchermenge im Bruegel-Saal aufgehalten werden.

Federer kannte die Säle. Er wählte die äußere Galerie und würde den Portier im Stiegenhaus abfangen. Er hatte keine Ahnung, was den kleinen Mann dazu bewogen haben mochte, aber es war klar, er war *Salome*, also hatte er den Kopf.

Sie kamen fast gleichzeitig an, der Portier unmittelbar vor ihm auf dem Weg zur Hauptstiege, Federer ihm dicht auf den Fersen. Da stürzte der Portier. Er war mit einem Schuhabsatz hängengeblieben. Federer versuchte noch, ihn zu halten, doch es mißlang. In hohem Bogen überschlug der Flüchtende sich und kam erst am Fuße der Stiege zwischen den beiden steinernen Löwen der Länge nach zum Liegen. Federer war sofort bei ihm, nutzte den Augenblick der Verwirrung, um den Portier zu packen.

Das Buffet zog die Gäste immer noch so sehr in den Bann, daß die meisten keine Notiz nahmen von dem, was hier geschah. Zwei zu Hilfe eilende ältere Damen konnte Federer beruhigen, da der Gestürzte bei Bewußtsein war und sich lediglich eine Platzwunde an der Lippe zugezogen hatte.

»Sie bringen mich jetzt zu dem Kopf«, raunte er dem Portier ins Ohr. Er half ihm auf. Der Gefaßte rückte sich seine Perücke zurecht und starrte ihn verwirrt und voller Verachtung an.

»Geben Sie mir den Kopf, und ich werde dafür sorgen, daß niemand von der Angelegenheit erfährt.«

Er verstand offenbar immer noch nicht.

»Wo ist der Kopf? Bei Ihnen zu Hause? Führen Sie mich hin.«

Der Portier gehorchte wortlos. Federer hakte seinen Arm unter, damit er nicht entkommen konnte, und sie verließen gemeinsam das Museum als eines der seltsamsten Paare dieses Abends.

25

Vor dem Museum nahmen sie ein Taxi, in das Federer seine Begleitung hineinzwängte, die allerdings kaum Widerstand leistete. Er setzte sich daneben. Zu Federers Überraschung schien der Fahrer in keiner Weise beeindruckt von den skurrilen Passagieren auf seiner Rückbank.

»Grüß Gott. Wohin bitte sehr wünschen die Herrschaften zu fahren?«

Ein bestimmter, nicht zu fester Stoß in die Seite, und der Portier gab seine Adresse an: »Eichenstraße im Zwölften, gegenüber vom Frachtenbahnhof Matzleinsdorf.«

Weiter fiel während der ganzen Fahrt kein Wort. Federer schaute aus dem Fenster auf die vorbeiziehende Stadt. Die plötzliche Wendung der Ereignisse faszinierte ihn und gab gleichzeitig Rätsel auf, weil er noch nicht wußte, was er mit ihr anfangen sollte. Er hatte den Kopf gefunden, würde ihn in Kürze in Händen halten. Die Vorstellung war ekelhaft. Was mochte den Portier dazu gebracht haben, den Kopf vom Rumpf des toten Sängers zu trennen und ihn mitzunehmen? Jedenfalls warf es nun ein neues Licht auf seine Begeisterung für Temescu.

Federer blickte zu ihm hinüber. Seine Lippe blutete nicht mehr, und er saß zusammengekauert in der Ecke. Federer hatte Mitleid mit ihm. Er war ein Mann, der irgendwie an sich selbst gescheitert sein mußte. War das Abtrennen des Kopfes ein Ersatz für einen Mord, für das Töten eines Mannes? Oder hatte er Temescu auch die Spritze gegeben, ihn wirklich umgebracht? Und wenn, wußte er, was er tat? Warum sollte er Haß verspüren auf einen anderen Mann? Fühlte er sich zu Männern hingezogen, und war er so wie *Salome* abgewiesen worden? Oder wollte er den Mann in sich selbst vernichten, um nun in die Rolle einer Frau zu schlüpfen? Das schien eher plausibel.

Gerne hätte er den Portier gefragt, aber das war in der gegebenen Situation unpassend, machte ihn womöglich zur Zielscheibe mörderischer Energien.

Das Risiko wollte er nicht eingehen. So wie die Lage im Augenblick war, hatte er alle Fäden in der Hand. Er wollte den Kopf. Noch war ihm nicht klar, was er mit ihm anfangen würde, aber er war das Beweisstück, das bisher gefehlt hatte.

Und wenn der Portier doch Temescu selbst umgebracht hatte?

Sie waren am Gürtel nach links abgebogen und gelangten nun in die Eichenstraße. Es war eine finstere Gegend. Federer fragte sich, wie man es nur ertragen konnte, hier zu leben. Der Portier wies den Fahrer an zu halten. Federer beauftragte den Taxifahrer auf ihn zu warten. Er würde sich schon rühren, sollte sein Fahrgast nicht recht bald wieder zurück auf der Straße sein.

Das Haus war eine alte Mietskaserne, die seit dem Krieg nie renoviert worden war. Im fahlen Licht der Straßenlaternen waren noch die Schußlöcher zu erkennen, die wie eine Kraterlandschaft Teile der Fassade überzogen. Sie betraten das Stiegenhaus, in dem ihnen ein modriger Geruch entgegenschlug. Von draußen drang das Geräusch eines fahrenden Zuges herein, als die Haustür ins Schloß fiel. Sie waren nun allein. Federer war unwohl, aber es gab jetzt kein Zurück mehr. Über knarrende Stiegen gingen sie hinauf bis in das oberste Stockwerk.

Der Portier öffnete und machte Licht. So wie im Hausflur löste sich auch in der Wohnung die Tapete vor Feuchtigkeit von Decke und Wänden. Vor Aufregung und Anstrengung atmete der Portier wieder gepreßter. Neben dem entfernten Lärm der Züge von draußen war es das einzige Geräusch in der Wohnung. Er deutete seinem ungewollten Gast, Federer, in dem mit abgewetzten Möbeln vollgestellten Wohnzimmer Platz zu nehmen, und verschwand.

Federer schaute sich um. Auf einer Kommode standen säuberlich geordnet Dutzende von Fotografien, die älteren vergilbten zeigten eine junge Frau, die übrigen eine ältere, eines davon eine Greisin genau hier auf dem Sofa, auf dem er nun selbst saß. War das auf den Bildern seine Mutter, die hier mit ihm gelebt hatte?

Gegenüber von Federer stand eine Glasvitrine, in der sich wie in dem Regal über ihm zahllose Plüschtiere und Puppen drängten. Er hörte das hubweise Sprühen eines Inhalationsfläschchens, dann Schritte, eine Schublade? War der Portier in der Küche oder im Bad? Würde er nun ein Messer holen, das, mit dem er den Kopf des Sängers abgetrennt hatte, und versuchen, Federer zu überwältigen? Wie gut, daß der Taxifahrer draußen wartete.

Die Zeit verging. Federer war nervös. Eine Tür fiel zu,

oder war es ein Kasten? Er blickte um sich auf der Suche nach einem Gegenstand, mit dem er sich notfalls verteidigen könnte. Die Statue dort käme in Frage. Das Röcheln kam näher, verriet, daß der Portier zurückkehrte. Federer hielt den Atem an. Von draußen drang wieder das Rattern eines Zuges herein. Die Bremsen quietschten bei der Einfahrt in den Bahnhof. Da stand er in der Tür, der Blick wirr und traurig verloren. In der Hand hielt er einen Plastiksack.

»Hier haben Sie ihn. Wissen Sie, ich habe ihn geliebt ...«

Federer blieb dabei, keine Fragen zu stellen. Er wollte keine Lawine lostreten, deren Auswirkungen er nicht hätte kontrollieren können.

»Sie haben mein Wort darauf, daß Ihnen nichts geschehen wird. Ich werde niemandem erzählen, daß Sie den Kopf hatten. Ich bin überzeugt, daß Sie ihn nicht umgebracht haben.«

»Ihn umgebracht? Nein, nie. Er war einfach tot. Ich hatte ihm sein Insulin gespritzt wie immer. Er scheint sich mit der Dosis vertan zu haben. Ich, ich ...« Er machte eine Pause, schluchzte. »Ich sagte Ihnen doch, ich habe ihn geliebt.«

Tränen flossen über seine Wangen, und Federer spürte, daß er nun gehen mußte. Er trat zurück in den Hausflur, schloß die Wohnungstüre hinter sich und war bald darauf wieder auf der Straße, wo das Taxi auf ihn wartete. Er stieg ein und war erleichtert, als er sich mit einem kurzen Blick in den Plastiksack vergewisserte, daß der Kopf wirklich darin lag. Er war tiefgefroren.

»Bitte zum Franziskanerplatz, im Ersten.«

Was sollte er jetzt mit dem Kopf machen? Temescu hatte also wirklich Selbstmord begangen. Und der Portier hatte den Sänger getötet, ohne zu wissen, was er tat. Was für eine merkwürdige Gestalt. Er hatte Temescu geliebt genau wie Isabella Marea. Ob Temescu das gewußt hatte? Aber gehörte nicht auch Haß dazu, um einen Toten zu zerstückeln? Das hatte der Portier offenbar verdrängt. Ob er mitbekommen hatte, wie Temescu und Marea sich in der Garderobe geliebt hatten? Wie nah Liebe und Haß beieinander lagen. Als Portier mußte er immer nur die Wünsche anderer erfüllen. Der Kopf mußte ihm ein Gefühl von Macht gegeben haben. Er, das häßliche, asthmatische Mädchen für alles, rächte sich an dem, der ihn zur Erfüllung seiner Wünsche laufen und springen ließ, und blieb gleichzeitig mit dem Opfer seines Hasses in einer eigenartigen Liebe verbunden. Wohin es führen konnte, sein Leben lang nur Erfüllungsgehilfe anderer zu sein. Wahrscheinlich hatte der Portier sich nie von dieser Mutter befreit, deren Präsenz jetzt noch in seiner Fotogalerie allgegenwärtig war, und dann seinen Beruf als Fortsetzung dieser Unterwerfung erlebt, erst in der Geriatrie, dann in der Oper.

Bergasser hatte recht: Die Verantwortung für das eigene Leben lag bei niemand anderem als bei einem selbst. Fehlte einem die Erfahrung, daß diese Freiheit existierte, so saß man fest in einem inneren Kerker. Viele merkten das gar nicht, sie kannten es nicht anders, und alleine fanden sie nie einen Ausweg.

Sie waren am Franziskanerplatz angekommen. Er bezahlte den Fahrer großzügig und war kurz darauf in seiner Wohnung. Marilyn sprang freudig an ihm hoch und wirkte sehr interessiert an dem Inhalt seines Plastiksacks. Der Kopf begann aufzutauen. Von dem Geruch wurde Federer übel, und er legte seine Beute sofort in den Eiskasten. Was würde er nur jetzt mit dem Kopf machen?

Auf seinem Anrufbeantworter war eine Nachricht von Cecilia. Sie komme bereits morgen mit dem ersten Flug in Wien an und melde sich dann bei ihm, und – das habe sie ihm vom Büro aus nicht sagen können – sie habe sämtliche Unterlagen zu den Transaktionen in New York aus Brunatos Computer auf einer Diskette abgespeichert und werde die Diskette mitbringen. Er solle sich keine Sorgen machen, sie habe den Computer so eingerichtet, daß es nicht auffalle. Sie habe alle Dateien die Brunato zuletzt benutzt hatte, in derselben Reihenfolge geöffnet, so daß ihr Einstieg in den Computer nicht zu erkennen sei. Sie sei froh, ihn wiederzusehen und ihm eine Freude zu bereiten. Meinte sie die Beweise oder etwas anderes?

Er setzte sich in seinen Sessel, zündete den Kerzenleuchter an und überlegte. Er hatte jetzt alle Bausteine, das spürte er. Er mußte sie nur noch zusammenfügen. Mit dem Leuchter ging er in die Küche, zurück zum Eiskasten. Neugier und Faszination überwogen seinen Ekel, und er nahm den Kopf wieder heraus, hob ihn aus der Plastiktüte und stellte ihn vor sich auf den Küchentisch. Dann stülpte er ihm eine Käseglocke über. Er sah dem Toten ins Gesicht. Wenn er reden könnte. Aber was sollte er ihm erzählen? Wie der Portier ihm die tödliche Spritze gegeben hatte, aber war das nicht jetzt bedeutungslos? Es war seine Entscheidung gewesen, und Temescu war kaum jemand, mit dem man Mitleid hatte. Und das Rauschgift, die Bank? Hier war Temescu wohl nur Statist gewesen, ein Laiendarsteller auf einer Bühne, die von ganz anderen beherrscht wurde. Und an die mußte Federer herankommen.

Temescus Augen waren geschlossen, sein Haar wild durcheinander und vom angetrockneten Blut verklebt, die Gesichtsfarbe ein fahles gelbliches Grau. Auf der Stirn zeigten sich erste Tropfen wie ein Schweißkranz. Er würde bald in den Eiskasten zurück müssen. Aber noch kam Federer nicht los von dem Kopf. Irgendwie fühlte er sich ihm verbunden, und das ließ den Ekel schwinden.

Der Kopf war der Schlüssel für sein weiteres Vorgehen. Federer würde ihm eine Rolle geben, eine letzte Rolle, von der der Künstler selbst gar nichts mehr mitbekam, und die Bank und Artisano zu Fall bringen. Aber wie?

Seine Gegner waren mächtig. Mit den Kopien von Cecilia hatte er handfeste Beweise. Aber solange die Organisation nicht aufgeflogen und lahmgelegt war, konnte er nichts davon offenlegen, sie wären schnell und ohne Skrupel. Cecilia müßte die Bilder ordnungsgemäß in der Bank abliefern. Damit war er aber noch keinen Schritt weiter. Daß die Bank als Treuhänder Käufer und Verkäufer sein konnte, war legal, bewies keine Geldwäsche durch wechselseitige Geschäfte. Und die Unterlagen in der Bank wären sicher nur unzugänglich im Computer oder sogar nur in der Zentrale in Bukarest gespeichert. Er mußte, wenn, dann alle Zentren gleichzeitig ausschalten, Wien, Italien und New York. Bukarest wäre unangreifbar. Dort galten andere Regeln.

Er mußte Bertoli die Unterlagen als Fax ohne Absendernummer zusenden, damit dieser behaupten konnte, sie seien ihm anonym zugespielt worden. Mit ihnen könnte sein Mailänder Kollege in Italien gegen das Auktionshaus vorgehen. Bertoli müßte sich dann an Cohen wenden. Der Weg des Geldes und der Kunstwerke von Artisano, Rom, zu Artisano, New York, wäre ausreichend zu belegen und dürfte damit auch das Netz in den USA zum Zerreißen bringen. Wichtig war, daß beides gleichzeitig geschah, um ihnen nicht die Möglichkeit zu geben, Beweise verschwinden zu lassen. Auf keinen Fall durften die Hinweise zu ihrer wahren Quelle in Rom oder Wien zurückverfolgt werden können, sonst wären sowohl er als auch Cecilia unter Umständen zu identifizieren und dann sicher erledigt. Doch wie kam er hier an die Bank heran?

Er nahm eine Flasche Wein aus dem Kühlschrank und öffnete sie, fast ohne es zu merken. Sein ganzes Denken war hochkonzentriert, angespannt, geradezu mit Besessenheit versunken in den Aufbau einer Strategie für das weitere Vorgehen. Er goß Wein in sein Glas, trank es langsam aus und füllte es wieder.

Was gab ihm die Handhabe, hier gegen die Bank vorzugehen? Er überlegte, blickte vor sich hin. Der Kopf! Genau das war es, der Kopf mußte in die Bank. Wenn der Mord an Slobo nicht zu beweisen war, weil genauso wie im Fall der Donauleiche kein Interesse an einer Aufklärung bestand, dann mußte er, Federer, ihnen einen Mord unterschieben, den sie gar nicht begangen hatten. Wieder sah er den Kopf an, auf dem sich das Licht der Kerzen flackernd spiegelte, und er mußte bei diesem Anblick an den Schlußgesang der *Salome* denken: »... Nichts in der Welt war so weiß wie dein Leib. Nichts in der Welt war so schwarz wie dein Haar. In der ganzen Welt war nichts so rot wie dein Mund ...«

Schön war er gewesen, und geblieben waren nichts als ein Torso, der bald zu Staub zerfallen würde, und dieser Kopf. Mit einem Streich war alles vorbei. Waren seine Lebensängste damit nicht vollkommen berechtigt? Und doch war das nicht wirklich das Wesentliche im Leben. Er mußte an Cecilia denken. Selbst wenn es irgendwann vorbei war, bestand dann der Sinn nicht darin, die Welt mit den anderen Menschen zu teilen? Bestand die Erfüllung nicht darin, seine Gedanken, Sehnsüchte und Gefühle auszuleben, bevor es zu spät war? Und blieb nicht selbst dann noch eine Geschichte, in der ein Teil weiterlebte?

Nicht für einen selbst weiterlebte, aber für andere? Lag darin das Wesen der Kunst? Er blickte den Kopf des Sängers an. Und kaum merklich begann eine Idee in seinen Gedanken heranzureifen. Er mußte sie mit ihren eigenen Waffen schlagen, und er wußte jetzt auch, wie. Er hatte die Lösung. Er mußte lachen. Es war ein befreiendes Lachen, mit dem er alles abzuwerfen schien, nicht nur diesen Fall, sondern alles, was bisher seine Freiheit zu leben gehemmt hatte. Das Lachen war nicht aufzuhalten. Ein Knoten in ihm war zersprungen, und er lachte. Es schüttelte ihn, und er versuchte, Luft zu holen, aber er konnte nur lachen. Ein neues tiefes Gefühl war entstanden, breitete sich aus und wurde zur Gewißheit. Er würde sich nie mehr von anderen etwas vorschreiben lassen. Nicht Ausweglosigkeit, sondern Handeln würde sein Leben bestimmen, ein Leben, dessen Liebe er teilen würde mit anderen.

Marilyn war aufgewacht und schlich auf ihn zu, ohne zu begreifen, was in ihn gefahren war. Er ging zum Fenster, öffnete es, atmete die kalte Nachtluft ein und blickte auf den friedlichen Platz hinunter. Schließlich faßte er sich und begann mit der Umsetzung seines Plans. Als erstes mußte er das Vorgehen von Bertoli und Cohen koordinieren. Er war aufgeregt, konnte es kaum noch erwarten. Er legte den Kopf zurück in den Eiskasten. Dann rief er in Mailand an. Er hatte die Privatnummer von Bertoli.

»Pronto.« Eine Frauenstimme meldete sich.

»Guten Abend. Bitte entschuldigen Sie die späte Störung. Hier spricht Federer aus Wien. Ich würde gerne mit Commissario Bertoli sprechen.«

»Sì, un momento.«

Er hörte sie weggehen und im Hintergrund Bertoli rufen, den sie »Civettino«, kleine Eule, nannte. Civettino kam kurze Zeit später ans Telefon.

»Pronto.«

»Commissario Bertoli, hier spricht Federer aus Wien.«

»Sì collega, was verschafft mir die Ehre?«

»Entschuldigen Sie bitte, daß ich Sie zu dieser Uhrzeit noch anrufe. Sie erinnern sich doch an unser Gespräch von vorgestern wegen der Banca Republicii?«

»Sì.«

»Sie werden es kaum glauben, aber ich habe nicht nur die notwendigen Beweisstücke, sondern auch einen Weg gefunden, wie wir die Bank und Artisano, also die ganze Organisation auffliegen lassen können. Es muß allerdings schnell gehen, und vor allem müssen wir alle gleichzeitig zuschlagen. In New York wird sich ein Kollege vom FBI das dortige Büro von Artisano vornehmen.«

»Sì?« Er war offensichtlich interessiert.

»Um meinen Informanten nicht zu gefährden, müßte ich Ihnen die Beweisunterlagen, die ich bekommen habe, zufaxen, und Sie müßten diese dann als anonym deklarieren. Aus ihnen geht hervor, daß Kunstwerke aus Italien und Osteuropa in New York in Scheingeschäften, im Austausch von Riesensummen versteigert werden, um damit Gelder zu waschen, die aus Drogengeschäften stammen dürften. Die Bank ist Treuhänder, arbeitet vielleicht auch mit eigenem Geld, und Artisano fungiert als Waschanlage. Und ich habe die internen Auktionslisten von Artisano, die das belegen.«

»Das hört sich allerdings phantastisch an. Wenn das stimmt, wird das bei uns ein kleines Erdbeben auslösen. Wie sind Sie denn da herangekommen?«

»Das kann ich Ihnen leider nicht sagen. Ich werde hier in Wien dafür sorgen, daß die Bank morgen hochgeht. Doch zuerst einmal müssen Sie bitte die Unterlagen, die ich Ihnen am Vormittag zufaxen werde, umgehend an den Kollegen in New York weiterleiten. So beseitigen wir die Spur, daß sie von mir kommen, was zum Schutz meines Informanten notwendig ist. Ich werde Ihr Fax in New York ankündigen und gebe Ihnen jetzt die Nummer.«

»Aber ich kenne den Kollegen vom FBI doch gar nicht.«

»Er heißt Sergeant Cohen. Sie müssen mir in diesem Fall einfach vertrauen, anders geht es nicht.«

»Zwar verstehe ich Ihren Plan immer noch nicht so

richtig, aber wenn Sie es sagen, wird es schon stimmen, und die Aussicht, endlich an diese Bande heranzukommen, ist ohne Zweifel verlockend. Warten Sie, ich hole etwas zu schreiben.«

Federer hörte ihn kurz weggehen und dann zurückkehren. Er gab ihm die Nummer und betonte nochmals, daß er ihm das Fax morgen früh zusenden und die Uhrzeit seines geplanten Eingreifens in Wien darauf notieren werde. Bertoli müsse dann dafür sorgen, daß in Italien alle Vorbereitungen für einen zeitgleichen Einsatz mit ihm und mit Cohen in New York getroffen würden. Er bitte nochmals zu entschuldigen, daß er nicht mehr sagen könne, um seinen Informanten nicht zu gefährden. Bertoli müsse auf jeden Fall die Empfangsnummer und seine Notiz auf dem Fax beseitigen. Die Lücke im Netz der Organisation dürfe im Moment auf keinen Fall erkennbar sein. Niemand wisse, wer womöglich noch mit den Geldwäschern in Verbindung stehe, und das könne alles gefährden. Ihre Einflüsse reichten ja offensichtlich weit. Deshalb sehe er in dieser Sache auch von einem Kontakt über E-Mail ab. Sie verabschiedeten sich höflich. Bertoli klang immer noch ein wenig skeptisch, aber er hatte Feuer gefangen. Federer war sich sicher, daß er auf ihn zählen konnte.

Dann wählte er die Handynummer, die Cohen ihm gegeben hatte. Am anderen Ende hörte er Sirenengeheul und Schüsse.

»Cohen hier, was gibt's?«

»Hier spricht Georg aus Wien. Störe ich gerade?«

»Ist schon okay, wir sind gerade in einer Routineaktion. Was kann ich für dich tun? – Hey, rechts ab, habe ich gesagt, du Idiot – ich bin wieder bei dir.«

»Ich mache es kurz. Du bekommst morgen früh ein Fax aus Italien, das dir die Beweise liefern wird, die du brauchst, um die Geldwäsche von Artisano zu belegen. Die Kollegen in Italien und ich hier in Wien werden morgen gegen Mittag unserer Zeit zuschlagen, und es wäre gut, wenn du zur gleichen Zeit aktiv werden könntest.«

Wieder Schüsse im Hintergrund.

»Wenn nichts dazwischenkommt, von mir aus gerne. Aber bist du sicher, daß die Beweise wirklich hieb- und stichfest sind?«

»Absolut sicher.«

»Okay, dann schaue ich mir die Sachen an, und wenn es stimmt, lassen wir die Bombe hochgehen.«

»Fein, bis morgen dann, ich melde mich noch einmal, um dir die genaue Zeit durchzugeben.«

»In Ordnung, ich muß leider Schluß ...«

Wieder gab es Schüsse, und die Verbindung brach ab.

Wenn das nur glatt ging. Jetzt war es an ihm, seinen Teil sorgfältig vorzubereiten. Diesmal war er es, der seinen Gegnern eine Falle stellte.

Federer rief ein Taxi, zog seinen Mantel über, vergewisserte sich, daß er seine Polizeimarke bei sich hatte, und ging. Den Hund ließ er zu Hause.

26

Der Wagen fuhr vor, als er bereits vor dem Haustor wartete, und er ließ sich in die chirurgische Notaufnahme des Allgemeinen Krankenhauses fahren. Dort angekommen, bat er den Taxifahrer zu warten. Er trat ein und wandte sich an die diensthabende Schwester, die ihn begrüßte.

»Guten Abend, was kann ich für Sie tun?«

»Grüß Gott. Ich bin Kriminalbeamter am Morddezernat und benötige für einen Fall dringend etwa zehn Binden Schnellgips.«

»Aber wir sind doch hier kein Supermarkt.«

Er präsentierte seine Dienstmarke. »Das ist mir selbstverständlich klar, nur gibt es um diese Uhrzeit wohl kaum eine andere Möglichkeit für mich, um an den Gips heranzukommen.«

»Und wofür brauchen Sie den?«

»Das kann ich Ihnen leider nicht sagen.«

»Ich werde den diensthabenden Arzt rufen. Ich kann das nicht so einfach entscheiden.«

Sie ging zum Telefon und wählte die Nummer des ärztlichen Dienstzimmers.

»Herr Doktor, da ist ein Herr von der Polizei und möchte Gipsbinden. Wenn Sie bitte schauen kommen könnten.«

Kurze Zeit später schleppte sich der seiner Nachtruhe

beraubte Arzt heran und verstand sichtlich nicht, worum es ging.

»Bitte, was wünschen Sie?«

Um Mißverständnissen vorzubeugen, hielt ihm Federer sogleich seine Marke entgegen und wiederholte gegenüber dem Arzt das, was er bereits der Schwester gesagt hatte.

»Von mir aus nehmen Sie sich, was Sie brauchen, aber eigentlich dürfen Sie das nicht, deswegen sagen Sie bitte niemandem etwas davon.«

Diese Zusage zu geben fiel Federer leicht, und wenig später bereits saß er mit einem Dutzend Gipsbinden in den Taschen wieder im Taxi und ließ sich zurück in seine Wohnung fahren.

Marilyn begrüßte ihn, als sei er von einer Weltreise zurückgekehrt. Sie hielt die Gipsbinden für ein eigens für sie mitgebrachtes Spielzeug. Federer tauchte die Binden in lauwarmes Wasser und legte seinen Küchentisch mit Zeitungspapier aus. Dann ging er an sein Bücherregal, und nahm den Bildband über Canova heraus, in dem er schon bald fand, wonach er suchte.

Er kehrte in die Küche zurück, holte den Kopf des Sängers erneut aus dem Eiskasten und legte ihn vor sich auf den Küchentisch. Sorgfältig begann er, ihn mit den feuchten Gipsbinden zu umwickeln, und, nachdem der Kopf vollständig verkleidet war, die Oberfläche so zu formen, wie sie der ausgewählten Canova-Büste in dem Bildband entsprach. Er hätte sich nie träumen lassen, in seinem Alltagsberuf so auf sein Kunststudium zurückgreifen zu können.

Seine Finger wanderten flink über den Gips, schmiegten sich an die Konturen des Kopfes und formten um ihn herum eine feste weiße Haut, die ihn unkenntlich werden ließ. Lediglich die Kälte der entstehenden Büste erinnerte noch an ihren gefrorenen Inhalt.

Es war schon eigenartig, wie er zu dem Kopf gelangt war. Die wenigsten Verbrecher scheiterten an einer schlechten Planung ihrer Tat, sondern, gerade wenn ihr Verbrechen gelungen war, an der Tatsache, daß sie für ihre besondere Leistung auch bewundert werden wollten. Sie fühlten sich wie Künstler und gierten nach Anerkennung für ihr Kunstwerk. Je gelungener das Verbrechen, um so stärker das Bedürfnis nach Bestätigung. Nur um bewundert werden zu können, mußten sie sich offenbaren und setzten sich damit dem Risiko aus, entdeckt zu werden. So war es bei Bankräubern, die das bei ihrem Überfall erbeutete Geld nicht bei sich halten konnten, und so war es auch dem Portier ergangen. Er hatte der Welt zeigen müssen, daß er die *Salome* war, die gesuchte *Salome*, deren Tat die Nachrichten beherrschte. Und genau hierüber war er gestolpert.

Die Form des Kopfes erschien Federer jetzt gelungen, und er ließ ihn trocknen. Anschließend holte er sich Sandpapier in verschiedenen Stärken, um die Gipsbüste fein abzuschleifen, bis schließlich eine gelungene Kopie des Canova vor ihm stand. Erst jetzt fiel ihm ein wenig enttäuscht auf, daß auch er für sein Kunstwerk niemals Anerkennung finden würde. Niemand außer ihm würde je erfahren, daß es hier auf seinem Küchentisch entstanden war.

Mitternacht war längst verstrichen. Nach einem weiteren Glas Wein und nachdem er Marilyn noch in den Hof gelassen hatte, ließ er sich ins Bett fallen, aber an Ruhe war kaum zu denken. Alles war vorbereitet. Aber ging er zu weit? Brachte er mit seinem Plan Cecilia in Gefahr? Morgen würde sie ihn wecken. Er spürte eine Wölbung unter der Bettdecke. Es war der Hund, der von allem nichts ahnte.

27

Das Telefon klingelte. Es dauerte einen Moment, bis er Wirklichkeit von Traum unterscheiden konnte und den Hörer abnahm.

»Caro, habe ich dich aufgeweckt?«

»Oh, Cecilia, ja, aber das macht nichts.« Ein Blick auf den Wecker signalisierte ihm, daß es sechs Uhr dreißig war. Seine Augenlider wollten sich nicht heben.

»Ich bin hier am Flughafen, bin gerade aus Rom angekommen. Es ist alles gut gelaufen. Ich habe die Diskette mit den Unterlagen dabei. Der Wagen mit den Bildern wird auch pünktlich eintreffen. Mein Übergabetermin in der Bank ist um vierzehn Uhr. Sehen wir uns dann später?«

Jetzt wurde er wach.

»Nein. Nein, wir müssen uns schon vorher sehen. Ich brauche die Diskette, und ich muß dir ein Kunstwerk geben, das du noch auf die Lieferliste setzen und mit in die Bank nehmen mußt.«

Sollte er ihr sagen, was für ein Kunstwerk das war?

»Dann komm doch bei mir in der Herrengasse zu einem kleinen Frühstück vorbei, sagen wir gegen acht?«

»Das ist eine zauberhafte Idee.«

»Dann bis gleich, ciao.«

Er entschloß sich aufzustehen, verspürte kein Verlangen

danach, sich für eine weitere halbe Stunde unruhig im Bett hin und her zu wälzen. Da läutete das Telefon wieder.

»Ciao, Caro, ich bin es nochmal.« Sie klang jetzt unruhig und ängstlich. »Ich glaube, ich werde verfolgt. Du kannst nicht zu mir kommen. Wir dürfen nicht zusammen gesehen werden.«

Er war wie elektrisiert. Ihr durfte nichts passieren. Aber er mußte ihr den Kopf geben, und er brauchte die Unterlagen.

»Wir müssen uns aber unbedingt treffen.«

»Das weiß ich doch.« Sie lachte. »Komm um zehn Uhr in die Jesuitenkirche, du weißt, die alte Universitätskirche, und warte dort im ersten Beichtstuhl links auf mich. Er steht bei der Kreuzstation Nummer acht: *Jesus tröstet die Frauen von Jerusalem.* Warte drinnen auf mich, ich komme etwas später, damit es nicht auffällt.«

»Ja, in Ordnung, ich werde dort sein.«

Er war nervös. Wenn das nur gutging. Er ging in die Küche, um sich einen Kaffee zuzubereiten.

Danach und nach einem Bad kleidete er sich an und kaufte in einer Papierhandlung einen Karton, um den Kopf darin zu verstauen. Dann machte er sich umgehend auf den Weg zur alten Universitätskirche. Er wählte eine Abkürzung durch die mittelalterlichen Höfe zwischen Blut- und Grünangergasse und durch den Hausdurchgang an der Wollzeile.

Sie hatte den Ort für ihr Treffen gut gewählt, da der feierliche Raum mit den gewundenen Säulen in rosafarbenem und grünem Marmor meist leer war, obwohl er zu den schönsten Kirchenräumen der Stadt zählte. Auch jetzt war niemand da, als er eintrat. Wie sie beschrieben hatte, fand er gleich links den ersten Beichtstuhl an der achten Kreuzstation. Er setzte sich hinein und zog den kleinen Vorhang zu. Dann wartete er. Er dachte an Rom, an ihr kleines Abenteuer im Petersdom.

Da hörte er, wie die Kirchentüre geöffnet wurde. Jemand kam herein, ging umher und verschwand wieder. Die Kirchenglocke schlug zehn Uhr. Sie war noch nicht da. Es war still. Kaum ein Laut von der Stadt draußen drang herein.

Dann zog eine Putzfrau mit Eimer und Schrubber ihre Kreise hinten, am Altar. Er wurde unruhig, schaute auf die Uhr, zwanzig Minuten nach zehn. Er wartete weiter. Wie lange sollte er hier ausharren, wenn sie nicht käme? Wo sollte er nach ihr suchen? Zu ihr nach Hause konnte er nicht, wollte er sie nicht gefährden. Den Kirchenraum füllte jetzt der Morgengesang der Ordensbrüder. Wieder hörte er die Türe, schaute auf die Uhr, gleich halb elf.

»Scusi, daß ich spät bin, aber ich mußte einen Umweg nehmen.«

Sie war da, war in den Beichtstuhl hinein zu ihm gekommen. Es gab Wichtiges zu besprechen, aber das schien bedeutungslos. Sie umschlangen sich. Wäre jetzt ein Beichtvater gekommen, hätte er ihre Lust als Sünde mißverstanden. Doch der Gesang der Mönche war ihr Schutz. Es war diese Selbstverständlichkeit sich selbst gegenüber, die sie akzeptieren ließ, wonach sie verlangte, die ihn so fesselte an ihr, das wurde ihm jetzt klar. Mußte man nicht sich selber lieben, Lust an sich selbst empfinden und sich selbst begehren können, um eine wirkliche tiefe und freie Liebe für einen anderen zulassen, ihn als eigenständigen Menschen lieben zu können? Lag hier das Geheimnis ihrer grenzenlosen Nähe, die glücklich und süchtig, aber nicht unfrei machte, die den anderen achtete und ihn am eigenen Glück teilhaben ließ, durch Teilen mehr und nicht weniger wurde?

Erst nachdem sie die lustvolle Erschöpfung ausgekostet hatten, gab sie ihm die Diskette und die Lieferliste, und er überreichte ihr sein Paket.

»In diesem Karton befindet sich ein Kunstwerk, das ich noch mit auf die Liste setzen werde. Mit ihm können wir die Bank sicher überführen. Du mußt es zusammen mit den anderen Stücken des Transports dort einschleusen.«

»Kein Problem, aber wie bekomme ich die Lieferliste zurück?«

Die Frage war berechtigt. Er überlegte einen Augenblick.

»Hast du einen Computer und einen Scanner zu Hause?«

»Ja sicher, warum?«

»Dann machen wir es anders. Du behältst die Liste und scannst eine Seite ein, in die du das Kunstwerk, das sich in diesem Paket befindet, einfügst. Dann druckst du die Seite aus, so daß das Stück als Teil der Ladung aufscheint. Es handelt sich um das Gipsmodell einer Büste von Canova aus dem frühen neunzehnten Jahrhundert.«

»Und wieso wird diese Büste ein Beweis sein?«

»Das sage ich dir besser erst, wenn alles vorbei ist. So kannst du nicht ausgefragt werden, sollte doch etwas geschehen.«

Zweifellos war das nicht der einzige Grund, wenn er an den versteckten Inhalt der Büste dachte. Sie war kurz verstimmt, vertraute ihm aber, nahm den Karton und die Liste und verschwand, wie sie gekommen war.

Sie hatten ausgemacht, daß er noch zehn Minuten warten würde, um sicherzustellen, daß sie keinen Verdacht erregten, weniger bei den Mönchen, als bei ihrem möglichen Beschatter. Auf zwei Uhr war die Transportübergabe angesetzt, und ein Einsatzkommando würde in dem Moment einschreiten, in dem Cecilia das Gebäude der Bank am Schwarzenbergplatz verlassen haben würde.

Nach den vereinbarten zehn Minuten eilte er nach Hause, druckte die Diskette aus, versah den Ausdruck mit dem Hinweis, daß der Einsatz in Wien um vierzehn Uhr dreißig erfolgen werde, und faxte alles an Bertoli. Dann meldete er sich bei Cohen, den er offensichtlich aus dem Schlaf riß. Er kündigte ihm das Fax aus Italien an und teilte ihm acht Uhr dreißig seiner Zeit als Einsatzzeitpunkt mit.

»Aber es ist Samstag. Da schlafen hier doch alle um diese Zeit.«

»Dann fängst du sie halt im Schlaf.«

Cohen verstand seinen Humor nicht, aber er würde bereit sein.

Sollte er jetzt Stankovic anrufen und mit den Vorbereitungen für den Einsatz beginnen? Nein, noch nicht, er würde erst das Fernsehen benachrichtigen. Dann könnte Stankovic ihm auf keinen Fall mehr ausweichen. Er ließ sich beim Österreichischen Fernsehen mit der Nachrichtenredaktion verbinden, wo man sich begeistert zeigte über die Aussicht, live von der Erstürmung einer Bank berichten zu können. Im Café *Schwarzenberg* werde man drehbereit warten.

Jetzt erst war es an der Zeit, sich bei seinem Vorgesetzten zu melden. Glücklicherweise erreichte er ihn zu Hause. Das war nicht selbstverständlich, denn meist zog es ihn am Wochenende schon in der Früh ins Grüne zum Golfspiel.

»Grüß Gott, Herr Oberst, hier spricht Federer.«

»Federer, was verschafft mir die Ehre, am Wochenende von Ihnen zu hören?«

Indem er betonte, daß gerade Wochenende war, ließ er bei aller von Höflichkeit bestimmter Freundlichkeit erkennen, daß ihm dieser Anruf alles andere als recht war.

»Es tut mir leid, Sie am Wochenende zu behelligen ...«, Federer parierte den unausgesprochenen Vorwurf »... aber Sie müssen bitteschön heute um zwei Uhr am Nachmittag mit einem Einsatzkommando zu der Banca Republicii am Ring kommen, da wir dann eingreifen werden. Das Fernsehen ist bereits davon in Kenntnis gesetzt.«

»Sind Sie vollkommen übergeschnappt? Ich habe Ihnen doch ausdrücklich nahegelegt, sich von dieser Angelegenheit zurückzuziehen. Der Fall ist geklärt.«

»Der Fall ist geklärt, das ist richtig. Nur das Ergebnis ist ein etwas anderes. Parallel zu unserem Einsatz in Wien werden die italienische Kriminalpolizei und das FBI in New York ebenfalls einschreiten und die gesamte Organisation aus Kunstschmuggel, Drogenhandel und Geldwäsche hochgehen lassen.«

Stankovic explodierte am anderen Ende der Leitung,

und Federer genoß diese kleine, sorgfältig geplante Inszenierung seiner Rache.

»Also gut, veranlassen Sie alles, ich gebe Ihnen freie Hand und werde dort sein.« Unwirsch legte Stankovic auf.

Ebenfalls telefonisch organisierte Federer nun einen verdeckten Großeinsatz um das Gebäude am Schwarzenbergplatz herum. Beamte in Zivil würden im Café und auf den Straßen postiert, und einige Mannschaften in verdeckten Einsatzwagen warten. Jedes Aufsehen mußte vermieden werden.

Er blickte auf die Uhr, ein Uhr dreißig. Jetzt wurde es ernst. Er hatte nichts mehr von Cecilia gehört. Aber sie hatte recht. Es war sicherer, daß sie sich nicht noch einmal zu melden versuchte.

Wie zu jedem Einsatz nahm er Marilyn mit und machte sich auf den Weg zum Schwarzenbergplatz. Seit sie ihm einmal durch Zufall das Leben gerettet hatte, war sie als sein Maskottchen geduldet. Allen ironischen Bemerkungen von Kollegen anderer Abteilungen zum Trotz, hatte sich selbst Stankovic inzwischen an ihre Anwesenheit gewöhnt.

Federer ging nur kurz in das Café, wo das Fernsehteam bereits eingetroffen war. Mit dem Leiter des Teams, vereinbarte er, daß die Aufnahmen erst mit der Erstürmung der Bank beginnen sollten. Dann begab er sich auf die gegenüberliegende Straßenseite des Rings und bezog dort an der Straßenbahnhaltestelle Posten. Die Einsatzwagen standen bereit, er kannte sie. Und dort kam auch Stankovic von der Rückseite des Musikvereins aus auf ihn zu, offenbar immer noch leicht ungehalten.

»Grüß Gott, Federer, ich sage es Ihnen noch einmal. Wenn das hier schiefgeht, sind Sie, sind wir beide geliefert.« Besonders der zweite Teil seiner Aussage schien ihm sehr zu mißfallen.

»Grüß Sie ebenfalls. Es wird nicht schiefgehen. Ich habe alle Vorkehrungen getroffen.«

Und dann warteten sie. Pünktlich um zwei Uhr fuhr ein Wagen einer Kunstspedition vor, aus dem neben einem Fahrer und einem Helfer auch Cecilia ausstieg. Sie hatte sich abholen lassen, das war geschickt. Während der Wagen entladen wurde, verschwand sie in der Bank. Jetzt mußten sie nur noch warten, bis sie sie wieder verlassen würde. Er erläuterte Stankovic, daß er den optimalen Zeitpunkt für den Beginn des Einsatzes genau geplant habe und dieser ihm vertrauen müsse.

Sie warteten. Der Verkehr am Ring lief vollkommen ungestört. Es war Viertel nach zwei, und die beiden Arbeiter waren immer noch mit Entladen beschäftigt. Zwei Uhr fünfundzwanzig. Endlich schlossen sie den Laderaum, stiegen in den Wagen und fuhren davon. Aber kein Zeichen von Cecilia. Eine Gruppe von Reisebussen verdeckte kurzzeitig die Sicht. Immer noch nichts von ihr. Zwei Uhr dreißig verstrich. Federer wurde langsam unruhig, ganz zu schweigen von Stankovic, der sein Golfspiel ohne Frage vorgezogen hätte. Ob Bertoli in Mailand und Rom bereits in Aktion getreten war? Und Cohen? Federer wischte sich den Schweiß von der Stirn. Sie warteten weiter, nichts. Zwei Uhr vierzig. Wenn sie nicht bald kam, wie lange sollte er dann noch warten? Kam er zu früh, brachte er sie in Gefahr. Er hatte vergessen, einen Zeitpunkt mit ihr auszumachen, zu dem sie wieder aus der Bank heraus sein müßte. Aber das hätte sie drinnen unter Druck gesetzt und möglicherweise in Schwierigkeiten gebracht. Er ertappte sich dabei, wie er begann, auf und ab zu gehen, was das Vertrauen von Stankovic in seinen Mitarbeiter nicht gerade festigte. Sie warteten weiter.

Was war falsch gelaufen, oder redete er sich das nur ein, nahm seine Angst wieder überhand? Zwei Uhr fünfzig. Sie war pünktlich hineingegangen in die Bank. Warum kam sie nicht heraus? Wenn ihr etwas zugestoßen war. Er würde sich das nie verzeihen. Er hatte sie dort mit hineingezogen so wie Slobo. Er mußte nachschauen. Aber dann gefährdete er sie womöglich erst recht. Doch was sollte er Stankovic sagen? Wenn sie nicht in den nächsten fünf Minuten käme, würde er mit dem Einsatz beginnen. Ihm blieb keine Wahl. Und dann das Fernsehen. Alles war geplant, und nichts klappte. Aber er konnte nicht warten bis Gott weiß wann. Wenn wirklich etwas schiefgegangen war. Nichts geschah.

»Herr Oberst, ich glaube, es ist Zeit zu beginnen.«

»Wenn Sie meinen.«

Stankovic blickte ungläubig, so als füge er sich fatalistisch in ein Schicksal, das er eigentlich nicht verdient habe. Über Funk gab er den Einsatzbefehl. Wie aus dem Nichts war der Platz vor der Bank auf einmal voller Polizisten. Die vorderen, durch schußsichere Westen geschützten, drangen bereits in das Bankgebäude ein. Es gab keine Schüsse. Federer rannte über den Ring, ebenfalls hinein in die Bank. Für Sekundenbruchteile fühlte er sich an seinen ersten Besuch hier erinnert, als er jetzt im

Hausflur die Stiegen hinaufhastete, drei Stufen auf einmal nehmend, Marilyn in der linken, eine Pistole in der rechten Hand, obwohl er Waffen verabscheute. Waffen waren etwas für Leute, die mit Worten nicht zurechtkamen. Die Bank war bereits aufgebrochen und leer. Keine Spur von Cecilia. Er spürte Panik. Was war geschehen? Hätte er früher einschreiten sollen? Er wollte laufen und wußte nicht, wohin. Er setzte Marilyn auf den Boden, die im Nebenraum das Paket mit der Büste wiederfand. Es stand dort unversehrt. Das war gut, aber es war nicht das, was Federer im Moment suchte.

»Nehmen Sie den Karton, und machen Sie ihn auf!« rief er Stankovic zu, der inzwischen auch in der Bank eingetroffen war. »Das ist das Beweisstück, das uns bisher noch gefehlt hat, ich muß weiter.«

»Ja, wo wollen Sie denn hin?«

Für eine Antwort war keine Zeit, und Stankovic wurde sowieso schon abgelenkt von dem Fernsehteam, das ihn dabei filmte, wie er, der berühmte Leiter des Kriminalamtes, den Karton mit dem Beweisstück öffnete. Nur wußte er natürlich nicht, was er damit anfangen sollte, und wofür es ein Beweis sein sollte, eine Büste aus Gips.

Federers Gedanken rasten. Er stockte im Hausflur. Ob sie Cecilia entführt hatten? Hatten sie etwas gemerkt? Sie mußten Hals über Kopf geflohen sein. Er rannte wieder hinein, nahm das Telefon und rief in Mailand an. Bertoli hatte pünktlich mit dem Einsatz begonnen, und alles war glatt gegangen. Waren sie dadurch gewarnt worden? Stankovic war beschäftigt, ohne zu wissen, womit. Federer stürzte auf ihn zu.

»Wir müssen den Flughafen und die Grenze nach Ungarn dichtmachen.« Wenn sie auf der Flucht waren und in Italien alles aufgeflogen war, konnten sie nur nach Rumänien zurück, und dazu mußten sie durch Ungarn.

»Geh, Federer, was soll das Ganze? Was soll ich mit dieser Büste hier?«

Federer riß den Kopf aus seinen Händen und warf ihn vor ihm auf den Boden. Das Kamerateam freute sich, endlich Action. Doch aus dem zerplatzten Gips drang ein furchtbarer Gestank, der sofort den ganzen Raum ausfüllte. Erst jetzt verstand Stankovic, der gerade noch mit dem Gedanken gespielt hatte, seinen Kollegen in einer Zwangsjacke abholen zu lassen.

»Der Kopf!«

»Ja, der Kopf, aber wir müssen jetzt die Grenze dichtmachen. Sie sind geflohen. Und ich befürchte, sie haben eine Geisel.«

Der Leiter des Fernsehteams war begeistert und orderte sofort weitere Teams an die Grenzübergänge nach Ungarn.

Sollte Federer auch dorthin? Oder zum Flughafen? Wie waren sie überhaupt unbemerkt hier herausgekommen? Und wo war jetzt Marilyn? Wenn sie auf die Straße gelaufen war. Er stürzte zurück in das Treppenhaus und rannte nach unten. Er hielt kurz inne. Das Haus hatte nur den einen Eingang. Ein dumpfes Bellen drang an sein Ohr. Der Keller. Alle Häuser im Zentrum Wiens hatten einen zwei Stockwerke tiefen Keller. Das war es. Der Keller mußte einen Fluchtausgang haben. Er folgte dem Bellen und fand den Hund im unteren Kellerstockwerk vor einer verschlossenen Tür, daneben ein Durchbruch zum Nachbarhaus. So waren sie also entkommen. Er brach die Tür auf. Er konnte nichts sehen, so dunkel war es. Aber Marilyn rannte freudig voraus. Und schemenhaft erkannte er sie. Er beugte sich zu ihr hinab, spürte, daß sie atmete. Tränen rannen über seine Wangen. Er umarmte sie, merkte, daß sie gefesselt war, löste Fesseln und Knebel. Sie war wohlauf. Alles andere war jetzt egal.

»Ciao, Caro«, sagte sie.

28

Sie lag in seinen Armen, wie lange, wußte keiner von beiden. Dann berichtete sie ihm alles. Zuerst war es wie geplant gelaufen. Sie hatte sich von dem Transportunternehmen abholen lassen, um wie vereinbart den Kopf als Teil der Ladung in die Bank einzuschleusen. Jedes einzelne Kunstwerk war der Liste entsprechend von Iliescu persönlich übernommen und gegengezeichnet worden. Aber die Liste war der Bank schon per Fax zugestellt worden, und Iliescu hatte gestutzt, als er plötzlich den Kopf auf Cecilias Liste vorfand. Sie hatte sich herausgeredet, sie habe nur ausgeführt, was ihr aufgetragen worden sei. Aber die Zeit lief ihr davon. Der verhängnisvolle Anruf aus Rom kam. Bertolis Einschreiten ließ sie auffliegen. Iliescus Schläger packten, fesselten und knebelten sie, während er den Tresor der Bank ausräumte. Zuerst wollten sie sie mitnehmen, aber dann war es ihnen zu umständlich, sie durch die unterirdischen Gänge zu tragen, und sie ließen sie im Keller zurück. Bis Ungarn waren es nur fünfzig Kilometer, da war eine Geisel überflüssig, würde an der Grenze nur Verdacht erregen.

Marilyn hüpfte übermütig hin und her, als sie hinaufstiegen. Cecilia war geblendet vom Tageslicht, aber ansonsten wohlauf. Oben gab Stankovic gerade vor laufenden Kameras ein Interview. Stolz präsentierte er den Kopf

Temescus, der inzwischen in einem Plastiksack verstaut worden war. Der Gestank war unerträglich gewesen. Seine Abteilung hatte es wieder einmal geschafft und gleich einen ganzen internationalen Verbrecherring ausgehoben. Er strahlte. Gerade hielt er die Lieferliste in die Kamera, die nicht mit der per Fax gesendeten übereinstimmte. Das belege eindeutig, daß der Kopf hier im Wiener Büro der Bank nachträglich eingefügt worden war, um den Mord an Ion Temescu zu vertuschen. Man habe ihn mit Insulin vergiftet und dann geköpft. Mit einer solchen aufsehenerregenden Tat habe man offenbar ein Exempel statuieren wollen, wahrscheinlich um andere Mitglieder der Organisation gefügig zu halten.

In dem Moment erhielt der Berichterstatter die Nachricht, daß es soeben am Grenzübergang Klingenbach zu einem Schußwechsel gekommen sei, weswegen man live dorthin schalte, so daß die Zuschauer unmittelbar Zeuge der Ereignisse werden könnten.

Federer wollte gehen. Er hatte seine Arbeit getan. Die Details sollten andere erledigen. Er rief noch kurz in New York bei Cohen an, wo ebenfalls alles planmäßig verlaufen war, der Bürgermeister jetzt um seine Wiederwahl bangte und Wall Street ein heißer Start in die neue Woche bevorstand. Dann nutzte er die Aufnahmepause des Fernsehens und ging zu seinem Vorgesetzten.

»Ah, Federer! Wie machen Sie das nur immer wieder? Wo bekommen Sie nur Ihre Informationen her?«

Diese Frage war nicht zu beantworten, aber die Beweislage schien eindeutig genug.

»Herr Oberst, die letzten Tage waren recht anstrengend, und ich bin zu dem Entschluß gekommen, daß ich mich eine Zeitlang zurückziehen möchte ...«

»Ja, ja machen Sie das nur.«

Er verstand nicht. Er war nur glücklich, daß er im Mittelpunkt der Kameras stehen durfte.

»Nein, ich meine für längere Zeit, ich beantrage am Montag für ein halbes Jahr Urlaub.«

»Ja, wieso das denn? So kenn ich Sie ja gar nicht.«

»Das macht nichts. Nehmen Sie es einfach hin. Sie sehen ja, daß vieles einfach geschieht, ohne daß wir wissen, warum.«

Federer wußte natürlich, was warum geschehen war, aber wozu mußte er das seinem Vorgesetzten erklären? Er hatte sich dafür entschieden, sein weiteres Leben von nun an nach seinen Bedürfnissen zu gestalten. Nicht allein, sondern zusammen mit denjenigen, die ihm wirklich etwas bedeuteten, und damit meinte er nicht nur seinen etwas zu lang geratenen Dackel. Sein Vorgesetzter zählte jedenfalls nicht dazu. Aber auch das mußte er ihm ja nicht sagen.

Agra

Lieber Herr Doktor Bergasser!

Es war mir ein Bedürfnis, Ihnen ein Lebenszeichen von mir zu senden, um Sie wissen zu lassen, daß es mir gutgeht.

Wie Sie sehen, hat es mich inzwischen nach Indien verschlagen. Nach meiner Abreise aus Wien war ich zuerst bei Cecilia in Rom, wo sie ihre Angelegenhei-

ten nach der Auflösung von Artisano regeln mußte. Dann sind wir gemeinsam zu einer Schiffsreise um das Kap der Guten Hoffnung in Richtung Bombay aufgebrochen. Ich war überrascht, daß auch Hunde seekrank werden können, Marilyn war richtig grün im Gesicht. Wir genießen die Freiheit des Zusammenseins. Cecilia mußte für einige Tage nach Delhi, und wir treffen uns morgen am Taj Mahal wieder, zum Sonnenaufgang auf der großen Terrasse am Fluß.

Gerade habe ich in der Herald Tribune gelesen, daß es in Rumänien einen Regierungswechsel gegeben hat. Damit dürfte auch die letzte Bastion der Bank gefallen sein. Wer hätte das gedacht?

Manchmal muß ich an Isabella Marea denken. Ich verstehe jetzt ihre schwermütige Begeisterung für das Meer, die einen wohl nie losläßt, wenn sie einen einmal gepackt hat. Wie es wohl sein wird, wenn sie wieder einmal in Wien singt?

Ihnen möchte ich jedenfalls danken. Ihre bedingungslose Unterstützung hat mir die Freiheit gegeben, meinen eigenen Weg zu finden und ihn gegen alle inneren und äußeren Zwänge zu verteidigen. Die faszinierenden Schönheiten dieser Welt liegen vor mir, und ich werde nicht zulassen, daß mich irgend etwas oder irgend jemand je wieder daran hindert, in dieses Leben einzutauchen und es in all seinen Facetten bedingungslos zu lieben.

Es grüßt Sie herzlichst
Ihr Georg Federer

Bergasser legte den Brief beiseite und lehnte sich zurück in seinem alten Ohrensessel. Er nahm die dicke Brille ab und säuberte in Ruhe die Gläser. Während er so dasaß, lächelte er. Es war dieses ihm gut bekannte, freudige Gefühl, am Ende eines langen Weges schließlich doch am Ziel angelangt zu sein.

Karin Fossum

Evas Auge

Roman. Aus dem Norwegischen von Gabriele Haefs. 368 Seiten. Serie Piper

Könnte sie als Prostituierte ihr Geld verdienen? Für die junge, bislang erfolglose Malerin Eva Magnus stellt sich diese Frage, als sie ihrer Jugendfreundin Maja begegnet. Diese ist der lebensfrohe Beweis dafür, wie man durch Anschaffen zu viel Geld kommt. Eva beginnt ihre Lehre: Durch einen Türspalt läßt Maja sie dabei zusehen, wie sie einen Kunden empfängt. Aber es kommt zu einem Streit, und die Voyeurin im Nebenzimmer bleibt mit der Leiche der Freundin zurück. Der sympathische Kriminalkommissar Sejer, der in dem Mordfall ermittelt, ahnt, daß die junge Künstlerin mehr zu erzählen hat, als sie aussagt, und Eva muß befürchten, daß der Mörder um die Zeugin weiß. Ein ungemein spannendes Drama um eine junge, alleinerziehende Frau.

»Mit ›Evas Auge‹ liegt weit mehr vor als ein ausgezeichneter Kriminalroman.«

Bayerischer Rundfunk

05/1008/01/L

Karin Fossum

Stumme Schreie

Roman. Aus dem Norwegischen von Gabriele Haefs. 318 Seiten. Serie Piper

In dem abgelegenen Flecken Elvestad sieht sich der wortkarge und sensible Kommissar Konrad Sejer mit dem Fall einer grausam zugerichteten Frauenleiche konfrontiert. Niemand kennt die Fremde. Sejers Ermittlungen führen in eine geschlossene Gemeinschaft, die von guten Absichten und zerstörerischem Haß geprägt ist. In meisterhafter Sprache erzählt Karin Fossum vom Mord an der schönen Inderin Poona. Ein poetischer und fesselnder Roman, der zum Besten gehört, was die norwegische Kriminalliteratur zu bieten hat.

»Die Geschichte ist intelligent konstruiert, ohne Klischees, ruhig erzählt und dennoch höchst spannend.«

Norddeutscher Rundfunk

05/1011/01/R

SERIE PIPER

Anne Holt

Das achte Gebot

Roman. Aus dem Norwegischen von Gabriele Haefs. 444 Seiten. Serie Piper

Ståle Salvesen hat Selbstmord begangen, dafür gibt es Zeugen. Salvesen galt jedoch als Hauptverdächtiger in einem abscheulichen Mordfall, und nun steht die Osloer Hauptkommissarin Hanne Wilhelmsen mit ihren Ermittlungen wieder ganz am Anfang. Dann gibt es ein zweites Opfer: Ein bekannter Wirtschaftsjournalist wird erschlagen aufgefunden, und zwar ausgerechnet in Salvesens Keller …

»Anne Holts neuer Fall ist dunkel, schön und melancholisch.«
Die Welt

05/1053/01/L

Anne Holt

Blinde Göttin

Roman. Aus dem Norwegischen von Gabriele Haefs. 320 Seiten. Serie Piper

Karen Borg, eine Osloer Wirtschaftsanwältin, findet einen grausam zugerichteten Toten. Mit der Aufklärung des Falls werden die Polizeikommissarin Hanne Wilhelmsen und Håkon Sand beauftragt, Jurist im Polizeidienst und seit der gemeinsamen Studienzeit unsterblich in Karen verliebt. Schon bald stellt sich heraus, daß hinter dem brutalen Mord eine Drogenmafia steckt, deren Verzweigungen bis in die höchsten gesellschaftlichen Kreise reichen … Der erste Kriminalfall der bekannten und beliebten Osloer Kriminalkommissarin Hanne Wilhelmsen.

»Wenn man fragt, ob es ein weibliches Pendant zu Henning Mankell gibt und wie ihr Name lautet, ist für mich die Antwort klar: Anne Holt.«
Gert Scrobel, Westdeutscher Rundfunk

05/1054/01/R

Thomas Perry

Sicher ist nur der Tod

Roman. Aus dem Amerikanischen von Elke Link. 403 Seiten. Serie Piper

Zwölf Millionen Dollar stehen auf dem Spiel. Denn genau diese Versicherungssumme soll Ellen Snyder an ihren angeblichen Kunden ausbezahlt haben. Nun fehlt von ihm und Snyder jede Spur. Ihr ehemaliger Geliebter John Walker und der Ex-Polizist Max Stillman sollen sie ausfindig machen – die heiße Spur führt sie in ein Dorf, in dem sie die Drahtzieher vermuten. Doch was sie dort entdekken, übersteigt jede Vorstellungskraft: eine ganze Gemeinde, die dem Verbrechen verfallen scheint, und sie geraten in den Strudel einer gigantischen Verschwörung.

»Ein rasanter Kriminalroman mit einem außergewöhnlichen, fast komischen Ermittlerduo.«
Buchkultur, Krimi 2002

05/1416/01/L

Thomas Perry

Das zweite Gesicht

Roman. Aus dem Amerikanischen von Fritz R. Glunk. 390 Seiten. Serie Piper

Jane Whitefield läßt Menschen verschwinden. Schon ungezählte Male hat sie ihr Leben aufs Spiel gesetzt, um Klienten in Gefahr eine neue Identität zu verschaffen. Nun bittet sie der renommierte Chirurg Richard Dahlman verzweifelt um ihre Hilfe – die Polizei verdächtigt ihn, seine Kollegin ermordet zu haben, und hat ihn bei einem Fluchtversuch angeschossen. Unter den Augen des FBI entführt Jane den Schwerverletzten aus der Klinik. Und jetzt erst kann er ihr berichten, daß alle seine drei Mitarbeiter tot sind und er sicher ist, der nächste zu sein. Auf ihrer atemlosen Flucht muß Jane hinter das Geheimnis dieses Mannes kommen, und das ziemlich schnell. – Thomas Perry versteht es meisterhaft, die nervenaufreibende Jagd mit dem Charisma und der brillanten Intelligenz seiner Heldin zu verfeinern.

05/1213/01/R

Christoph Spielberg

Die russische Spende

Roman. 319 Seiten. Serie Piper

Berlin, ein warmer Sommerabend, Fußballeuropameisterschaft. Stationsarzt Dr. Felix Hoffmann will es sich gerade vor dem Fernseher gemütlich machen, da wird er zum Nachtdienst in die Klinik gerufen. Und um seine Laune vollends zu verderben, liefern die Sanitäter einen Notfall ein: seinen ehemaligen Patienten Mischa Tschenkow, Mitglied der Putzkolonne des Krankenhauses. Dr. Hoffmann kann nur noch den Totenschein ausstellen. Am nächsten Morgen ist der Totenschein verschwunden, und einige Tage später wird der Verwaltungsdirektor der Klinik, Dr. Bredow, erhängt aufgefunden, ausgerechnet von Dr. Hoffmann und seiner Freundin Celine und das mitten in der Nacht ... Krankenhausfinanzierungsgesetz, Bettenabbau und Privatisierung der Krankenhäuser bilden den Hintergrund dieses Kriminalromans, in dem die Russen-Mafia mehr als nur ihre Finger im Spiel hat.

05/1338/01/L

Christoph Spielberg

Denn wer zuletzt stirbt

Roman. 248 Seiten. Serie Piper

»Jeder Mensch hat das Recht zu sterben!« Da muß Dr. Felix Hoffmann, der in der Humana-Klinik nun die Abteilung für die Nachsorge meist alter Menschen leitet, seiner betagten Tante zustimmen. Doch er kann nicht an Zufall glauben, als ihm der Kauf einer Wohnung angeboten wird, die genau dem Patienten gehört, den er gerade erst erfolgreich ins Leben zurückgeholt hat. Als er dieser Spur folgt, muß er erkennen, daß hier jemand mit großer krimineller Energie Profit aus dem Ableben alter Menschen schlägt. Und zwar jemand, der nicht gewillt ist, sich dabei von Dr. Hoffmann stören zu lassen.

Ein spannender und hochauthentischer Krankenhaus-Krimi eines Insiders, der auch »Die russische Spende« schrieb – 2002 ausgezeichnet mit dem Friedrich-Glauser-Preis für das beste Debüt und von der Presse hochgelobt.

05/1429/01/R

Elfie Donnelly

Kein einziges Wort

Roman. 187 Seiten. Serie Piper

Stella Norden, die attraktive Wiener Bestattungsunternehmerin aus der norddeutschen Provinz, widmet sich nach dem Unfalltod von Mann und Sohn ganz ihrem Beruf – und dem Tango. Diese Leidenschaft verbindet die scheue Schöne mit dem rundlichen Kommissar Strecker, zweimal in der Woche. Als der Tanz zum Tango mortale wird und aus der Gruppe die lebenslustige und immer flirtende Dorothea Griester tot aufgefunden wird, beginnt für Stella ein Wettlauf gegen die Zeit, denn nur sie glaubt, daß es kein Unfall war ... Ein packender Krimi über die Frage: Beendet der Tod die Schuld?

05/1339/01/L

Kerstin Ekman

Am schwarzen Wasser

Roman. Aus dem Schwedischen von Hedwig M. Binder. 462 Seiten. Serie Piper

Mutig faßt die junge Hebamme Hillevi Klarin den Entschluß, ihrem heimlichen Verlobten Edvard nach Nordschweden zu folgen, wo er eine Pfarrstelle in einer kleinen Gemeinde antreten soll. In der kargen Landschaft der schwarzen Seen und dunklen Wälder scheint die Zeit stehengeblieben zu sein: Die alten Mythen und der Aberglaube der Menschen sind noch lebendig. Aber wird Edvard sie überhaupt zur Frau nehmen, wie Hillevi es sich erträumt? Eine spannungsreiche Erzählung von Schuld und Vergebung und vom Kampf zwischen Vernunft und Leidenschaft.

05/1376/01/R

SERIE PIPER

Maarten 't Hart

Die schwarzen Vögel

Roman. Aus dem Niederländischen von Marianne Holberg. 314 Seiten. Serie Piper

Jenny mit den langen, schwarz lackierten Fingernägeln verschwindet, und natürlich gerät unter Verdacht, wer zuletzt mit ihr gesehen worden ist: Thomas Kuyper, Pharmakologe in einem Tierforschungslabor. Seine Frau war eine Woche verreist, er hatte nicht der Versuchung widerstanden – nun sieht sich Thomas mit den Scherben seiner Ehe und Existenz konfrontiert. Grandios komponiert der Bestsellerautor Maarten 't Hart die Themen Liebe, Ehe, Eifersucht und möglicherweise Mord zu einem ungemein fesselnden Roman.

»Nur so viel: Maarten 't Hart hat eine Geschichte erzählt, der auch der Leser begierig erliegt.«
Die Zeit

05/1049/01/L

Daniel Silva

Double Cross – Falsches Spiel

Roman. Aus dem Amerikanischen von Reiner Pfleiderer. 568 Seiten. Serie Piper

Operation Mulberry: so lautete das Codewort für die alliierte Invasion in der Normandie und war das bestgehütete Geheimnis des Zweiten Weltkriegs. Als der englische Geheimdienst meint, alle deutschen Spione enttarnt und umgedreht zu haben, setzt die deutsche Abwehr ihre attraktivste Geheimwaffe ein: Catherine Blake, Top-Agentin, eiskalt und brillant. Mit atemberaubender Präzision geht sie auf die Jagd nach den alliierten Plänen. Auf der Gegenseite wurde, von Churchill persönlich, der Geschichtsprofessor und geniale Analytiker Alfred Vicary eingesetzt – ihr absolut ebenbürtiger Gegenspieler, der in letzter Minute entdeckt, daß es ein zweites deutsches Spionagenetz gibt. Catherine Blake ist in seiner nächsten Nähe … Daniel Silva verdichtet den teuflischen Wettlauf mit der Zeit, als das Schicksal Europas auf des Messers Schneide steht, zu einem rasanten Thriller.

05/1144/01/R

Fran Dorf

Der lange Schlaf

Roman. Aus dem Amerikanischen von Leon Mengden. 479 Seiten. Serie Piper

Nach zwanzig Jahren erwacht Lana aus einer katatonischen Trance, einem totenähnlichen Zustand. Sie hat keine Erinnerung mehr an jenen tragischen Tag des Woodstock-Festivals, als sie von einem siebzig Meter hohen Felsvorsprung stürzte. Sie ahnt auch nichts von dem Sensationsprozeß, in dem ihr Jugendfreund Ethan wegen versuchten Mordes an ihr verurteilt wurde. Während die völlig überraschten Ärzte noch über das vermeintliche Wunder ihrer Genesung rätseln, gelingt dem Mann, der sie vielleicht umbringen wollte, die Flucht aus dem Gefängnis. Immer näher kommt er ihr, und wo er auftritt, sät er Gewalt. Aber will er wirklich vollenden, was er vor zwei Jahrzehnten begonnen hat? Fran Dorfs Roman handelt von der vernichtenden Kraft der Leidenschaft und zieht den Leser durch seinen raffinierten und dramatischen Aufbau bis zur letzten Seite in seinen Bann.

05/1361/01/L

Fran Dorf

Die Totdenkerin

Psychothriller. Aus dem Amerikanischen von Leon Mengden. 393 Seiten. Serie Piper

»Ich bin mit zusätzlichen Sinnen ausgestattet geboren worden. Ich kann hören, was die Leute denken.« Die schöne und reiche Laura stürzt die Vernehmungsbeamten in zunehmende Verwirrung. Sie besteht darauf, einen Mord begangen zu haben, obwohl die Zeugin einen Mann gesehen hat. Sie kennt die Zahl der Messerstiche, mit denen die Frau umgebracht wurde, und sie hat – vielleicht – ein Motiv. Aber sonst gibt es keine Hinweise, daß Laura tatsächlich die Täterin war. Ein Fall von Schizophrenie? Mysteriöse Geschehnisse und die parapsychologischen Fähigkeiten dieser geheimnisvollen Frau stellen die Ermittler vor ein Rätsel. Als der Psychiater David Lauras ungewöhnliche geistige Fähigkeiten untersucht, verliebt er sich rettungslos in seine Patientin … Ein raffinierter Psychothriller der Bestsellerautorin Fran Dorf.

05/1362/01/R

SERIE PIPER

Carlo Lucarelli

Der rote Sonntag

Ein Fall für Commissario De Luca. Aus dem Italienischen von Monika Lustig. 208 Seiten. Serie Piper

Commissario De Luca schlägt den Mantelkragen hoch. Ein kühler Wind weht durch das regennasse Bologna. Es ist der April des Jahres 1948. Nervosität und die lähmende Spannung der ersten demokratischen Wahlen liegen über der Stadt, als De Luca sich auf den Weg macht in die Via delle Oche. Dort soll sich der kommunistische Bordellhandlanger Ermes Ricciotti erhängt haben. Die Indizien am Tatort sprechen eine andere Sprache, doch von oberster Stelle werden De Lucas Ermittlungen im Keim erstickt. Bis er der »Tripolina«, der verschlossenen, dunkelhaarigen Bordellbesitzerin, näherkommt. Mit seinem eigenen festen Moralkodex bewegt sich Commissario De Luca in diesem Netz aus Lügen, Betrug und politischer Machtgier. Lakonie, der scharfe Blick fürs Milieu und bestechend vielschichtige Charaktere zeichnen die Romane von Carlo Lucarelli aus – und die ganz besondere Atmosphäre ihrer Zeit.

05/1359/01/L

Carlo Lucarelli

Der trübe Sommer

Ein Fall für Commissario De Luca. Aus dem Italienischen von Barbara Krohn. 147 Seiten. Serie Piper

Es ist der Sommer des Jahres 1945, und Commissario De Luca ist inkognito unterwegs nach Rom. In einem kleinen Dorf in der Emilia Romagna macht er eine schauerliche Entdeckung – sämtliche Mitglieder der Familie Guerras liegen erschlagen auf ihrem Grundstück. Weshalb mußten sie sterben? War es ein politischer Mord? Die Lösung des Falles wird für De Luca zu einer gefährlichen Gratwanderung, denn auch er hat ein dunkles Geheimnis.

»Mit großer Kunstfertigkeit öffnet Lucarelli in diesem kleinen und ungemein spannenden Krimi den großen Resonanzraum von Schuld und moralischer Verstrickung.«
Abendzeitung

05/1352/01/R

Andrea Isari

Römische Affären

Roman. 288 Seiten. Serie Piper

Am Tiberufer wird die Leiche des anscheinend unbescholtenen Bankinspektors Gianpiero Puccio gefunden. Vor seinem Tod hat er noch versucht, Kontakt mit der Polizei aufzunehmen. Warum mußte er sterben? Ein Fall für Leda Giallo, die liebenswerte und eigenwillige Kommissarin, die eine große Schwäche für kulinarische Genüsse hat und sich nicht um weibliche Gardemaße schert. Bei ihren Ermittlungen stößt sie in ein echtes Wespennest von kriminellen Machenschaften. Denn die Spuren laufen auf mehr als eine seltsame Verbindung zwischen der Banca di Credito und dem Vatikan zu … Ein atmosphärisch dichtes und spannendes Krimidebüt, das die Leser in die historischen Kulissen der Ewigen Stadt entführt.

05/1447/01/L

Susanne Mischke

Die Mörder, die ich rief

Roman. 238 Seiten. Serie Piper

Der wohlhabende Chefarzt Roman Faber stirbt unter mysteriösen Umständen. Doch seine Familie nimmt keinen allzu großen Anteil an seinem Tod. Nicht zuletzt Fabers Sohn Moritz scheint mehr zu wissen, als er zuzugeben bereit ist. Und dann gibt es ein zweites Opfer: den zwielichtigen Sven Bussek, dem eine Unbekannte merkwürdige Botschaften zukommen läßt – unterzeichnet mit »Die grüne Fee«. Das Gift der Engelstrompete war im tödlichen Cocktail, Vincent Romero und seine Kollegin Antonie Bennigsen haben kein leichtes Spiel …

»Ihre klare, dichte Sprache vermeidet jedes Klischee, macht es leicht, ihr auf die unterschiedlichen Erzählebenen zu folgen, und läßt dem Leser genug Raum für eigene Vorstellungen und Gefühle.«

Aus der Laudatio zum Frauen-Krimi-Preis 2001, Wiesbaden

05/1411/01/R